图书代号 WX24N2418

图书在版编目（CIP）数据

中国历代诗歌精选．唐 / 李浩，田苗主编．-- 西安 ：陕西师范大学出版总社有限公司，2025. 1. -- ISBN 978-7-5695-5184-6

Ⅰ．I222

中国国家版本馆 CIP 数据核字第 2024VH0647 号

中国历代诗歌精选：唐

ZHONGGUO LIDAI SHIGE JINGXUAN : TANG

李浩　田苗　主编

出 版 人 / 刘东风

出版统筹 / 冯晓立 侯海英 曹联养

责任编辑 / 张爱林 王　冰

责任校对 / 马康伟

出版发行 / 陕西师范大学出版总社

（西安市长安南路 199 号　　邮编　710062）

网　　址 / http://www.snupg.com

印　　刷 / 西安五星印刷有限公司

开　　本 / 787 mm × 1092 mm　　1/16

印　　张 / 21.75

字　　数 / 330 千

版　　次 / 2025年1月第1版

印　　次 / 2025年1月第1次印刷

书　　号 / ISBN 978-7-5695-5184-6

定　　价 / 98.00 元

读者购书、书店添货或发现印刷装订问题，请致电（029）85216658 85303635

总序

中华诗歌，源远流长，《诗经》《楚辞》，初创辉煌。《诗经》以四言为主，又杂以三言、五言、六言、七言乃至九言的各种句式；有通篇四言的齐言诗，又有一篇之中长短句交错的杂言诗。这既表明《诗经》的形式并不单一，又可以清楚地看出，这里已孕育着此后产生多样诗体的萌芽。《楚辞》从内容到形式，是特定历史情况下楚地文化与中原文化交融的产儿，句式加长，句中或句末的“兮”字曼声咏叹，情韵悠扬。《诗经》《楚辞》以后，各种新体诗不断出现。由汉魏而六朝，五言诗已十分成熟，七言诗也已形成；而在乐府民歌中，既有五言、七言的齐言诗，又有句式多变的杂言体。到了唐代，近体诗基本定型，便把唐前的各种诗体分别称为古体诗、乐府诗。近体诗是严格的格律诗，古体诗和乐府诗则相对自由。近体诗包括五言绝句、五言律 诗、五言排律和七言绝句、七言律诗、七言排律，在唐代盛开灿烂的艺术之花，争奇斗丽；而各种古体诗和乐府诗的创作，也精益求精，盛况空前。晚唐以后，宋词、元曲大放异彩，名家辈出，灿若群星，流风余韵，至今未衰。值得特别指出的是：每一种新诗体的出现，只给诗歌的百花园中增光添彩，而不取代任何尚有生命力的原有诗体。相反，原有的各种诗体，也在适应反映新的社会生活、抒发新的思想情感、表现新的时代精神的要求，不断开拓和创新。中华民族是饶有诗情诗意的民族，也是自强不息、富有创造力的民族。这在三千多年的诗歌发展中得到了完美的体现。巍巍中华素有“诗国”之誉，良非偶然。

诗歌不仅是文学的瑰宝，更是中华文化的重要组成部分。它承载着历史的记忆，反映了社会的变迁，表达了人民的情感。诗歌中的意象和典故，是中华文化的精髓，它们跨越时空，与读者产生共鸣。为了全面展现中国诗歌的风貌与精髓，我们聘请霍松林先生为总主编，邀请李浩、尚永亮、王兆鹏、欧阳光等知名学者，精心编撰了《中国历代诗歌精选》系列丛书，包括先秦汉魏六朝、唐、宋、元明清四卷。从《诗经》的古朴纯真到唐诗的雄浑壮阔，从宋词的婉约细腻到元曲的清新质朴，再到明清诗歌的多元风格，本丛书精心遴选各个时期具有代表性的诗作，力求为读者呈现一幅完整的中国诗歌历史长卷。

希望广大读者能够通过这套丛书，领略中国诗歌的无穷魅力，感受中华民族深厚的文化底蕴，让这些经典之作在新时代焕发出更加耀眼的光彩，为中华优秀传统文化的复兴与发展贡献一份力量。愿这套丛书成为您心灵的伴侣，陪伴您在文学的道路上不断探索与前行。

前言

在中国古典诗歌发展的历史长河中，唐诗堪称最为波澜壮阔的一段。唐前的诗歌一直处于发荣滋长期，唐以后虽然作品总量、诗人数量皆超迈唐代，亦佳作不断，但诗歌的繁荣程度以及整体艺术水平却无一及唐。

唐诗之盛，就诗人群体的构成而言，具有全民化倾向。上至帝王将相、名流大家，下至小吏寒士、僧道隐者、渔樵歌妓等等，几乎覆盖了社会的各个阶层。这些诗人共同用他们的诗笔为我们留下了一笔丰厚的文化遗产，不仅泽被本土，而且享誉域外。

从反映社会生活的深广性来说，唐诗也是其他时代的诗歌所难比拟的。唐王朝是一个开明开放的时代，唐诗也深得这种恢宏气象的影响，大至国策朝政，小至生活细节，在唐诗中都有表现。翻开唐人的诗篇，举凡政治、经济、军事、文化、教育、山水、爱情、人伦乃至虫鱼鸟兽等等题材都会映入眼帘，可以说，唐诗就是诗意化的唐代社会。唐代诗人不但评说历史、臧否人物，亦敢于指摘当朝、针砭时弊；他们不但描摹古风古韵，亦善于将现实生活中最流行的话题写入诗篇。可以说，唐诗始终跟随着时代的脉搏，将新鲜的气息不断纳入其中，具有鲜活的生命力。

从诗歌艺术发展的角度来说，唐诗也达到了前所未有、后难企及的高度。唐初，魏徵在《隋书·文学传序》中曾指出文学的地域性差异，并绘制出一幅文学的理想图景：

> 江左宫商发越，贵于清绮；河朔词义贞刚，重乎气质。气质则理胜其词，清绮则文过其意。理深者便于时用，文华者宜于咏歌。此其南北词人得失之大较也。若能掇彼清音，简兹累句，各去所短，合其两长，则文质彬彬，尽善尽美矣。

这幅充满文学理想主义的图景在唐诗的发展过程中得以完美地实现。唐诗上承汉魏六朝诗的风华，撷其所长，避其所短，一方面追步汉魏风骨，涤清齐梁浮艳绮靡的文风，具有雄浑质朴、明朗劲健的风格特征；另一方面又吸收和借鉴了六朝诗歌的艺术经验与技巧，在写景状物、立意造境、遣词炼句等方面显现出清新俊逸、流丽精工的特点。

有唐一代，诗坛群星拱照，佳构迭呈，流传至今的五万余首作品充分展现出唐诗兴寄深远、情韵绵邈的艺术魅力。但是在不同的历史时期，唐诗又呈现出不同的艺术风貌。

唐初，诗坛仍然沿袭着六朝以来的绮靡风气，唐太宗及其周围的一批宫廷诗人追求诗作的精丽典雅，而普遍缺乏个性色彩。随着被誉为“初唐四杰”的王勃、杨炯、卢照邻、骆宾王登上诗坛，诗歌题材开始“由宫廷走向市井”“从台阁移至江山与塞漠”（闻一多《唐诗杂论》），表现的范围更为广阔。陈子昂以恢复“汉魏风骨”为旗帜，反对六朝的纤艳诗风，从理论到实践探索了新时期诗歌的发展方向，初步显现出唐音的风貌。另一方面，沈佺期、宋之问、杜审言、苏味道等诗人在音韵、对仗等诗歌表现形式上不断推敲，完成了五、七律的定型，为盛唐诗歌的繁荣做好了充分的准备。

唐人殷璠在标举《河岳英灵集》的评选标准时说：“既闲新声，复晓古体，文质半取，风骚两挟，言气骨则建安为传，论宫商则太康不逮。”准确揭示了盛唐诗歌的艺术风貌。在以李白、杜甫、王维、孟浩然、高适、岑参、王昌龄等为代表的诗人笔下，“既多兴象，复备风骨”的盛唐气象得以充分展现。这一时期的诗歌或是渗透着一种蓬勃向上、乐观自信的浪漫精神，或是展现出诗人关心现实、以天下为己任的宽广胸怀，具有雄浑豪壮、高亢奔放、明朗刚健的风格特征，显示了盛世昂扬的精神风貌。在艺术技巧上，盛唐诗歌则将情性与物象自然浑融，意兴灵动，韵味深长。

以王维、孟浩然等为代表的山水田园诗人，在继承南朝山水诗创作成就的基础上，变繁实细密的摹绘为清旷空灵的抒写，变南方的纤弱气质为盛唐的博大气象，将山水田园诗推向一个新的高度。如王维的《鸟鸣涧》寥寥数语将春山月夜的幽寂描摹殆尽，体现出诗人心灵的空寂沉静和精神的离世绝俗，神韵超然。

岑参、高适、王昌龄、李颀等诗人则以边塞诗见长。他们多怀着积极进取、乐观向上的人生态度，将目光投射到边疆战地，或表现激烈宏伟的战争场面，或描写背井离乡的戍边将士，或针砭苦乐不均的军中弊端，或刻绘奇丽壮美的塞外风光，笔法多样。边塞诗一般都情调高昂、豪放悲壮，充满着阳刚之美。如王昌龄《出塞（秦时明月汉时关）》一首，借古讽今，意境雄浑，悲慨豪迈。

李白与杜甫，一位被誉为“诗仙”，一位被奉为“诗圣”，二人共同构筑起唐代诗歌的最高峰。李白怀抱“申管晏之谈，谋帝王之术……使寰区大定，海县清一”（《代寿山答孟少府移文书》）的理想，于天宝初应诏赴长安，供奉翰林，却因“不肯摧眉折腰事权贵”而被赐金放还。在李白的诗歌中，理想主义、反抗精神以及自由不羁的性格特征得以充分展现。他的诗想象丰富奇特，风格雄健奔放，色调瑰伟绚丽，语言清新自然，将庄骚一脉的诗歌传统发扬光大。杜甫家世奉儒，学力深厚，又遭逢安史之乱，目睹了唐王朝的由盛转衰，其诗歌深刻反映了从天宝到大历年间唐代的社会状况，具有强烈的现实意义。在艺术上，杜甫善于转益多师，融合众长，而又变化入神，形成沉郁顿挫的独特风格。李、杜二人的艺术风格虽不尽相同，却同样谱写出唐诗辉煌的最强音。正如吕居仁《〈江西诗社宗派图〉序》所论：“唐自李、杜之出，昆耀一世，后之言诗者，皆莫能及。”

安史之乱是唐王朝由盛入衰的转折点，诗歌创作曾一度陷入冷寂闲淡、低回感伤的氛围中。以“大历十才子”为代表的一批诗人将目光投注于节物的变幻、人事的升沉，体物工细，充满悯时伤世的情调。但是这种局面并未维持很久，怀抱着对唐王朝中兴的期望，诗人们重新振奋起来，诗坛出现了多种风格流派互相争奇斗艳的大繁荣景象。这种“新变”，促成了唐诗发展史上的又一次高潮。

白居易、元稹、张籍等一批诗人，以“文章合为时而著，歌诗合为事而作”的创作态度，倡导写作新乐府，催生了大量反映现实的诗歌。这些诗歌多关注民生疾苦，对当时的社会问题有深刻揭露和批判。就表现形式来说，内容通俗平易、语言浅近直白，雅俗共赏。

韩愈、孟郊、卢仝、刘叉等诗人，则以穷搜苦索、戛戛独造的创作态度抵制趋于庸俗化诗歌的风气。他们善用散文笔法写诗，注重苦吟和锤炼，讲究词必己出，造语奇崛险峭，别具一格。李贺的诗歌亦极富特色，多彩的想象、冷艳的意境、幽诡的风格、跳跃的结构，共同展现出鲜明的艺术独创性。

随着唐王朝日渐衰落，诗歌也逐渐饱含忧愤、感伤乃至消沉、悲观的情绪。诗人逐渐回归到诗歌创作本身，善于捕捉瞬息万变的心境，使得晚唐的诗歌技巧更为圆熟。情韵萧瑟悲凉、修辞新警奇巧是当时诗歌的主要特色。杜牧和李商隐是晚唐诗歌艺术成就的杰出代表。杜牧的诗情致俊爽、风调悠扬，于拗折峭健中见风华掩映之美，为衰飒颓唐的晚唐注入一股明丽俊逸之气。李商隐的诗则造语绮丽、蕴藉幽深，充满迷离惝恍的美感。一系列《无题》诗题旨遥深，耐人玩味。此外，皮日休、陆龟蒙、温庭筠、韦庄、韩偓等的诗歌也在晚唐诗坛上各有风采。

在不断变幻发展的历程中，唐诗既开掘出了不同风格的美，又始终保持着意境高远、风华秀发、情韵深长的艺术特征。可以说，这正是中国古典诗歌的精魂所在，唐诗也因此对后世产生了深远的影响。宋代的西昆体、白体、晚唐体等都是承唐诗之余绪；明人提出“诗必盛唐”的主张，在诗歌创作中效法唐诗的创作经验与技法；王国维论一代之文学，于唐代特拈出唐诗。即便是在现代社会，唐诗中的许多经典之作依然感染着我们。“慈母手中线，游子身上衣”“海内存知己，天涯若比邻”“欲穷千里目，更上一层楼”……这一篇篇脍炙人口的作品读来既怡人心目，又可以引发我们对于人类情感和社会生活的积极思考。唐诗的艺术魅力不仅影响着华夏，还辐射到世界范围。李白、白居易等人的诗歌早在唐代就已传至日本并一直风行。日本、韩国等邻邦及欧美许多国家关于唐诗研究的成果颇丰，唐代的诗人也得到了很多外国读者的喜爱。

本书选诗近七百首，基本囊括了唐代各个历史时期最具代表性的作品。希望通过这些作品，读者能够大致了解唐诗的整体艺术风貌和不同时期、不同流派的艺术特征。所选诗文皆以《全唐诗》为底本，部分文字根据通行本校改，一律不出校记。注释部分参考了已出版的多种优秀注本、选本及论著，如萧涤非等撰《唐诗鉴赏辞典》、周祖譔主编《中国文学家大辞典（唐五代卷）》、周勋初主编《唐诗大辞典》、傅璇琮主编《唐才子传校笺》、中国社会科学院文学研究所选注《唐诗选》、朱东润主编《中国历代文学作品选》、袁行霈主编《中国文学作品选注》以及一些诗人作品集的笺注本等。

本书由田苗写出全部初稿，李浩审读改定。由于我们学识所限，难免出现讹误不妥处，敬请各位方家及广大读者不吝指正。

目录

唐

虞世南

虞世南（558—638），字伯施，越州余姚（今属浙江）人。官至秘书监，封永兴县子。能文辞，工书法。其诗虽多应制奉和，但亦有兴寄深远之作。原集早佚，《全唐诗》存诗一卷。

蝉

垂緌饮清露[1]，流响出疏桐。
居高声自远，非是藉秋风[2]。

注释　1. 垂緌（ruí）：垂下来的帽带末端，此处比喻蝉头部的触须。饮清露：古人认为蝉性高洁，饮露而生。2. 藉：凭借。

王　绩

王绩（585?—644），字无功，号东皋子，绛州龙门（今山西河津）人。因简傲嗜酒，仕途失意，后弃官归隐。其诗清新质朴，恬淡自然。有《东皋子集》。

野　望

东皋薄暮望[1]，徙倚欲何依[2]。
树树皆秋色，山山唯落晖。
牧人驱犊返[3]，猎马带禽归。
相顾无相识，长歌怀采薇[4]。

注释　1. 东皋：王绩家乡的隐居处。皋，水边的高地。2. 徙倚：彷徨徘徊。3. 犊（dú）：小牛。4. 采薇：武王灭商后，伯夷、叔齐不食周粟，隐于首阳山采薇而食。后喻避世隐居。薇，羊齿类草本植物，嫩叶可食。

王梵志

王梵志，卫州黎阳（今河南浚县）人。约生活在唐初数十年间，生平不详。其诗对世态人情颇多讽刺揶揄，诗风平易浅显，时带诙谐幽默之趣，近于佛家偈语。

吾富有钱时

吾富有钱时，妇儿看我好[1]。
吾若脱衣裳，与吾叠袍袄。
吾出经求去[2]，送吾即上道。
将钱入舍来，见吾满面笑。
绕吾白鸽旋，恰似鹦鹉鸟。
邂逅暂时贫，看吾即貌哨[3]。
人有七贫时，七富还相报[4]。
图财不顾人，且看来时道[5]。

注释　1. 好：美貌。此指看着顺眼。2. 经求：经营。3. 貌哨：丑陋，此指脸色难看。为唐人俗语。4.“人有”二句：谓贫富循环相因，贫久必富，此为佛家果报观念。七，形容频度之巨。5. 来时道：指冥途。此以地狱苦报警戒贪财的世人。

他人骑大马

他人骑大马，我独跨驴子。
回顾担柴汉，心下较些子[1]。

注释　1. 较些子：唐时俗语，满意、欣慰。

寒　山

寒山，唐代诗僧。长期隐居于台州始丰县（今浙江天台）翠屏山，自号寒山子。其诗多宣扬佛教轮回因果思想，亦有抒写隐逸情趣之作。诗风浅显明白，多用俗言口语，时含机趣。

杳杳寒山道

杳杳寒山道[1]，落落冷涧滨[2]。
啾啾常有鸟[3]，寂寂更无人。
淅淅风吹面[4]，纷纷雪积身。
朝朝不见日，岁岁不知春。

注释　1. 杳杳：幽深貌。2. 落落：孤寂貌。涧：夹在两山间的水沟。滨：水边。3. 啾啾（jiū）：鸟鸣声。4. 淅淅（xī）：形容风声。

上官仪

上官仪（约605—664），字游韶，陕州陕县（今属河南）人。官弘文馆学士、西台侍郎等职。永徽时，见恶于武则天，后下狱死，籍其家。其诗多为应制奉命之作，辞藻华丽，绮错婉媚，时称“上官体”。

入朝洛堤步月

脉脉广川流[1]，驱马历长洲[2]。
鹊飞山月曙，蝉噪野风秋。

注释　1. 广川：指洛阳的洛水。2. 长洲：指洛水两岸的洛堤。

骆宾王

骆宾王（638?—684?），婺州义乌（今浙江义乌）人。历任奉礼郎、侍御史等职。因数次上疏言事而获罪下狱，贬临海(今属浙江)丞，世称“骆临海”。骆宾王为“初唐四杰”之一，其诗题材较为广泛，擅长七言歌行，笔调宏肆，风格雄放。有《骆临海集》。

在狱咏蝉

西陆蝉声唱[1]，南冠客思侵[2]。
那堪玄鬓影[3]，来对白头吟[4]。
露重飞难进，风多响易沉[5]。
无人信高洁，谁为表予心？

注释　1. 西陆：指秋天。2. 南冠：楚人戴的帽子，代指囚犯。3. 玄鬓影：指蝉。玄鬓，黑色的鬓发，形容蝉的薄翼。古人常将蝉翼与鬓发互为比喻。4. 白头吟：古乐府名，曲调哀怨。5.“露重”二句：秋露浓重，蝉即使有翼也难以飞动；秋风萧瑟，蝉鸣即使响亮也会淹没其中。形容诗人有冤难申的艰难处境。

于易水送人[1]

此地别燕丹[2]，壮士发冲冠[3]。
昔时人已没，今日水犹寒。

注释　1. 易水：在今河北易县，战国时为燕之南界。2. 燕丹：指燕太子丹。3. 发冲冠：头发因情绪激动而竖起直顶帽子。据载，燕太子派荆轲刺杀秦王，一行皆白衣冠送至易水。高渐离击筑，荆轲和而歌：“风萧萧兮易水寒，壮士一去兮不复还！”士皆瞋目，发尽上指冠。

卢照邻

卢照邻（637?—686?），字升之，自号幽忧子。幽州范阳（今河北涿州）人。一生不得志，又患风疾，后自投颍水而卒。卢照邻为“初唐四杰”之一，擅长七言歌行，其诗多抒发仕宦不遇、贫病交加之忧愤。诗风典重清峻，韵致超拔。有《幽忧子集》。

长安古意

长安大道连狭斜[1]，
青牛白马七香车[2]。
玉辇纵横过主第[3]，
金鞭络绎向侯家[4]。
龙衔宝盖承朝日[5]，
凤吐流苏带晚霞[6]。
百丈游丝争绕树[7]，
一群娇鸟共啼花。
啼花戏蝶千门侧，
碧树银台万种色。
复道交窗作合欢[8]，
双阙连甍垂凤翼[9]。
梁家画阁天中起[10]，
汉帝金茎云外直[11]。
楼前相望不相知，
陌上相逢讵相识[12]？
借问吹箫向紫烟[13]，
曾经学舞度芳年。
得成比目何辞死[14]，

注释　1. 狭斜：狭窄深曲的小巷。2.“青牛”句：形容车马之华美。七香车：以多种香料涂饰的车，一说用多种香木制成的车。3. 玉辇：本指帝王乘坐的车，此处泛指达官贵人所乘之车。主第：公主的宅第。4. 金鞭：装饰华贵的马鞭，这里泛指显贵们的车马。侯家：王侯之家。5. 龙衔宝盖：车篷支柱顶端雕成龙形，龙口衔着车篷。宝盖，车顶华美的伞盖。6. 凤吐流苏：车幔上绣着彩凤，垂着的流苏仿佛是从凤凰口中吐出的。流苏：用彩色羽毛或丝线制成的穗状装饰物。7. 游丝：春日飘荡在空中的蛛丝之类。8. 复道：连接楼阁间的空中通道。交窗：以木条交错而成的花窗。合欢：植物名，此处指窗上装饰的图案。9. 双阙：宫门两旁的望楼。甍（méng）：屋脊。垂凤翼：指宫阙屋脊相连，犹如低垂的凤翼。10. 梁家：指东汉外戚梁冀。梁冀曾在洛阳大修宅第。此处借指长安的豪宅。11.“汉帝”句：汉武帝曾在建章宫内造二十丈的铜柱，柱上有仙人承露盘，承接天露，和玉屑饮之，欲求成仙。金茎，即指铜柱。12. 讵（jù）：岂。13. 吹箫向紫烟：据《列仙传》载，萧史善吹箫，秦穆公以女弄玉妻之，后皆随凤凰飞去。紫烟，借指仙境。14. 比目：鲽类鱼的总称，古时传说须并行而动。比喻形影不离的情侣。

愿作鸳鸯不羡仙。
比目鸳鸯真可羡，
双去双来君不见？
生憎帐额绣孤鸾[15]，
好取门帘帖双燕。
双燕双飞绕画梁，
罗帏翠被郁金香[16]。
片片行云著蝉鬓[17]，
纤纤初月上鸦黄[18]。
鸦黄粉白车中出，
含娇含态情非一。
妖童宝马铁连钱[19]，
娼妇盘龙金屈膝[20]。
御史府中乌夜啼[21]，
廷尉门前雀欲栖[22]。
隐隐朱城临玉道[23]，
遥遥翠幰没金堤[24]。
挟弹飞鹰杜陵北[25]，
探丸借客渭桥西[26]。
俱邀侠客芙蓉剑[27]，
共宿娼家桃李蹊[28]。
娼家日暮紫罗裙，
清歌一啭口氛氲[29]。
北堂夜夜人如月[30]，
南陌朝朝骑似云。
南陌北堂连北里[31]，

15. 生憎：最厌恶。帐额：帷帐前装饰的横幅。孤鸾：孤单的鸾鸟，喻单身。16. 翠被：以翡翠鸟羽毛为饰的被子，言其华美。郁金香：古人用以薰衣被的一种香料。17. 行云：指蓬松的发髻。蝉鬓：古代妇女的一种发式，将两鬓梳得薄如蝉翼。18. “纤纤”句：六朝及唐代女子喜将黄色涂抹额间，称“额黄”。初月，形容涂黄状如新月。鸦黄，嫩黄色。19. 妖童：指市井间的轻薄少年，一说指豪门贵族打扮艳冶的歌童。铁连钱：青色有连钱花纹的马。20. 屈膝：门窗等物相连处的铰链，此指车门上的合页。21. “御史”句：据《汉书·朱博传》载：“（御史）府中列柏树，常有野乌数千，栖宿其上，晨去暮来，号曰‘朝夕乌’。”御史，掌弹劾之官。22. “廷尉”句：据《史记·汲郑列传》载：“始翟公为廷尉，宾客阗门；及废，门外可设雀罗。”廷尉，掌司法之官。23. 朱城：即宫城。24. 翠幰（xiǎn）：青绿色的车幔。幰，车前的帷幔，此指贵妇所乘之车。25. 挟弹飞鹰：指打猎。杜陵：汉宣帝的陵墓，在长安东南。26. 探丸：汉代长安少年有谋杀官吏的组织，将赤、黑、白三色丸混在一起，让人暗中探取，得赤丸的杀武吏，得黑丸的杀文吏，得白丸的负责失手者的丧事。借客：指代人报仇。27. 芙蓉剑：指宝剑。28. 桃李蹊：此处借指娼妓居处。29. 氛氲（fēn yūn）：形容妓女歌唱时口脂香气四散。30. 北堂：娼家的堂屋。31. 北里：即平康里，唐代长安娼妓聚居之处。

五剧三条控三市[32]。
弱柳青槐拂地垂，
佳气红尘暗天起。
汉代金吾千骑来[33]，
翡翠屠苏鹦鹉杯[34]。
罗襦宝带为君解[35]，
燕歌赵舞为君开[36]。
别有豪华称将相，
转日回天不相让。
意气由来排灌夫[37]，
专权判不容萧相[38]。
专权意气本豪雄，
青虬紫燕坐春风[39]。
自言歌舞长千载，
自谓骄奢凌五公[40]。
节物风光不相待[41]，
桑田碧海须臾改[42]。
昔时金阶白玉堂，
即今唯见青松在。
寂寂寥寥扬子居[43]，
年年岁岁一床书[44]。
独有南山桂花发[45]，
飞来飞去袭人裾[46]。

32.“五剧”句：形容长安城中街道纵横。剧，交错的道路。条，相通的道路。“五”“三”言其多，非实数。33. 金吾：即执金吾，掌管京城治安的官吏。34. 屠苏：酒名。鹦鹉杯：以鹦鹉螺制成的酒杯。35. 襦（rú）：长不过膝的短衣。36. 燕歌赵舞：形容美妙的歌舞。古时燕、赵地区以歌舞著称。37. 排灌夫：指权贵之间的互相排挤。灌夫，汉武帝时人，为人刚直，与魏其侯窦婴结交，与丞相武安侯田蚡不睦，后被田蚡陷害族诛。38. 判不容：决不容。萧相：指萧望之。汉宣帝认为其有宰相之才，遗诏辅元帝，后被石显等排挤陷害而自杀。39. 青虬、紫燕：皆骏马名。坐春风：在春风中驰骋，极言得意。40. 五公：指张汤、杜周、萧望之、冯奉世、史丹五位汉代著名的权贵。41. 节物：季节风物。42.“桑田”句：形容世间一切变化迅速。43. 扬子居：即汉代扬雄的居处。扬雄在长安时，仕宦不得意，闭门著《太玄》。此处作者借指自己的处境。44. 一床书：代指隐居生活，以书史自娱。古常称坐榻为床。45. 南山：即终南山，在长安城南，是著名的隐居之地。46. 裾（jū）：衣服的前襟。

杜审言

杜审言（645?—708），字必简，杜甫祖父。祖籍襄阳(今属湖北)，后迁居巩县（今属河南）。咸亨元年（670）进士，历任著作佐郎、国子监主簿、修文馆直学士等职。擅长五律，风格庄严典丽。与李峤、崔融、苏味道齐名，时称“文章四友”。有《杜审言集》。

和晋陵陆丞早春游望[1]

独有宦游人[2]，偏惊物候新[3]。
云霞出海曙，梅柳渡江春。
淑气催黄鸟[4]，晴光转绿蘋[5]。
忽闻歌古调[6]，归思欲沾巾。

注释　1. 晋陵：今江苏常州。陆丞：名不详，当时的晋陵县丞。2. 宦游人：远离家乡出外做官的人。3. 物候：不同季节里自然界的景物变化。4. 淑气：温暖和煦的春天气息。黄鸟：黄莺，又名仓庚。5. 蘋：水草名。6. 古调：指陆丞的原诗。

渡湘江

迟日园林悲昔游[1]，
今春花鸟作边愁[2]。
独怜京国人南窜，
不似湘江水北流。

注释　1. 迟日：指春日。2. 边愁：因流放边远地区产生的愁绪。

苏味道

苏味道（648—705），赵州栾城（今属河北）人。少与李峤以文辞齐名，号“苏李”。又为“文章四友”之一。多应制之作，诗风清正挺秀，绮而不艳。

正月十五夜

火树银花合[1]，星桥铁锁开[2]。
暗尘随马去，明月逐人来。
游伎皆秾李[3]，行歌尽落梅[4]。
金吾不禁夜[5]，玉漏莫相催[6]。

注释　1.“火树”句：形容灯火灿烂。2. 星桥：指护城河上的桥。唐朝都城有宵禁，正月十五夜则开启铁锁，任人通行。3. 秾李：形容艳丽妆。4. 落梅：指乐曲《梅花落》。5. 金吾：京城禁卫军。6. 漏：古代计时器具。

王　勃

王勃（650—676?），字子安，绛州龙门（今山西河津）人。曾任虢州参军，因匿杀官奴获罪，遇赦。后赴交趾省父，渡海堕水，惊悸而卒。王勃反对齐梁诗风，其诗多抒发个人情志，亦有抨击时弊之作。擅长五言，清新秀丽，兴象宛然。有《王子安集》。

滕王阁[1]

滕王高阁临江渚[2]，
佩玉鸣鸾罢歌舞。
画栋朝飞南浦云[3]，
珠帘暮卷西山雨。

注释　1. 滕王阁：唐高祖之子滕王李元婴任洪州都督时所建，故址在今江西南昌。2. 临江渚：指滕王阁下临赣江。渚（zhǔ），小洲。3. 画栋：阁中彩绘的栋梁。4. 阁中帝子：指李元婴。5. 槛（jiàn）：栏杆。

闲云潭影日悠悠，
物换星移几度秋。
阁中帝子今何在[4]？
槛外长江空自流[5]。

送杜少府之任蜀州[1]

城阙辅三秦[2]，风烟望五津[3]。
与君离别意，同是宦游人。
海内存知己，天涯若比邻[4]。
无为在歧路[5]，儿女共沾巾[6]。

注释　1. 杜少府：王勃的友人，名不详。少府，即县尉，掌管一县治安的官吏。蜀州：今四川一带。2. 城阙：指京城长安。阙，宫门前的望楼。辅三秦：以三秦为畿辅，意谓长安在三秦的中心。三秦，今陕西关中地区。3. 五津：四川岷江自灌县至犍为一段有五个渡口，合称“五津”。此处泛指蜀地。4. 比邻：近邻。5. 无为：不要。歧路：分别的地方。6. 儿女：青年男女。沾巾：眼泪沾湿了佩巾。

江亭夜月送别二首（选一）

乱烟笼碧砌[1]，飞月向南端[2]。
寂寞离亭掩[3]，江山此夜寒。

注释　1. 乱烟：指夜晚江面笼罩的雾霭。砌：石阶。2.“飞月”句：月已南斜，指夜色已深。3. 掩：关闭。

山　中

长江悲已滞，万里念将归。
况属高风晚[1]，山山黄叶飞。

注释　1. 属：适逢。

杨 炯

杨炯（650—693?），华阴（今属陕西）人。曾任婺州盈川令，世称“杨盈川”。杨炯为“初唐四杰”之一，擅长五言律诗，以抒发追求边塞军功理想抱负为其特色，风格警劲豪放。有《盈川集》。

从军行

烽火照西京[1]，心中自不平。
牙璋辞凤阙[2]，铁骑绕龙城[3]。
雪暗凋旗画[4]，风多杂鼓声。
宁为百夫长[5]，胜作一书生。

注释　1. 烽火：古代边防报警的信号。西京：即长安。2. 牙璋：用来调兵遣将的信符。3. 铁骑（jì）：指精锐骑兵。龙城：汉时匈奴大会祭天处，这里代指敌方要地。4. “雪暗”句：指军旗上的彩画因风雪的侵蚀而黯淡模糊。凋：使凋落、褪色。5. 百夫长：军队里的低级军官。

刘希夷

刘希夷（651—679?），字庭芝（一作廷芝）。汝州（今河南临汝）人。高宗上元二年（675）进士。其诗以从军、闺情之作为多，尤擅长篇歌行，诗风华美柔婉，气韵深长。

代悲白头翁

洛阳城东桃李花，
飞来飞去落谁家。
洛阳女儿好颜色[1]，
坐见落花长叹息。
今年花落颜色改，

注释　1. 颜色：容貌。

明年花开复谁在。
已见松柏摧为薪[2]，
更闻桑田变成海[3]。
古人无复洛城东，
今人还对落花风。
年年岁岁花相似，
岁岁年年人不同。
寄言全盛红颜子[4]，
应怜半死白头翁。
此翁白头真可怜，
伊昔红颜美少年。
公子王孙芳树下，
清歌妙舞落花前。
光禄池台文锦绣[5]，
将军楼阁画神仙[6]。
一朝卧病无相识，
三春行乐在谁边[7]。
宛转蛾眉能几时[8]，
须臾鹤发乱如丝。
但看古来歌舞地，
惟有黄昏鸟雀悲。

2. 摧：折断。薪：烧火用的柴。3.“更闻”句：据《神仙传》，麻姑谓王方平“接待以来，已见东海三为桑田”。形容岁月易逝，世事变幻无常。4. 红颜子：面色红润的青春少年。5. 光禄：官职名，这里泛指官宦之家。文锦绣：以锦绣装饰池台。6. 将军：指东汉贵戚梁冀，曾在洛阳城大兴土木，建造宅第。7. 三春：春季的三个月，依次为孟春、仲春、季春。8. 宛转蛾眉：女子描画的弯曲如蛾触须般的眉毛，代指姣好的容貌。

宋之问

宋之问（约656—712），一名少连，字延清，汾州西河（今山西汾阳）人，一说虢州弘农（今河南灵宝）人。高宗上元间进士。因谄事张易之，坐贬泷州参军。后任考功员外郎等职。与沈佺期齐名，并称“沈宋”。其诗尤善五律，巧思善炼，对初唐律体之完成颇有贡献。有《宋之问集》。

送杜审言

卧病人事绝，嗟君万里行。
河桥不相送，江树远含情。
别路追孙楚[1]，维舟吊屈平[2]。
可惜龙泉剑，流落在丰城[3]。

注释　1. 孙楚：西晋文学家，年四十始参镇东军事。2. 屈平：即屈原。3.“可惜”二句：据《晋书·张华传》载，雷焕夜见紫气冲天，后在丰城发现两把宝剑，一名龙泉。这里寓意杜审言怀才不遇。

题大庾岭北驿[1]

阳月南飞雁[2]，传闻至此回。
我行殊未已[3]，何日复归来。
江静潮初落，林昏瘴不开[4]。
明朝望乡处，应见陇头梅[5]。

注释　1. 大庾岭：在今江西大庾南。驿：驿站，供传递公文或游宦之人中途休息的地方。2. 阳月：指农历十月。3. 殊未已：还没有到达目的地。4. 瘴(zhàng)：南方山林中湿热郁蒸之气。5. 陇头梅：暗用南朝诗人陆凯《赠范晔》诗“折梅逢驿使，寄与陇头人。江南无所有，聊寄一枝春”。陇头，岭上的高地。

灵隐寺[1]

鹫岭郁岧峣[2]，龙宫锁寂寥[3]。
楼观沧海日，门对浙江潮。

注释　1. 灵隐寺：位于今浙江杭州，始建于东晋。2. 鹫(jiù)岭：又称灵鹫岭，即飞来峰，在灵隐寺对面。岧峣(tiáo yáo)：山势高峻的样子。3. 龙宫：此指灵隐寺。相传鱼龙喜听僧人吟唱佛曲，海龙王曾拜请佛祖于龙宫讲经。

桂子月中落[4]，天香云外飘[5]。
扪萝登塔远[6]，刳木取泉遥[7]。
霜薄花更发，冰轻叶未凋。
夙龄尚遐异[8]，搜对涤烦嚣[9]。
待入天台路[10]，看余度石桥[11]。

4.“桂子”句：《咸淳临安志》载，“灵隐有月桂峰，相传月中桂子尝堕此峰，生成大树”。5. 天香：指佛家的香火。6. 扪（mén）：攀缘。萝：藤萝一类的植物。7. 刳（kū）木：挖空树木做成取水用的木瓢。8. 夙龄：早年。尚：喜好。遐异：远方的奇山异水。9. 搜对：寻求。烦嚣：尘世间的烦恼。10. 天台：山名，在今浙江天台北，相传是成仙修道的圣地。11. 石桥：相传天台山有石桥。

渡汉江[1]

岭外音书断[2]，经冬复历春。
近乡情更怯，不敢问来人。

注释　1. 汉江：长江的支流，此处指汉水中游的襄河。2. 岭外：即岭南，今广东、广西一带。因宋之问当时被贬至泷州（今广东罗定），故称岭外。

沈佺期

沈佺期（656?—716），字云卿，相州内黄(今河南内黄)人。武周时为通事舍人，因谄事张易之，流驩州，后遇赦北返。官终太子少詹事。与宋之问并称“沈宋”。其诗多奉和应制之作，格律谨严，属对精密，对唐代律诗定型起到重要作用。明人辑有《沈佺期集》。

杂诗三首（选一）

闻道黄龙戍[1]，频年不解兵[2]。
可怜闺里月，长在汉家营。
少妇今春意，良人昨夜情[3]。
谁能将旗鼓，一为取龙城[4]。

注释　1. 闻道：听说。黄龙戍：在今辽宁开原西北，此指边地。2. 解兵：放下兵器。3. 良人：古代妻子对丈夫的称呼。4. 龙城：即黄龙城，在今辽宁朝阳。

夜宿七盘岭[1]

独游千里外，高卧七盘西。
晓月临窗近，天河入户低。
芳春平仲绿[2]，清夜子规啼[3]。
浮客空留听[4]，褒城闻曙鸡[5]。

注释　1. 七盘岭：在今四川广元东北。2. 平仲：银杏的别称。3. 子规：即杜鹃，传说为蜀望帝杜宇之魂所化，啼声凄绝。4. 浮客：漂泊在外的人。5. 褒城：故址在今陕西勉县东。

独不见[1]

卢家少妇郁金堂[2]，
海燕双栖玳瑁梁[3]。
九月寒砧催木叶[4]，
十年征戍忆辽阳[5]。
白狼河北音书断[6]，
丹凤城南秋夜长[7]。
谁谓含愁独不见，
更教明月照流黄[8]。

注释　1. 独不见：乐府曲名，属杂曲歌辞。2. 郁金堂：以郁金香浸酒和泥涂壁的堂屋。3. 玳瑁梁：以玳瑁壳装饰的屋梁。玳瑁，一种形状像龟的水产爬行动物，甲壳可做装饰品。4. 砧：捣衣石。5. 辽阳：今辽宁辽河以东地区。6. 白狼河：又名大凌河，在今辽宁南部。7. 丹凤城南：指女主人公的住处。隋唐长安城宫城皇城在城北，民居区在城南。8. 流黄：黄紫相间的丝绢，此处指帷帐。

郭　震

郭震（656—713），字元振，魏州贵乡（今河北大名附近）人。少有大志，任侠使气。任凉州都督、朔方军大总管等职。诗歌感情奔放、气势充沛。

古剑篇

君不见昆吾铁冶飞炎烟[1]，红光紫气俱赫然[2]。良工锻炼凡几年，铸得宝剑名龙泉[3]。龙泉颜色如霜雪，良工咨嗟叹奇绝[4]。琉璃玉匣吐莲花，错镂金环映明月[5]。正逢天下无风尘[6]，幸得周防君子身[7]。精光黯黯青蛇色，文章片片绿龟鳞[8]。非直结交游侠子，亦曾亲近英雄人。何言中路遭弃捐[9]，零落飘沦古狱边[10]。虽复尘埋无所用，犹能夜夜气冲天。

注释　1. 昆吾：山名，传说以此山之石冶铁可铸得宝剑。2. 红光紫气：指在铸剑过程中放出的精光宝气。3. 龙泉：宝剑名，相传龙泉县有水可淬剑。4. 咨嗟：叹美声。5. 错：涂金。镂：雕刻。6. 风尘：指战争。7. 周防：自卫。8. 文章：指剑上的花纹。9. 何言：岂料。10. 古狱：相传雷焕在丰城县狱屋基下掘得一石函，中有双剑，一名龙泉。

陈子昂

陈子昂（659—700，一说661—702），字伯玉，梓州射洪（今四川射洪）人。官至右拾遗，曾两度从军到北方边塞。陈子昂继承建安、正始诗歌重比兴寄托的传统，其诗一洗六朝铅华，风骨遒劲，于唐诗有开启之功。有《陈子昂集》。

感遇诗三十八首（选一）

兰若生春夏[1]，芊蔚何青青[2]。
幽独空林色[3]，朱蕤冒紫茎[4]。
迟迟白日晚，嫋嫋秋风生[5]。
岁华尽摇落[6]，芳意竟何成！

注释　1. 兰：香草名，多年生草本。若：即杜若，香草名。2. 芊（qiān）蔚：花叶茂盛。青青：即“菁菁”，繁盛貌。3.“幽独”句：兰草和杜若虽幽独地生长于林中，却有着空绝群芳的秀色。4. 朱蕤（ruí）：红色的花朵。蕤，花木下垂的样子。冒：覆盖，此处形容红花开在紫茎上。5. 嫋嫋：同“袅袅”，柔弱细长的样子。6. 岁华：草木一年一度的荣枯。华，同“花”。

燕昭王[1]

南登碣石坂[2]，遥望黄金台[3]。
丘陵尽乔木，昭王安在哉？
霸图怅已矣[4]，驱马复归来。

注释　1. 燕昭王：战国时燕国国君姬平，以礼贤下士著称。2. 碣石坂：相传燕昭王为邹衍而建，故址在今北京西南。3. 黄金台：相传燕昭王在易水东南十八里筑台，置千金于台上，以招揽天下贤士。4. 已：完结，停止。

登幽州台歌[1]

前不见古人，后不见来者。
念天地之悠悠，独怆然而涕下[2]。

注释　1. 幽州台：即蓟北楼，又称蓟丘，故址在今北京西南。2. 怆（chuàng）然：悲伤的样子。

送魏大从军[1]

匈奴犹未灭[2]，魏绛复从戎[3]。
怅别三河道[4]，言追六郡雄[5]。
雁山横代北[6]，狐塞接云中[7]。
勿使燕然上，惟留汉将功[8]。

注释　1. 魏大：名不详，在兄弟中排行老大。2."匈奴"句：化用《史记·卫将军骠骑列传》中霍去病语："匈奴未灭，无以家为也。"3. 魏绛：春秋时晋国大夫，主张与少数民族联合，晋悼公采纳他的建议，消除了边患。此处借指魏大。4. 三河道：黄河中游的平原地区。5. 六郡雄：指汉代立功边疆的赵充国。6. 雁山：雁门山，在今山西代县西北。7. 狐塞：即飞狐口，在今河北涞源北，地势险要。云中：郡名，今山西大同。8."勿使"二句：用汉将窦宪破匈奴刻石记功的典故。燕然，指今蒙古境内的杭爱山。

贺知章

贺知章（659—744），字季真，越州永兴（今浙江萧山）人。官至秘书监。晚年归隐镜湖，放诞不羁，自号"四明狂客"。贺知章能诗善书，与张旭、包融、张若虚并称"吴中四士"，诗中颇有情味隽永之作。有《贺秘监集》。

咏　柳

碧玉妆成一树高[1]，
万条垂下绿丝绦[2]。
不知细叶谁裁出，
二月春风似剪刀。

注释　1. 碧玉：形容春柳的青翠碧绿。2. 丝绦（tāo）：丝带。

回乡偶书二首

少小离乡老大回，
乡音难改鬓毛衰[1]。
儿童相见不相识，
笑问客从何处来。

注释　1. 衰（cuī）：稀疏。

离别家乡岁月多，
近来人事半销磨。
唯有门前镜湖水[1]，
春风不改旧时波。

注释　1. 镜湖：又称鉴湖，在山阴（今浙江绍兴）。作者早年移居山阴，故镜湖即故乡。

张若虚

张若虚（660?—720?），扬州（今属江苏）人。曾任兖州兵曹。与贺知章、包融、张旭俱以诗作扬名当时，号为“吴中四士”。诗风清丽开宕，富有情韵。其诗多佚，《全唐诗》仅存二首。

春江花月夜[1]

春江潮水连海平，
海上明月共潮生。
滟滟随波千万里[2]，

注释　1. 春江花月夜：乐府《清商曲辞·吴声歌曲》旧题。2. 滟滟：波光闪动的样子。

何处春江无月明。
江流宛转绕芳甸[3]，
月照花林皆似霰[4]。
空里流霜不觉飞[5]，
汀上白沙看不见[6]。
江天一色无纤尘，
皎皎空中孤月轮。
江畔何人初见月？
江月何年初照人？
人生代代无穷已，
江月年年只相似。
不知江月待何人，
但见长江送流水。
白云一片去悠悠，
青枫浦上不胜愁[7]。
谁家今夜扁舟子[8]，
何处相思明月楼？
可怜楼上月徘徊，
应照离人妆镜台。
玉户帘中卷不去，
捣衣砧上拂还来。
此时相望不相闻，
愿逐月华流照君。
鸿雁长飞光不度，
鱼龙潜跃水成文[9]。
昨夜闲潭梦落花，

3. 芳甸：长满花草的原野。4. 霰（xiàn）：小雪珠。5. 流霜：形容月光。6. 汀：水中或水边的平地。7. 青枫浦：又名双枫浦，在今湖南浏阳浏水中。此处泛指遥远荒僻的水边。浦，水边，岸边。8. 扁舟子：泛指在外漂泊的游子。扁舟，小船。9. “鸿雁”二句：形容音信断绝。古代有鱼雁传书之说。

可怜春半不还家。
江水流春去欲尽，
江潭落月复西斜。
斜月沉沉藏海雾，
碣石潇湘无限路[10]。
不知乘月几人归，
落月摇情满江树。

10. 碣石：山名，位于今河北昌黎北。潇湘：二水名，在湖南零陵合流，北入洞庭湖。此处以“碣石”“潇湘”形容南北距离遥远。

张　说

张说（667—730），字道济，一字说之，洛阳人。玄宗朝为中书令，封燕国公。与苏颋皆以文名，时称“燕许大手笔”。其诗朴实道劲，抒情之作往往凄婉。有《张燕公集》。

蜀道后期[1]

客心争日月[2]，
来往预期程[3]。
秋风不相待，
先至洛阳城。

注释　1. 后期：落后于预定的日期。2. 客心：旅外游子的心。3. 预期程：预先定下期限。

送梁六自洞庭山作[1]

巴陵一望洞庭秋[2]，
日见孤峰水上浮。
闻道神仙不可接，
心随湖水共悠悠。

注释　1. 梁六：作者友人，潭州（今湖南长沙）刺史梁知微。2. 巴陵：岳阳的古称。

苏　颋

苏颋（670—727），字廷硕，京兆武功（今陕西武功）人。玄宗朝封许国公。与张说并称“燕许大手笔”。其诗骨力高峻，韵味深醇。有《苏廷硕集》。

汾上惊秋[1]

北风吹白云，万里渡河汾。
心绪逢摇落[2]，秋声不可闻。

注释　1. 汾上：汾水边，在今山西。2. 摇落：凋谢、零落。

张敬忠

张敬忠，京兆（今陕西西安）人。曾官监察御史，开元中为平卢节度使。《全唐诗》存诗二首。

边　词

五原春色旧来迟[1]，
二月垂杨未挂丝。
即今河畔冰开日，
正是长安花落时。

注释　1. 五原：在今内蒙古自治区五原县。

张九龄

张九龄（678—740），字子寿，韶州曲江（今广东韶关）人。开元中拜中书侍郎，同中书门下平章事，翌年迁中书令，后遭李林甫排挤，罢相。张九龄工诗能文，其诗格调清雅，兴寄深婉，尤擅五言。有《曲江张先生文集》。

感遇十二首（选二）

兰叶春葳蕤[1]，桂华秋皎洁[2]。
欣欣此生意，自尔为佳节[3]。
谁知林栖者[4]，闻风坐相悦[5]。
草木有本心，何求美人折？

注释　1. 葳蕤（wēi ruí）：枝叶茂盛。2. 华：同“花”。3. 自尔：从此。4. 林栖者：栖隐于山林的人。5. 坐：因为。

江南有丹橘，经冬犹绿林。
岂伊地气暖[1]，自有岁寒心[2]。
可以荐嘉客[3]，奈何阻重深！
运命唯所遇，循环不可寻[4]。
徒言树桃李[5]，此木岂无阴[6]？

注释　1. 伊：那里，此指江南。2. 岁寒心：耐寒的特性。《论语·子罕》："岁寒，然后知松柏之后凋也。" 3. 荐：进奉，赠给。4. "运命" 二句：意谓人的命运往往与际遇有关，命运的否泰变幻莫测。5. 徒言：只说。树：栽种。6. 阴：同"荫"，树荫。

望月怀远

海上生明月，天涯共此时。
情人怨遥夜[1]，竟夕起相思[2]。
灭烛怜光满[3]，披衣觉露滋[4]。
不堪盈手赠[5]，还寝梦佳期[6]。

注释　1. 情人：有情谊之人。遥夜：长夜。2. 竟夕：终夜。3. 怜：喜爱。4. 滋：多，浓重。5. 盈手：满把。6. 还：返回。佳期：相会的日子。

赋得自君之出矣[1]

自君之出矣，不复理残机[2]。
思君如满月，夜夜减清辉。

注释　1. 赋得：指定或限定诗题写诗。自君之出矣：乐府旧题。2. 机：织机。

王之涣

王之涣（688—742），字季凌，排行七。绛郡（今山西新绛)人。曾任冀州衡水主簿、文安县尉等职。其诗善状边塞风光及相思送别之情，雄浑豪放。惜所作大多散佚，《全唐诗》仅存六首。

登鹳雀楼[1]

白日依山尽[2]，黄河入海流。
欲穷千里目，更上一层楼。

注释　1. 鹳雀楼：故址在蒲州（今山西永济）城西南，因常有鹳雀栖息其上而得名。2. 依山尽：指日光被雄伟的中条山所阻挡。一说指太阳即将落山西沉。

凉州词二首[1]（选一）

黄河远上白云间，
一片孤城万仞山[2]。
羌笛何须怨杨柳[3]，
春风不度玉门关[4]。

注释　1. 凉州词：乐府旧题，多写边塞风光与征戍之苦。凉州，今甘肃武威。2. 仞：古代的长度计量单位。3. 杨柳：指《折杨柳》曲，曲调哀怨。4. 玉门关：故址在今甘肃敦煌西，为古时通西域的要道。

孟浩然

孟浩然（689—740），襄州襄阳（今湖北襄阳）人，曾一度隐居鹿门山。年近四十，赴长安应进士举，不第，失意还归。其诗多写隐居闲适和山水行旅，气象清远，不落凡近，诗风以自然冲淡见长，与王维并称“王孟”。有《孟浩然集》。

秋登万山寄张五[1]

北山白云里，隐者自怡悦[2]。
相望试登高，心飞逐鸟灭。
愁因薄暮起，兴是清秋发[3]。
时见归村人，沙行渡头歇。
天边树若荠，江畔舟如月[4]。
何当载酒来，共醉重阳节。

注释　1. 万山：在今湖北襄阳西北。张五：名不详，疑即张諲，擅书画，官至刑部员外郎，与王维、李颀等交游。2. 隐者：作者自称。3. 兴：兴致。4.“天边”二句：化用薛道衡《敬酬杨仆射山斋独坐》诗：“遥原树若荠，远水舟如叶。”

夏日南亭怀辛大[1]

山光忽西落，池月渐东上。
散发乘夕凉，开轩卧闲敞[2]。
荷风送香气，竹露滴清响。
欲取鸣琴弹，恨无知音赏。
感此怀故人，中宵劳梦想[3]。

注释　1. 辛大：名不详。疑即辛谔。2. 轩：窗。闲敞：安静而宽敞的地方。3. 中宵：夜半。

宿业师山房待丁大不至[1]

夕阳度西岭，群壑倏已暝[2]。
松月生夜凉，风泉满清听。
樵人归欲尽，烟鸟栖初定[3]。
之子期宿来[4]，孤琴候萝径[5]。

注释　1. 业师：法名业的僧人，师是对僧人的尊称。山房：指僧舍。丁大：丁凤，排行第一。2. 壑：山谷。倏（shū）：突然。暝：昏暗。3. 烟鸟：暮烟中的归鸟。4. 之子：这个人，指丁大。期：约定。宿：夜。5. 萝径：藤萝悬垂的小路。

夜归鹿门山歌[1]

山寺钟鸣昼已昏，
渔梁渡头争渡喧[2]。
人随沙路向江村，
余亦乘舟归鹿门。
鹿门月照开烟树[3]，
忽到庞公栖隐处[4]。
岩扉松径长寂寥[5]，
惟有幽人夜来去[6]。

注释　1. 鹿门山：位于今湖北襄阳东南，为孟浩然隐居处。2. 渔梁：指鱼梁洲，在襄阳东，离鹿门山不远。3. 开烟树：在月光的照耀下，原本被暮烟笼罩的树木变得分明。4. 庞公：即庞德公，襄阳人，东汉著名隐士。5. 岩扉：石门。6. 幽人：隐者。

望洞庭湖赠张丞相[1]

八月湖水平[2]，涵虚混太清[3]。
气蒸云梦泽[4]，波撼岳阳城[5]。
欲济无舟楫[6]，端居耻圣明[7]。

注释　1. 洞庭湖：在今湖南北部。张丞相：指张九龄。2. 湖水平：指湖水上涨与岸齐平。3. 涵：包容，涵容。虚、太清：皆指天空。4. 云梦泽：古泽薮名。5. 岳阳城：位于洞庭湖东岸，今属湖南。6.“欲济”句：喻指想出仕而无人引荐。济，渡水。7. 端居：独处，隐居。圣明：指太平盛世。

坐观垂钓者，空有羡鱼情[8]。

8.“坐观”二句：意谓希望得到张丞相的援引。《淮南子·说林训》：“临河而羡鱼，不若归家织网。”

宿桐庐江寄广陵旧游[1]

山暝听猿愁，沧江急夜流。
风鸣两岸叶，月照一孤舟。
建德非吾土[2]，维扬忆旧游[3]。
还将两行泪，遥寄海西头[4]。

注释　1. 广陵：今江苏扬州。旧游：即故交。2. 建德：今属浙江，在桐庐江上游。非吾土：王粲《登楼赋》：“虽信美而非吾土兮。”3. 维扬：即扬州。4. 海西头：扬州位于东海之西，故云。

早寒江上有怀

木落雁南度[1]，北风江上寒。
我家襄水曲[2]，遥隔楚云端。
乡泪客中尽，孤帆天际看。
迷津欲有问[3]，平海夕漫漫[4]。

注释　1. 木落：树叶飘零。2. 襄水：也叫襄河，汉水在襄阳以下一段，水流曲折，故云襄水曲。3. 迷津：迷失方向，找不到渡口。津，渡口。4. 平海：指水面平阔。

留别王维

寂寂竟何待[1]，朝朝空自归。
欲寻芳草去，惜与故人违[2]。
当路谁相假[3]，知音世所稀。
只应守寂寞，还掩故园扉。

注释　1. 寂寂：落寞。竟何待：要等什么。2. 违：分离。3. 当路：当权者。假：宽容。

与诸子登岘山[1]

人事有代谢[2]，往来成古今。
江山留胜迹，我辈复登临。
水落鱼梁浅[3]，天寒梦泽深[4]。
羊公碑字在[5]，读罢泪沾襟。

注释　1. 岘（xiàn）山：又名岘首山，在今湖北襄阳南。2. 代谢：更替变化。3. 鱼梁：即鱼梁洲。4. 梦泽：即云梦泽，相当于今湖北东南部、湖南北部等地区。5. 羊公碑：晋代名将羊祜的庙碑。因其颇有政绩，死后百姓为之建庙立碑，望其碑者莫不流涕，因名堕泪碑。

题大禹寺义公禅房[1]

义公习禅寂[2]，结宇依空林[3]。
户外一峰秀，阶前众壑深。
夕阳连雨足，空翠落庭阴。
看取莲花净[4]，方知不染心。

注释　1. 义公：唐时高僧。2. 禅寂：佛家语，佛教徒坐禅入定，思维寂静。3. 结宇：建造房子。4. 莲花：即佛家语所言青莲花，清净香洁，不染纤尘，佛家常用以比喻佛眼。

晚泊浔阳望庐山[1]

挂席几千里[2]，名山都未逢。
泊舟浔阳郭[3]，始见香炉峰[4]。
尝读远公传[5]，永怀尘外踪[6]。
东林精舍近[7]，日暮但闻钟。

注释　1. 浔阳：今江西九江。2. 挂席：扬帆。3. 郭：外城。4. 香炉峰：庐山的主峰，因状如香炉而得名。5. 远公：指东晋高僧慧远，曾在庐山与佛徒百余人结白莲社，同修净业，被奉为莲宗初祖。6. 尘外：尘世之外。7. 东林精舍：指慧远在庐山修行时所居的佛舍，在庐山山麓。

过故人庄

故人具鸡黍[1]，邀我至田家。
绿树村边合[2]，青山郭外斜。
开轩面场圃[3]，把酒话桑麻[4]。
待到重阳日，还来就菊花。

注释 1. 具：备办。鸡黍：指农家待客的饭菜。典出《论语·微子》："止子路宿，杀鸡为黍而食之。"黍，黄米。2. 合：环绕。3. 场：翻晒、碾轧粮食的地方。圃：种植蔬菜瓜果的园子。4. 桑麻：代指农家之事。

舟中晓望

挂席东南望，青山水国遥。
舳舻争利涉[1]，来往接风潮。
问我今何适？天台访石桥。
坐看霞色晓，疑是赤城标[2]。

注释 1. 舳舻（zhú lú）：首尾相接的船只。利涉：出自《易·需卦》"利涉大川"，意思是宜于远航。2. 赤城：山名，在今浙江天台境内，是天台山的南门。标：山顶。

岁暮归南山

北阙休上书[1]，南山归敝庐[2]。
不才明主弃，多病故人疏。
白发催年老，青阳逼岁除[3]。
永怀愁不寐，松月夜窗虚[4]。

注释 1. 北阙：指帝宫。2. 敝庐：自己破落的家园。3. "青阳"句：意谓新春将到，逼得旧年除去。青阳：指春天。4. 虚：空寂。

清明日宴梅道士房

林卧愁春尽[1]，搴帷览物华[2]。
忽逢青鸟使[3]，邀入赤松家[4]。
丹灶初开火[5]，仙桃正发花。
童颜若可驻，何惜醉流霞[6]。

注释　1. 林卧：卧于林下，指隐居。2. 搴（qiān）：拉开，揭开。物华：美景。3. 青鸟：神话中鸟名，西王母的使者。4. 赤松：赤松子，传说中的仙人。这里指梅道士。5. 丹灶：道家炼丹的灶。6. 流霞：仙酒名。

春　晓[1]

春眠不觉晓，处处闻啼鸟。
夜来风雨声，花落知多少。

注释　1. 春晓：春天的早晨。

洛中访袁拾遗不遇[1]

洛阳访才子，江岭作流人[2]。
闻说梅花早，何如北地春？

注释　1. 洛中：指洛阳。拾遗：古代官职的名称。2. 江岭：江南岭外之地。唐时罪人常被流放到岭外。流人：被流放的人，这里指袁拾遗。

宿建德江[1]

移舟泊烟渚[2]，日暮客愁新。
野旷天低树，江清月近人。

注释　1. 建德江：新安江流经建德县（今属浙江）的一段。2. 烟渚：笼罩着烟雾的江中小洲。

送杜十四之江南[1]

荆吴相接水为乡[2]，
君去春江正淼茫。
日暮征帆何处泊？
天涯一望断人肠。

注释　1. 杜十四：即杜晃，时为进士。2. 荆：指荆襄一带。吴：指东吴。

渡浙江问舟中人[1]

潮落江平未有风，
扁舟共济与君同。
时时引领望天末[2]，
何处青山是越中[3]？

注释　1. 浙江：指钱塘江。2. 引领：伸长脖子。天末：天边。3. 越中：越州，今浙江绍兴。

李　颀

李颀，生卒年不详，郡望赵郡（今河北赵县）。曾官新乡尉。因久不得调，愤而归隐。其诗风骨高华，豪不失粗，尤擅七律、七古二体。

古从军行[1]

白日登山望烽火[2]，

注释　1. "从军行"为乐府旧题。此诗以古喻今，借汉讽唐，故称《古从军行》。2. 烽火：古代边防要地遇敌侵犯时用以示警的烟火。

黄昏饮马傍交河[3]。
行人刁斗风沙暗[4]，
公主琵琶幽怨多[5]。
野云万里无城郭，
雨雪纷纷连大漠。
胡雁哀鸣夜夜飞，
胡儿眼泪双双落。
闻道玉门犹被遮[6]，
应将性命逐轻车[7]。
年年战骨埋荒外，
空见蒲桃入汉家[8]。

3. 交河：唐县名，在今新疆吐鲁番西北。4. 行人：从军之人。刁斗：军中夜间用以巡更的铜器，白天可用作炊具。5. 公主琵琶：汉武帝遣江都王刘建之女刘细君远嫁乌孙和亲，途中乐工为其弹琵琶以解行道思慕。6. “闻道”句：意为皇帝仍不准罢兵，无休止地进行战争。典出《汉书·李广利传》。7. 轻车：汉代有轻车将军、轻车都尉等职，此处泛指将领。8. 蒲桃：即葡萄，汉时由西域传入。

送陈章甫[1]

四月南风大麦黄，
枣花未落桐阴长。
青山朝别暮还见，
嘶马出门思旧乡。
陈侯立身何坦荡，
虬须虎眉仍大颡[2]。
腹中贮书一万卷，
不肯低头在草莽[3]。
东门酤酒饮我曹[4]，
心轻万事如鸿毛。

注释　1. 陈章甫：作者友人，时罢官归家。2. 虬须：卷曲的胡子。颡（sǎng）：前额。3. 草莽：草野。4. 我曹：即我辈。

醉卧不知白日暮，
有时空望孤云高。
长河浪头连天黑，
津吏停舟渡不得[5]。
郑国游人未及家[6]，
洛阳行子空叹息[7]。
闻道故林相识多[8]，
罢官昨日今如何？

5. 津吏：管渡口的官员。6. 郑国游人：指作者，李颀曾官新乡尉。7. 洛阳行子：指陈章甫。8. 故林：故乡。

听安万善吹觱篥歌[1]

南山截竹为觱篥，
此乐本自龟兹出[2]。
流传汉地曲转奇，
凉州胡人为我吹。
旁邻闻者多叹息，
远客思乡皆泪垂。
世人解听不解赏，
长飙风中自来往[3]。
枯桑老柏寒飕飗[4]，
九雏鸣凤乱啾啾[5]。
龙吟虎啸一时发，
万籁百泉相与秋[6]。
忽然更作渔阳掺[7]，
黄云萧条白日暗。

注释　1. 安万善：西域乐师。安为康国九姓之一，其人多善歌舞，尤擅音乐。觱篥（bì lì）：簧管古乐器，今已失传。2. 龟兹（qiū cí）：古西域国名，在今新疆库车一带。3. 长飙：暴风。喻乐声的急骤。4. 飕飗（sōu liú）：形容风声。5. "九雏"句：化用古乐府"凤凰鸣啾啾，一母将九雏"句，形容琴声细杂清越。6. 万籁：指自然界的各种声响。7. 渔阳掺（càn）：曲调名，音节悲壮。此指悲凉的曲调。

变调如闻杨柳春，
上林繁花照眼新[8]。
岁夜高堂列明烛，
美酒一杯声一曲。

8. 上林：指上林苑。

古　意

男儿事长征[1]，少小幽燕客[2]。赌胜马蹄下，由来轻七尺[3]。杀人莫敢前，须如猬毛磔[4]。黄云陇底白雪飞[5]，未得报恩不能归。辽东小妇年十五[6]，惯弹琵琶解歌舞[7]。今为羌笛出塞声，使我三军泪如雨！

注释　1. 事长征：指从军。2. 幽燕：今河北北部、辽宁南部等地。古时游侠多在这一带出没。3. 七尺：一般成年男子的高度，多用来代指成年男子。4. 猬毛磔（zhé）：刺猬的毛纷纷张开，喻威武。5. 黄云：形容云色昏暗。陇底：山下。6. 小妇：少妇。7. 解：懂得，此指擅长。

听董大弹胡笳弄兼寄语房给事[1]

蔡女昔造胡笳声[2]，一弹一十有八拍。胡人落泪沾边草，汉使断肠对归客[3]。古戍苍苍烽火寒，大荒沉沉飞雪白[4]。先拂商弦后角羽[5]，四郊秋叶惊摵摵[6]。董夫子，通神明，深山窃听来妖精。言迟

注释　1. 董大：即董庭兰，唐代著名乐师。弹胡笳弄：以琴弹出胡笳的声音。房给事：指房琯，时官任给事中。2. 蔡女：即蔡琰，汉末曾流落匈奴，作《胡笳十八拍》抒发悲愤之情。3.“汉使”句：指曹操派人将蔡琰从匈奴赎归事。归客，指蔡琰。4. 大荒：极远之地。5. 商弦：指商音。角羽：角音和羽音。商、角、羽皆属悲凉之音。6. 摵摵（shè）：落叶声。

更速皆应手[7]，将往复旋如有情[8]。空山百鸟散还合，万里浮云阴且晴。嘶酸雏雁失群夜[9]，断绝胡儿恋母声[10]。川为净其波，鸟亦罢其鸣。乌孙部落家乡远[11]，逻娑沙尘哀怨生[12]。幽音变调忽飘洒，长风吹林雨堕瓦。迸泉飒飒飞木末[13]，野鹿呦呦走堂下[14]。长安城连东掖垣[15]，凤凰池对青琐门[16]。高才脱略名与利[17]，日夕望君抱琴至。

7. 言迟更速：形容音乐节奏的快慢。8. 将往复旋：形容琴声的抑扬顿挫。9. 嘶：鸟的鸣声。10. “断绝”句：蔡琰流落匈奴期间，曾生二子。赎归之时，子尚年幼，但不得不忍痛相别。此处形容琴声的悲切凄怆。11. 乌孙：汉时西域国名。汉江都王之女刘细君曾远嫁乌孙。12. “逻娑”句：指唐代文成、金城公主和亲吐蕃事。逻娑（luó suō），吐蕃城名，即今西藏拉萨。13. 木末：树梢。14. 呦呦（yōu）：鹿鸣声。15. 东掖垣：指房琯居处。房琯任给事中，属门下省，在宫城的东面。16. 凤凰池：中书省所在之地。青琐门：东掖宫门名，门上刻镂连环纹，以青涂之。17. 高才：指房琯。脱略：轻慢，不在乎。

送魏万之京[1]

朝闻游子唱离歌[2]，
昨夜微霜初渡河。
鸿雁不堪愁里听，
云山况是客中过。
关城树色催寒近[3]，
御苑砧声向晚多[4]。
莫见长安行乐处，
空令岁月易蹉跎。

注释　1. 魏万：又名颢，王屋山人，上元初登第。李颀的晚辈。之：往。2. 游子：指魏万。3. 关城：指潼关，是魏万进京必经之地。4. 御苑：皇家宫苑，这里指长安。砧（zhēn）声：捣衣声。

綦毋潜

綦毋潜，字孝通，虔州（今江西赣州）人。开元十四年（726）进士，历官集贤院待制、校书郎、右拾遗等职，后挂冠归隐。其诗工于描绘幽寂之景，抒写方外之情。《全唐诗》存诗一卷。

春泛若耶溪[1]

幽意无断绝，此去随所偶[2]。
晚风吹行舟，花路入溪口。
际夜转西壑[3]，隔山望南斗[4]。
潭烟飞溶溶[5]，林月低向后。
生事且弥漫[6]，愿为持竿叟[7]。

注释　1. 若耶溪：在今浙江绍兴东南。2. 偶：偶然的际遇。3. 际：到，接近。4. 南斗：星宿名。5. 潭烟：潭上的雾气。溶溶：广大貌。6. 生事：生计。弥漫：渺茫。7. 持竿叟：指钓鱼翁。

王昌龄

王昌龄（698？—757？），字少伯，京兆万年（今陕西西安）人。开元十五年（727）进士及第，历官江宁丞、龙标尉等职。其诗多边塞军旅、宫怨闺情及送别之篇，清刚俊爽，深厚婉丽。尤擅七绝。有《王昌龄集》。

从军行七首（选四）

烽火城西百尺楼[1]，
黄昏独坐海风秋[2]。

注释　1. 百尺楼：置烽火的戍楼。2. 海风秋：指从青海湖上吹来的风，时值秋季，风也带着阵阵寒意。

更吹羌笛关山月[3]，
无那金闺万里愁[4]。

3. 羌笛：羌族乐器。关山月：乐府旧题，属横吹曲辞。4. 无那：无奈。金闺：装饰华美的闺房，这里代指住在华美闺房中的少妇。

琵琶起舞换新声[1]，
总是关山旧别情[2]。
撩乱边愁听不尽[3]，
高高秋月照长城。

注释 1. 新声：新的曲调。2. 关山：乐曲《关山月》。此处泛指表现征戍离别之情的乐曲。3. 撩乱：心里烦乱。边愁：久戍边疆的愁苦。

青海长云暗雪山[1]，
孤城遥望玉门关[2]。
黄沙百战穿金甲，
不破楼兰终不还[3]。

注释 1. 青海：湖名，在今青海西宁西。唐和吐蕃时常在这一带发生战争。雪山：指祁连山。2. 玉门关：故址在今甘肃敦煌西。3. 楼兰：汉时西域诸国之一。汉武帝时，楼兰国王安归勾结匈奴，多次攻击汉朝使臣，后大将霍光派傅介子前往楼兰，用计斩其王。此处泛指侵扰西北边地的吐谷浑等族。

大漠风尘日色昏，
红旗半卷出辕门[1]。
前军夜战洮河北[2]，
已报生擒吐谷浑[3]。

注释 1. 辕门：军营之门。2. 前军：先头部队。洮（táo）河：又名巴尔西河，黄河上游支流，在今甘肃西南部。3. 吐谷浑：古代少数民族名，此处泛指敌人。

出塞二首（选一）

秦时明月汉时关[1]，
万里长征人未还。
但使龙城飞将在[2]，
不教胡马度阴山[3]。

注释　1.“秦时明月”与“汉时关”互文见义，意谓秦汉时的明月、秦汉时的关塞。2. 龙城飞将：指汉将李广，曾为右北平太守，匈奴称其“汉之飞将军”。3. 阴山：在今内蒙古中部，汉时匈奴常越过此处侵扰内地。

采莲曲二首[1]（选一）

荷叶罗裙一色裁，
芙蓉向脸两边开[2]。
乱入池中看不见，
闻歌始觉有人来。

注释　1. 采莲曲：乐府旧题，多描写江南采莲少女的生活。2. 芙蓉：荷花的别称。

春宫曲

昨夜风开露井桃，
未央前殿月轮高[1]。
平阳歌舞新承宠[2]，
帘外春寒赐锦袍。

注释　1. 未央：汉宫殿名。2. 平阳歌舞：平阳公主家中的歌女，指卫子夫。

西宫春怨

西宫夜静百花香，
欲卷珠帘春恨长。
斜抱云和深见月[1]，
朦胧树色隐昭阳[2]。

注释 1. 云和：琴瑟的代称。2. 昭阳：汉宫殿名。此指得宠者居住的宫殿。

长信秋词五首[1]（选一）

奉帚平明金殿开[2]，
且将团扇暂徘徊[3]。
玉颜不及寒鸦色，
犹带昭阳日影来[4]。

注释 1. 长信：汉宫殿名。据《汉书·外戚传》载，班婕妤为赵飞燕所妒，为避祸乃自求于长信宫侍奉太后。2. 奉帚：捧着扫帚，意谓打扫宫殿。平明：天刚亮。3. 团扇：相传班婕妤作《团扇诗》，以秋扇见弃抒发君恩断绝的哀怨之情。4. 昭阳：即昭阳宫，汉成帝宠妃赵合德居处。日影：阳光，此处双关，亦指君王的恩宠。

闺　怨

闺中少妇不曾愁，
春日凝妆上翠楼[1]。
忽见陌头杨柳色[2]，
悔教夫婿觅封侯。

注释 1. 凝妆：盛妆，指精心梳妆。2. 陌头：路边。

送魏二[1]

醉别江楼橘柚香，
江风引雨入舟凉。
忆君遥在潇湘月[2]，
愁听清猿梦里长。

注释　1. 魏二：名不详，时赴湖南。2. 潇湘：潇水和湘水在今湖南零陵汇合，北流入洞庭湖。

芙蓉楼送辛渐二首[1]（选一）

寒雨连江夜入吴[2]，
平明送客楚山孤[3]。
洛阳亲友如相问，
一片冰心在玉壶[4]。

注释　1. 芙蓉楼：在润州（今江苏镇江润州区）。辛渐：作者友人。2. 吴：古国名，此处泛指润州一带。3. 楚：与“吴”为互文，因润州春秋时属吴、战国时属楚。4.“一片”句：喻指高洁清明的人品。鲍照《代白头吟》：“直如朱丝绳，清如玉壶冰。”

祖 咏

祖咏，洛阳（今属河南）人。中进士后未得官，后离京归汝坟（今河南汝阳、临汝间）别业，以渔樵自终。与王维交谊颇深，多有酬唱之作。祖咏作诗最重经营意境，剪刻省净，调颇凌俗。

望蓟门[1]

燕台一去客心惊，
箫鼓喧喧汉将营。
万里寒光生积雪，
三边曙色动危旌[2]。
沙场烽火连胡月，
海畔云山拥蓟城。
少小虽非投笔吏[3]，
论功还欲请长缨[4]。

注释　1. 蓟（jì）门：蓟门关，在今北京西直门北。2. 三边：汉幽、并、凉三州，皆在边疆，后即泛指边地。危旌：高扬的旗帜。3. 投笔吏：汉班超家贫，常为官府抄书以谋生，后投笔从戎，以功封定远侯。4. 论功：指论功行封。请长缨：汉时书生终军曾向汉武帝请发长缨，缚番王来朝，立下奇功。后来把自愿投军叫作“请缨”。

终南望余雪[1]

终南阴岭秀[2]，积雪浮云端。
林表明霁色[3]，城中增暮寒。

注释　1. 终南：即终南山，位于长安城南。2. 阴岭：指终南山的北麓。3. 林表：林外。霁：雨雪止。

孙　逖

孙逖（696—761），潞州涉县（今属河北）人，少居巩县（今属河南）。开元中官中书舍人等职，终太子少詹事。工诗善文，古调今格，悉其所长。

宿云门寺阁[1]

香阁东山下[2]，烟花象外幽。
悬灯千嶂夕[3]，卷幔五湖秋。
画壁余鸿雁，纱窗宿斗牛[4]。
更疑天路近[5]，梦与白云游。

注释　1. 云门寺：在今浙江绍兴境内的云门山上，始建于晋安帝时，是著名的隐居之地。2. 香阁：指云门寺。3. 嶂：像屏障一样陡峭的山峰。4. 斗牛：指斗宿和牛宿。此处衬托云门寺之高。5. 天路：通天之路。

王　维

王维（701—761），字摩诘，祖籍太原祁（今山西祁县）。官终尚书右丞。唐代山水田园诗派代表作家，与孟浩然并称“王孟”。其诗将禅理、诗情、画意浑然相融，独得任性自然之境界。苏轼誉曰：“味摩诘之诗，诗中有画；观摩诘之画，画中有诗。”有《王右丞集》。

送　别

下马饮君酒[1]，问君何所之[2]？
君言不得意，归卧南山陲[3]。
但去莫复问，白云无尽时。

注释　1. 饮：使……饮。2. 何所之：去哪里。3. 南山陲：终南山边。

青溪[1]

言入黄花川[2]，每逐青溪水。
随山将万转，趣途无百里[3]。
声喧乱石中，色静深松里。
漾漾泛菱荇[4]，澄澄映葭苇[5]。
我心素已闲，清川澹如此[6]。
请留盘石上[7]，垂钓将已矣。

注释　1. 青溪：水名，在今陕西勉县东。此指清澈碧绿的溪水。2. 言：发语词。黄花川：水名，在今陕西凤县东北。3. 趣途：顺路而行。4. 漾漾：水摇动貌。菱：生长在河塘中的一年生草本植物。荇(xìng)：荇菜，一种多年生水草。5. 澄澄：水清澈貌。葭（jiā）苇：即芦苇。6. 澹：恬静。7. 盘石：同"磐石"，大而厚的石头。

渭川田家[1]

斜阳照墟落[2]，穷巷牛羊归[3]。
野老念牧童[4]，倚杖候荆扉[5]。
雉雊麦苗秀[6]，蚕眠桑叶稀[7]。
田夫荷锄至，相见语依依[8]。
即此羡闲逸，怅然吟式微[9]。

注释　1. 渭川：即渭水，黄河的最大支流。2. 墟落：村落。3. 穷巷：隐僻的小巷。4. 野老：乡村的老者。5. 荆扉：柴门。6. 雉：野鸡。雊（gòu)：野鸡的鸣叫。秀：抽穗开花。7. 蚕眠：指蚕蜕皮前不食不动。8. 依依：恋恋不舍貌。9. 式微：《诗经·邶风·式微》有"式微，式微，胡不归"之句，此处用来形容作者意欲归隐田园的心情。

春中田园作

屋上春鸠鸣[1]，村边杏花白。
持斧伐远扬[2]，荷锄觇泉脉[3]。
归燕识故巢，旧人看新历。
临觞忽不御[4]，惆怅远行客。

注释　1. 鸠：鸽子一类的鸟。2. 远扬：指长得过高过远的桑树枝条。3. 觇（chān)：探测。泉脉：地层中伏流的泉水。4. 觞：酒器。御：进用。

西施咏

艳色天下重[1]，西施宁久微[2]？
朝为越溪女[3]，暮作吴宫妃。
贱日岂殊众[4]，贵来方悟稀[5]。
邀人傅脂粉[6]，不自著罗衣。
君宠益娇态，君怜无是非。
当时浣纱伴，莫得同车归。
持谢邻家子[7]，效颦安可希[8]。

注释　1. 重：推崇，看重。2. 宁：怎能。微：贫贱低微。3. 越溪：越国的溪水，此指浙江诸暨苎萝山下的溪流，相传是西施浣纱的地方。4. 贱日：微贱的时候。殊众：与众不同。5. 稀：珍稀，举世少有。6. 傅：擦，涂抹。7. 持：以，拿。谢：告诫。邻家子：指西施邻居家的丑女，即东施。8. 效颦（pín）：传说西施病心，时常捧心蹙眉。其邻里的丑女觉得很美，就效法她。颦，皱眉。希：希求。

夷门歌[1]

七雄雄雌犹未分[2]，
攻城杀将何纷纷。
秦兵益围邯郸急，
魏王不救平原君[3]。
公子为嬴停驷马[4]，
执辔愈恭意愈下[5]。
亥为屠肆鼓刀人[6]，
嬴乃夷门抱关者[7]。
非但慷慨献良谋[8]，
意气兼将身命酬[9]。
向风刎颈送公子[10]，
七十老翁何所求！

注释　1. 夷门：战国时魏都大梁（今河南开封）的东城门。2. 七雄：指战国时齐、楚、燕、韩、赵、魏、秦七个强国。雄雌：胜负。3. “秦兵”二句：魏安釐王二十年（前257），秦兵围赵都邯郸。赵平原君夫人是魏信陵君之姊，曾多次修书向魏求救，魏王惧怕强秦，按兵不动。邯郸：战国时赵国的都城，在今河北邯郸。平原君：指赵国公子赵胜，封于平原。4. 公子：指信陵君。嬴：侯嬴，时为夷门的守门官。驷马：同驾一辆车的四匹马，此处指车。据《史记·魏公子列传》载，信陵君亲自去迎接侯嬴，并在途中等待他探访友人朱亥。5. 辔：驾驭牲口用的缰绳。下：谦卑。6. 亥：指朱亥，侯嬴的朋友。屠肆：屠宰作坊。鼓刀：指宰杀牲畜。7. 抱关：负责启闭城门的人。8. 献良谋：指侯嬴向信陵君献计，盗出兵符，又推荐朱亥椎杀魏将晋鄙，夺取兵权救赵。9. 身命酬：用生命来报答。10. “向风”句：指侯嬴在信陵君至晋鄙军中之日，北向自刎，以报知遇之恩。

老将行

少年十五二十时，
步行夺得胡马骑[1]。
射杀山中白额虎[2]，
肯数邺下黄须儿[3]。
一身转战三千里，
一剑曾当百万师。
汉兵奋迅如霹雳，
虏骑崩腾畏蒺藜[4]。
卫青不败由天幸[5]，
李广无功缘数奇[6]。
自从弃置便衰朽，
世事蹉跎成白首。
昔时飞雀无全目[7]，
今日垂杨生左肘[8]。
路旁时卖故侯瓜[9]，
门前学种先生柳[10]。
苍茫古木连穷巷，
寥落寒山对虚牖[11]。
誓令疏勒出飞泉[12]，
不似颍川空使酒[13]。
贺兰山下阵如云[14]，
羽檄交驰日夕闻[15]。
节使三河募年少[16]，
诏书五道出将军[17]。

注释　1.“少年”二句：借汉将李广被擒后夺马逃回之事言老将少年时的机智勇敢。2.“射杀”句：《晋书 · 周处传》载，周处少时为害乡里，后射杀南山白额虎，又入水斩蛟，改过自新。白额虎：指猛虎。3. 肯：哪能。数：服气，推崇。邺下：在今河北临漳西南，曹操封魏王，定都于此。黄须儿：指曹操的次子曹彰，相传胡须为黄色。4. 虏骑：敌方骑兵。崩腾：溃败奔逃貌。蒺藜（jí lí）：即铁蒺藜，古代作战时用以阻碍敌兵的铁制带刺障碍物。5.“卫青”句：《史记 · 卫将军骠骑列传》中说霍去病屡战屡胜，是因为有“天幸”，此处王维误用于卫青。天幸：运气好。6.“李广”句：李广屡建战功，却始终不得封侯。缘：因为。数奇（jī）：命运不好。7. 飞雀无全目：传说后羿箭法精妙，能射中雀目。无全目，使双目不全。这里形容老将当年射艺高超。8. 垂杨生左肘：谓肘上肌肉松弛下垂，如生了疖瘤一般。垂杨，指疖瘤。9. 故侯瓜：据《史记 · 萧相国世家》载，召平为秦东陵侯，秦破后，种瓜于长安，其瓜甜美，称“东陵瓜”。10. 先生柳：陶渊明归隐后，因宅旁有柳树，自号“五柳先生”。11. 牖（yǒu）：窗户。12. 疏勒出飞泉：据《后汉书 · 耿恭传》载，汉军被匈奴困疏勒城中，绝水，汉将耿恭向井再拜祈祷，水遂涌出。疏勒，汉代西域地名，在今新疆喀什噶尔一带。13. 颍川空使酒：指汉将军灌夫借酒谩骂事。颍川，在今河南登封、宝丰以东。灌夫为汉颍川郡人，故指称。使酒，因酒使气，借酒发脾气骂人。14. 贺兰山：位于宁夏西北部与内蒙古接界处。15. 羽檄：军中文书，上插羽毛，以示紧急。交驰：往来传递。16. 节使：使臣。三河：汉代河东、河内、河南三郡的总称。17. 五道出将军：汉宣帝曾命田广明等五将军分五路出兵，夹击匈奴。

试拂铁衣如雪色[18]，
聊持宝剑动星文[19]。
愿得燕弓射天将[20]，
耻令越甲鸣吾君[21]。
莫嫌旧日云中守[22]，
犹堪一战取功勋。

18. 铁衣：铠甲。19. 动星文：指宝剑上的七星文闪烁。20. 燕弓：燕地出产的坚劲之弓。21. "耻令"句：春秋时越国军队进犯齐国，雍门子狄请齐王允许他自杀谢罪，齐王问其故，他说是因为越甲惊扰了国君。越甲，越国的军队。22. 云中守：指汉文帝时的云中（治所在今内蒙古托克托东北）太守魏尚。他善待士卒，深得军心，使匈奴不敢进犯。后被削职为民，经冯唐鸣不平后，才官复原职。

桃源行[1]

渔舟逐水爱山春，
两岸桃花夹去津[2]。
坐看红树不知远[3]，
行尽青溪不见人。
山口潜行始隈隩[4]，
山开旷望旋平陆[5]。
遥看一处攒云树[6]，
近入千家散花竹。
樵客初传汉姓名，
居人未改秦衣服[7]。
居人共住武陵源[8]，
还从物外起田园[9]。
月明松下房栊静[10]，
日出云中鸡犬喧。
惊闻俗客争来集[11]，
竞引还家问都邑。

注释　1. 桃源：即晋陶渊明《桃花源记》中所咏的桃花源，相传在今湖南桃源县西南。2. 津：渡口，这里泛指溪流。3. 坐：因为。红树：盛开的桃花树。4. 隈隩（wēi ào）：山崖曲折处。5. 旋：忽然。6. 攒（cuán）：聚集。7. "樵客"二句：化用陶渊明《桃花源记》文意："（桃源中居人）自云先世避秦时乱，率妻子邑人，来此绝境，不复出焉，遂与外人间隔。问今是何世，乃不知有汉，无论魏晋。"8. 武陵：郡名，治所在今湖南常德西。9. 物外：世外。10. 栊（lóng）：窗户。11. 俗客：指武陵渔人。

平明闾巷扫花开[12]，
薄暮渔樵乘水入。
初因避地去人间[13]，
及至成仙遂不还。
峡里谁知有人事，
世中遥望空云山。
不疑灵境难闻见[14]，
尘心未尽思乡县[15]。
出洞无论隔山水，
辞家终拟长游衍[16]。
自谓经过旧不迷，
安知峰壑今来变[17]。
当时只记入山深，
青溪几度到云林。
春来遍是桃花水[18]，
不辨仙源何处寻。

12. 平明：天刚亮。闾巷：指桃源中的街巷。13. 避地：指避秦时战乱。去：离开。14. 灵境：仙境。15. 尘心：凡俗的心。乡县：指武陵人的家乡。16. 游衍：游玩。17. 壑（hè）：山谷。18. 桃花水：每年春季桃花开时，雨水很多，称为桃花水。

洛阳女儿行

洛阳女儿对门居，
才可容颜十五余[1]。
良人玉勒乘骢马[2]，
侍女金盘脍鲤鱼[3]。
画阁朱楼尽相望，
红桃绿柳垂檐向。

注释　1. 才可：刚刚，恰好。2. 玉勒：美玉装饰的马嚼子。骢马：青白相间的马，此处泛指宝马。3. 脍（kuài）：细切的肉。

罗帏送上七香车[4]，
宝扇迎归九华帐[5]。
狂夫富贵在青春，
意气骄奢剧季伦[6]。
自怜碧玉亲教舞[7]，
不惜珊瑚持与人。
春窗曙灭九微火[8]，
九微片片飞花琐[9]。
戏罢曾无理曲时[10]，
妆成只是薰香坐。
城中相识尽繁华，
日夜经过赵李家[11]。
谁怜越女颜如玉，
贫贱江头自浣纱。

4. 七香车：用多种香料涂饰或用多种香木制作的车。5. 九华帐：美丽鲜艳的罗帐。6. 季伦：晋朝富商石崇，字季伦。7. 碧玉：梁汝南王侍妾名，此指洛阳女儿。8. 九微：灯名。9. 片片：指灯花。花琐：指雕花的连环形窗格。10. 理曲：练习歌曲。理，演奏。11. 赵李：指汉成帝的皇后赵飞燕、婕妤李平的家。此泛指富贵之家。

送綦毋潜落第还乡[1]

圣代无隐者[2]，英灵尽来归[3]。
遂令东山客[4]，不得顾采薇[5]。
既至金门远[6]，孰云吾道非？
江淮度寒食[7]，京洛缝春衣[8]。
置酒长安道，同心与我违[9]。
行当浮桂棹[10]，未几拂荆扉[11]。
远树带行客，孤城当落晖。
吾谋适不用[12]，勿谓知音稀。

注释　1. 綦毋潜：字孝通，王维好友。2. 圣代：政治开明、社会安定的时代。3. 英灵：有德行、有才干的人。4. 东山客：东晋谢安曾隐居会稽东山，此借指綦毋潜。5. 采薇：商末周初，伯夷、叔齐兄弟隐于首阳山，采薇而食，后指隐居生活。6. 金门：金马门，汉代宫门名。汉代贤士等待皇帝召见的地方。7. 寒食：古人以冬至后一百零五天为寒食节，断火三日。8. 京洛：东京洛阳。9. 同心：志同道合的朋友。违：分离。10. 行当：将要。桂棹：桂木做的船桨。11. 未几：不久。12. 适：偶然。

辋川闲居赠裴秀才迪[1]

寒山转苍翠，秋水日潺湲[2]。
倚杖柴门外，临风听暮蝉。
渡头余落日，墟里上孤烟[3]。
复值接舆醉[4]，狂歌五柳前[5]。

注释　1. 辋川：在今陕西蓝田西南。裴秀才迪：指裴迪，唐代诗人，曾与王维一起隐居终南山下。2. 潺湲（chán yuán）：水流动的样子。3. 墟：村落。4. 值：遇到。接舆：春秋时楚国的隐士，曾"歌而过孔子"，孔子欲与之言，接舆"趋而辟之"（《论语 · 微子》）。这里指裴迪。5. 五柳：陶渊明曾作《五柳先生传》以自况，此处为作者自指。

酬张少府[1]

晚年唯好静，万事不关心。
自顾无长策[2]，空知返旧林[3]。
松风吹解带[4]，山月照弹琴。
君问穷通理[5]，渔歌入浦深。

注释　1. 少府：县尉一级的官员。2. 自顾：自念，自视。长策：高见。3. 空：徒。旧林：故居。4. 吹解带：解开衣带让清风吹，表现一种闲散的状貌。5. 穷通：穷困与显达，得意或失意。

送梓州李使君[1]

万壑树参天，千山响杜鹃[2]。
山中一夜雨，树杪百重泉[3]。
汉女输橦布[4]，巴人讼芋田[5]。
文翁翻教授[6]，不敢倚先贤[7]。

注释　1. 梓州：治所在今四川三台。使君：对州刺史的尊称。2. 杜鹃：鸟名，传说是古蜀帝杜宇的魂魄所化。3. 树杪（miǎo）：树梢。4. 汉女：指梓州的少数民族妇女。输：缴纳。橦布：以橦花织成的布。橦，即木棉树。5."巴人"句：指蜀人常常为了芋田之事打官司。巴人，蜀人。讼，诉讼。芋田，种芋头的田地。6. 文翁：汉景帝时的蜀郡太守，他在任期间，兴办学校，教化蜀人，改变蛮夷之风。翻教授：改变以前的风气而翻新教化。7. 不敢：当为"敢不"之误倒。倚：依傍。先贤：指文翁。

过香积寺[1]

不知香积寺，数里入云峰。
古木无人径，深山何处钟。
泉声咽危石[2]，日色冷青松[3]。
薄暮空潭曲[4]，安禅制毒龙[5]。

注释　1. 香积寺：故址在今陕西长安南。2. 咽危石：泉水流经高险的岩石时，发出幽咽的声响。3.“日色”句：照在青松上的日光仿佛也有了寒意，形容松林之幽寂。4. 曲：迂回曲折，此指隐僻之处。5. 安禅：佛教的一种修习活动，静思凝虑，以达到禅悟境界。毒龙：佛家用语，比喻妄念烦恼。

山居秋暝[1]

空山新雨后，天气晚来秋。
明月松间照，清泉石上流。
竹喧归浣女[2]，莲动下渔舟。
随意春芳歇，王孙自可留[3]。

注释　1. 暝：日落，天黑。2. 浣（huàn）女：浣纱的女子。3.“随意”二句：《楚辞·招隐士》：“王孙游兮不归，春草生兮萋萋。……王孙兮归来，山中兮不可以久留。”这里反用其意。

终南别业[1]

中岁颇好道[2]，晚家南山陲[3]。
兴来每独往，胜事空自知。
行到水穷处，坐看云起时。
偶然值林叟[4]，谈笑无还期。

注释　1. 终南别业：即王维的辋川别业，在终南山下。别业，别墅。2. 中岁：中年。道：指佛理。3. 晚：近来。南山：即终南山。陲：边缘地带。4. 值：遇见。林叟：山林中的老者。

终南山

太乙近天都[1]，连山接海隅[2]。
白云回望合，青霭入看无[3]。
分野中峰变[4]，阴晴众壑殊。
欲投人处宿，隔水问樵夫。

注释　1. 太乙：终南山的主峰。天都：指都城长安，一说指天帝所居之处。2. 海隅（yú）：海边。3. 霭（ǎi）：云雾。4. 分野：古人将天上的二十八星宿与地上的区域对应起来，称为“分野”。此处形容以中峰太乙为标志，山南山北就属于不同的星宿分野了。

观　猎

风劲角弓鸣[1]，将军猎渭城[2]。
草枯鹰眼疾[3]，雪尽马蹄轻。
忽过新丰市[4]，还归细柳营[5]。
回看射雕处[6]，千里暮云平。

注释　1. 角弓：以兽角装饰的良弓。2. 渭城：即秦咸阳城，在今陕西咸阳东北。3. 疾：形容目光锐利。4. 新丰市：故址在今陕西临潼东北。5. 细柳营：汉将军周亚夫屯兵之处，在今陕西长安。此处泛指军营。6. 射雕：据《北齐书 · 斛律光传》载，斛律光在校猎时射中一只大雕，被称为“射雕手”。这里用来形容将军的善射。

汉江临泛[1]

楚塞三湘接[2]，荆门九派通[3]。
江流天地外，山色有无中。
郡邑浮前浦[4]，波澜动远空。
襄阳好风日，留醉与山翁[5]。

注释　1. 汉江：即汉水。发源于陕西宁强北，流经湖北，至汉口入长江。2. 楚塞：泛指汉水流域一带。三湘：湖南湘水的总称。3. 荆门：山名，在今湖北宜都西北。九派：指长江的九条支流。4. 郡邑：州郡所在的城市。这里指唐襄州治所襄阳。浦：水边。5. 山翁：指晋人山简，曾镇守襄阳，好饮酒，每饮必醉。

使至塞上[1]

单车欲问边[2]，属国过居延[3]。
征蓬出汉塞[4]，归雁入胡天。
大漠孤烟直，长河落日圆。
萧关逢候骑[5]，都护在燕然[6]。

注释 1.使：出使。塞上：边塞。2.单车：形容出使的车仗简单，随从较少。问：慰问。3.属国：归顺汉朝但仍保留本国习俗的附属国。居延：汉末设县，在今甘肃张掖东北。4.征蓬：随风飞扬的蓬草。此处形容旅途漂泊。5.萧关：古关名，在今宁夏固原东南，是汉朝与匈奴对抗时的要塞。候骑：负责侦察的骑兵。6.都护：官名。唐代在边疆设都护府，最高军政长官称“都护”，此处借指河西节度使崔希逸。燕然：山名，即今蒙古境内的杭爱山。这里用汉将窦宪大破匈奴，在燕然山刻石记功的典故，形容唐军打了胜仗。

送秘书晁监还日本国[1]

积水不可极[2]，安知沧海东？
九州何处远，万里若乘空。
向国唯看日[3]，归帆但信风。
鳌身映天黑[4]，鱼眼射波红[5]。
乡树扶桑外[6]，主人孤岛中。
别离方异域，音信若为通[7]！

注释 1.秘书晁监：指晁衡，日本人，原名阿倍仲麻吕。开元五年（717）随日本遣唐使来华，长期居留中国，官至秘书监。2.积水：指大海。极：到达。3.“向国”句：只要看着日出处就是朝向日本国的方向。《新唐书·东夷传》：“日本使者自言国近日所出，以为名。”4.鳌（áo）：传说中海里的大鱼或大鳖。5.“鱼眼”句：形容鱼眼射出的光把海波都染红了。6.扶桑：古代神话传说中的树木名，后代指日本。7.若为：如何。

和贾舍人早朝大明宫之作

绛帻鸡人报晓筹[1]，
尚衣方进翠云裘[2]。
九天阊阖开宫殿[3]，

注释 1.绛帻：红色头巾。鸡人：天将亮时由头戴红巾的卫士在宫门外高喊，好像鸡鸣，以警百官。2.尚衣：专管皇帝衣服的尚衣局。翠云裘：绣着华丽图案的大衣。3.九天阊阖：宫殿大门像九重天门。

万国衣冠拜冕旒[4]。
日色才临仙掌动[5]，
香烟欲傍衮龙浮[6]。
朝罢须裁五色诏[7]，
佩声归到凤池头。

4. 万国衣冠：文武百官和各国使节。冕旒：皇帝的帽子，代指皇帝。5. 仙掌：仪仗队所举的宫扇。6. 衮龙：绣有龙图案的皇帝的朝服。7. 五色诏：用五色纸起草诏书。

春日与裴迪过新昌里访吕逸人不遇[1]

桃源一向绝风尘[2]，
柳市南头访隐沦[3]。
到门不敢题凡鸟[4]，
看竹何须问主人[5]。
城上青山如屋里，
东家流水入西邻。
闭户著书多岁月，
种松皆老作龙鳞[6]。

注释　1. 新昌里：长安皇城东之第三街。2. 桃源：借指吕逸人的隐居处。3. 柳市：长安城的东市。隐沦：隐士。4. 凡鸟：常用以讥刺俗人。《世说新语 · 简傲》载，吕安访嵇康不遇，康兄嵇喜出迎，吕安不入，于门上书"凤"（繁体"凤"字为"凡鸟"）而去。5. 看竹：用晋王徽之趁主人不在尽情赏竹的典故。6. 龙鳞：指松树表皮斑驳。

积雨辋川庄作

积雨空林烟火迟[1]，
蒸藜炊黍饷东菑[2]。
漠漠水田飞白鹭，
阴阴夏木啭黄鹂。
山中习静观朝槿[3]，

注释　1. 烟火迟：因久雨林野润湿，故烟火缓升。2. 藜：指蔬菜。黍：指饭食。饷东菑：给在东边田里干活的人送饭。菑，本指已经开垦了一年的田，此处泛指田亩。3. 习静：修养宁静之性。朝槿：即木槿，落叶灌木，花朝开暮落。

松下清斋折露葵[4]。
野老与人争席罢[5]，
海鸥何事更相疑[6]。

4. 清斋：素食。5. 野老：作者自称。争席：表示和人相处很随便，无隔阂。此用《庄子·杂篇·寓言》中的典故。6. 海鸥：《列子·黄帝篇》载，海上有人每日与鸥鸟游玩，后其父命他捉鸥鸟，鸥鸟从此盘旋不下，因为他有了机心。此处指淳朴而无机心。

息夫人[1]

莫以今时宠，能忘旧日恩。
看花满眼泪，不共楚王言。

注释　1. 息夫人：春秋时息侯的夫人，楚文王闻息夫人美貌，便发兵灭息，将其据为己有。息夫人到楚宫后终日不语，楚王问其故，她说："吾一妇人而事二夫。纵弗能死，其又奚言！"息，春秋时姬姓小国，在今河南息县。

鹿　柴[1]

空山不见人[2]，但闻人语响。
返景入深林[3]，复照青苔上。

注释　1. 鹿柴（zhài）：养鹿的栅栏，这里指王维辋川别业的一个景点，据说因放养獐鹿而得名。2. 空山：空寂的山林。3. 返景：傍晚的日光。

竹里馆[1]

独坐幽篁里[2]，弹琴复长啸[3]。
深林人不知，明月来相照。

注释　1. 竹里馆：王维辋川别业二十景之一。2. 幽篁（huáng）：幽深的竹林。3. 长啸：撮口发出的长而清越的声音，类似于打口哨，是魏晋名士的一种抒情方式。

辛夷坞[1]

木末芙蓉花[2]，山中发红萼[3]。
涧户寂无人[4]，纷纷开且落。

注释　1. 辛夷坞（wù）：辋川别业景点之一。辛夷，又名木兰，落叶乔木，花大，外紫内白。坞，周围高而中央凹陷的地方。2. 木末：树梢。芙蓉花：即木芙蓉，落叶小乔木，与辛夷相似，故此处用来借指。3. 红萼（è）：红色的花苞。4. 涧户：山涧两崖相对如门户。

鸟鸣涧[1]

人闲桂花落[2]，夜静春山空。
月出惊山鸟，时鸣春涧中。

注释　1. 涧：夹在两山间的水沟。2. 闲：寂静。桂花：即岩桂，又称木樨，丛生于岭岩之间。

山中送别

山中相送罢，日暮掩柴扉。
春草明年绿，王孙归不归[1]？

注释　1. 王孙：贵族的子孙，这里指送别的友人。

杂诗三首（选一）

君自故乡来，应知故乡事。
来日绮窗前[1]，寒梅著花未[2]？

注释　1. 来日：来的时候。绮窗：雕有花纹的窗户。2. 著花：长出花蕾或花朵。

相　思

红豆生南国，春来发几枝？

愿君多采撷[1]，此物最相思。

注释 1. 采撷：采摘。

书　事

轻阴阁小雨[1]，深院昼慵开[2]。
坐看苍苔色[3]，欲上人衣来。

注释 1. 阁：同“搁”，停辍。2. 慵：懒。3. 坐看：眼看，正看。

山　中

荆溪白石出[1]，天寒红叶稀。
山路元无雨[2]，空翠湿人衣[3]。

注释 1. 荆溪：即长水，源出陕西蓝田西北，经长安入灞水。2. 元：原本。3.“空翠”句：形容山色苍翠欲滴。

田园乐七首（选一）

桃红复含宿雨[1]，柳绿更带朝烟。
花落家童未扫，莺啼山客犹眠。

注释 1. 宿雨：昨夜之雨。

少年行四首（选一）

新丰美酒斗十千[1]，
咸阳游侠多少年[2]。

注释 1. 新丰：地名，在今陕西临潼东北，以盛产美酒而闻名。斗十千：一斗酒价值十千文钱，形容酒之名贵。2. 咸阳：秦都城，故址在今陕西咸阳。这里泛指长安。

相逢意气为君饮，
系马高楼垂柳边。

九月九日忆山东兄弟[1]

独在异乡为异客，
每逢佳节倍思亲。
遥知兄弟登高处，
遍插茱萸少一人[2]。

注释　1. 九月九日：即重阳节。山东：这里指华山以东。王维的故乡在蒲州（今山西永济），属华山以东。2. “遥知”二句：古代重阳节有登高饮菊花酒、插茱萸等习俗。茱萸（zhū yú）：一种落叶小乔木，有浓郁的香气。

送元二使安西[1]

渭城朝雨浥轻尘[2]，
客舍青青柳色新。
劝君更尽一杯酒，
西出阳关无故人[3]。

注释　1. 元二：名不详，排行第二，作者的友人。安西：唐安西都护府，治所在今新疆库车。2. 渭城：汉代县名，治所在今陕西咸阳东北。浥（yì）：沾湿。3. 阳关：古关名，故址在今甘肃敦煌西南。

送沈子福之江东[1]

杨柳渡头行客稀，
罟师荡桨向临圻[2]。
唯有相思似春色，
江南江北送君归。

注释　1. 沈子福：作者友人，生平不详。2. 罟（gǔ）师：渔人，此指船夫。临圻：近岸之地，此指江东岸。

高　适

高适（700? —765），字达夫，郡望渤海蓨县（今河北景县）。天宝八年（749）有道科及第，历官封丘尉、淮南节度使、太子少詹事、剑南西川节度使等职。官终左散骑常侍，封渤海县侯。高适擅写边塞军旅生活，骨力遒劲，气势奔放，与岑参并为盛唐边塞诗派之代表作家。有《高常侍集》。

燕歌行[1]

汉家烟尘在东北[2]，
汉将辞家破残贼[3]。
男儿本自重横行[4]，
天子非常赐颜色[5]。
摐金伐鼓下榆关[6]，
旌旆逶迤碣石间[7]。
校尉羽书飞瀚海[8]，
单于猎火照狼山[9]。
山川萧条极边土，
胡骑凭陵杂风雨[10]。
战士军前半死生，
美人帐下犹歌舞。
大漠穷秋塞草腓[11]，
孤城落日斗兵稀。
身当恩遇恒轻敌，
力尽关山未解围。
铁衣远戍辛勤久[12]，
玉箸应啼别离后[13]。

注释　1. 燕歌行：乐府《相和歌辞·平调曲》旧题。2. 汉家：借汉指唐。烟尘：烽烟和尘土，指军事行动。东北：今辽宁和内蒙古南部，唐时为奚、契丹族聚居地。3. 残贼：凶残的敌人。4. 横行：纵横驰骋，一往无前。5. 赐颜色：给好脸色看。此指礼遇、器重。6. 摐（chuāng）金：敲击金属乐器。伐鼓：击鼓。榆关：即山海关。7. 旌旆：军中各类旗帜。逶迤：宛曲而连绵。碣石：山名，在今河北昌黎北。8. 校尉：武职名，位次于将军。羽书：插有鸟羽的紧急军事文书。瀚海：沙漠。9. 单于（chán yú）：匈奴君长的称号，此处泛指敌方首领。猎火：打猎时升起的火。古代游牧民族在作战以前，往往举行大规模的校猎，以为军事演习。狼山：即狼居胥山，在今内蒙古西北部。这里泛指交战之地。10. 凭陵：仗势欺凌侵犯。杂风雨：形容敌军凶猛如风雨交加。11. 腓（féi）：草木枯萎变黄。12. 铁衣：铁甲战衣，此处指代远戍边塞的士兵。13. 玉箸：玉质的筷子，这里指思妇的眼泪。

少妇城南欲断肠，
征人蓟北空回首[14]。
边庭飘飖那可度[15]，
绝域苍茫更何有！
杀气三时作阵云[16]，
寒声一夜传刁斗[17]。
相看白刃血纷纷，
死节从来岂顾勋[18]？
君不见沙场征战苦，
至今犹忆李将军[19]。

14. 蓟（jì）北：唐蓟州（今天津蓟县）以北地区，泛指东北边地。15. 飘飖：随风飘荡貌。16. 三时：指晨、午、晚，即一整天。17. 刁斗：军中金属用具，夜间打更，日间煮饭。18. 死节：指为国捐躯。节，气节，节操。19. 李将军：指汉将李广，骁勇善战，体恤士卒。此处感古思今，意谓当时没有像李广那样的边将。一说指战国时赵国名将李牧。

人日寄杜二拾遗[1]

人日题诗寄草堂[2]，
遥怜故人思故乡。
柳条弄色不忍见，
梅花满枝空断肠。
身在远藩无所预[3]，
心怀百忧复千虑。
今年人日空相忆，
明年人日知何处？
一卧东山三十春[4]，
岂知书剑老风尘！
龙钟还忝二千石[5]，
愧尔东西南北人[6]。

注释　1. 人日：正月初七。杜二拾遗：即杜甫，曾官左拾遗。2. 草堂：杜甫当时的居处，在今成都西郊通宪门外浣花溪边。3. 远藩：指蜀中。预：参与朝政。4. 东山：指不问世事的隐居之处，典出《晋书·谢安传》。5. 龙钟：行进不前的样子，此指老态。二千石：汉代郡守的俸禄。作者时为蜀州刺史，与汉郡守同。6. 东西南北人：典出《礼记·檀弓》："今丘也，东西南北之人也。"杜甫《谒文公上方》诗亦云："甫也南北人。"此处高适用以称杜甫。

封丘作[1]

我本渔樵孟诸野[2]，
一生自是悠悠者[3]。
乍可狂歌草泽中[4]，
宁堪作吏风尘下[5]！
只言小邑无所为，
公门百事皆有期[6]。
拜迎官长心欲碎，
鞭挞黎庶令人悲[7]。
归来向家问妻子，
举家尽笑今如此。
生事应须南亩田[8]，
世情付与东流水。
梦想旧山安在哉，
为衔君命且迟回[9]。
乃知梅福徒为尔[10]，
转忆陶潜归去来[11]。

注释　1. 封丘：古县名，治所在今河南封丘。2. 孟诸：古泽名，在今河南商丘东北。高适出仕前曾居于此。野：乡野之人。3. 悠悠者：闲散自在、无拘无束的人。4. 乍可：只可。草泽：指民间。5. 宁堪：怎能忍受。风尘：污浊纷扰的社会环境。6. 期：期限，日程。7. 黎庶：平民百姓。8. 生事：生计。南亩：泛指田地。9. 衔君命：奉君之命。迟回：犹豫，徘徊。10. 梅福：西汉末年人，曾任南昌尉，后弃官归家，隐居读书。王莽时抛弃家室，变姓名为吴市门卒。徒为：徒劳。11. 陶潜归去来：陶潜曾为彭泽令，郡督邮将至，例应束带谒见，叹曰："我岂能为五斗米，折腰向乡里小儿！"遂辞官归隐，作《归去来兮辞》以寄意。

别韦参军[1]

二十解书剑[2]，
西游长安城。
举头望君门，
屈指取公卿[3]。

注释　1. 参军：州郡佐吏。2. 解：懂得，领会。3. 屈指：计算时日。

国风冲融迈三五[4]，
朝廷欢乐弥寰宇。
白璧皆言赐近臣，
布衣不得干明主[5]。
归来洛阳无负郭[6]，
东过梁宋非吾土[7]。
兔苑为农岁不登[8]，
雁池垂钓心长苦[9]。
世人遇我同众人，
唯君于我最相亲。
且喜百年有交态[10]，
未尝一日辞家贫。
弹棋击筑白日晚[11]，
纵酒高歌杨柳春。
欢娱未尽分散去，
使我惆怅惊心神。
丈夫不作儿女别，
临歧涕泪沾衣巾。

4. 国风：国家的风教。冲融：深广的样子。迈：超越。三五：指三皇五帝。5. 干：干谒。6. 负郭：近城的田，最为肥美。7. 梁宋：指唐宋州宋城县。8. 兔苑：又称梁苑、梁园，西汉梁孝王刘武所建，故址在今河南开封东南。岁不登：收成不好。9. 雁池：兔苑中的一个水池。10. 交态：交情。11. 弹棋：古代两人对局的一种博戏。筑：状如筝的乐器，十三弦，以竹击。

别董大二首[1]（选一）

千里黄云白日曛[2]，
北风吹雁雪纷纷。
莫愁前路无知己，
天下谁人不识君。

注释　1. 董大：名令望，事迹不可考。2. 曛（xūn）：日暮。

营州歌[1]

营州少年厌原野[2]，
狐裘蒙茸猎城下[3]。
虏酒千钟不醉人[4]，
胡儿十岁能骑马。

注释　1. 营州：治所在今辽宁朝阳，唐代为东北重镇。2. 厌：满足，这里指“习惯于”。3. 蒙茸：纷乱的样子。4. 虏酒：指当地少数民族酿造的酒。

塞上闻笛

胡人吹笛戍楼间[1]，
楼上萧条海月闲。
借问落梅凡几曲[2]，
从风一夜满关山。

注释　1. 戍楼：边塞有兵士驻防以警戒敌人的高楼。2. 落梅：指笛曲《梅花落》。

除夜作[1]

旅馆寒灯独不眠，
客心何事转凄然？
故乡今夜思千里，
霜鬓明朝又一年。

注释　1. 除夜：除夕之夜。

李 白

李白（701—762），字太白，号青莲居士。祖籍陇西成纪（今甘肃秦安），出生于碎叶（今吉尔吉斯斯坦境内）。幼随家迁居绵州昌隆（今四川江油）。天宝初奉诏入京，供奉翰林，不久被赐金放还。安史乱中，入永王李璘幕府，璘败受累，流放夜郎，途中遇赦。病卒于当涂（今属安徽）。李白与杜甫并称“李杜”。其诗善于借助瑰丽的想象、大胆的夸张表现对现实的抨击和对理想的追求，风格雄健奔放，语言清新自然，充分体现出唐代诗歌气势充盈的特点。有《李太白集》。

古风（选五）

大雅久不作[1]，吾衰竟谁陈[2]？
王风委蔓草[3]，战国多荆榛[4]。
龙虎相啖食[5]，兵戈逮狂秦[6]。
正声何微茫[7]，哀怨起骚人[8]。
扬马激颓波[9]，开流荡无垠。
废兴虽万变，宪章亦已沦[10]。
自从建安来[11]，绮丽不足珍[12]。
圣代复元古[13]，垂衣贵清真[14]。
群才属休明[15]，乘运共跃鳞。
文质相炳焕[16]，众星罗秋旻[17]。
我志在删述[18]，垂辉映千春。
希圣如有立[19]，绝笔于获麟[20]。

注释　1. 大雅：《诗经》的一部分。2.“吾衰”句：意谓孔子已衰老，还有谁能编集《大雅》这样的诗歌来向天子陈述？相传古代天子命太师搜集诗歌献上，以观民风。《论语 · 述而》中孔子有“甚矣吾衰矣”的感叹。3. 王风：《诗经》十五国风之一。委蔓草：丢弃在草丛中。4. 荆榛：丛杂的树木。此处形容战国时代诗坛的荒芜。5. 龙虎：指战国七雄。相啖（dàn）食：相互吞并。6. 兵戈：指战争。逮：到。7. 正声：以《诗经》为代表的平和雅正的诗歌。微茫：衰微。8. 骚人：指屈原、宋玉等楚国诗人。9. 扬马：指西汉辞赋家扬雄、司马相如。10. 宪章：此处指诗歌的法度。11. 建安：东汉末献帝的年号（196—220）。其时以曹操父子和建安七子为代表诗人的诗歌内容充实，格调刚健，后世称之为“建安风骨”。12. 绮丽：华美，这里指建安以后的浮艳文风。13. 圣代：指唐代。14. 垂衣：化用《易 · 系辞下》“黄帝、尧、舜垂衣裳而天下治”之语，赞颂唐代政治清明。清真：朴素纯真。15. 属：恰逢，正值。休明：指政治清明。16. 文质：指文学作品的形式和内容。炳焕：照耀，明亮。17. 秋旻（mín）：秋天的天空。18. 删述：相传孔子曾删定《诗经》。19. 希圣：指追慕孔子。有立：有所成就。20.“绝笔”句：鲁哀公十四年（前481），鲁国人打猎获麟，孔子认为麒麟被捕获，象征着自己的政治理想不能实现，哀叹道：“吾道穷矣！”遂搁笔不再著述。

秦王扫六合[1]，虎视何雄哉！
挥剑决浮云，诸侯尽西来。
明断自天启[2]，大略驾群才。
收兵铸金人[3]，函谷正东开[4]。
铭功会稽岭，骋望琅琊台[5]。
刑徒七十万，起土骊山隈[6]。
尚采不死药[7]，茫然使心哀。
连弩射海鱼[8]，长鲸正崔嵬。
额鼻象五岳，扬波喷云雷。
鬐鬣蔽青天[9]，何由睹蓬莱。
徐市载秦女，楼船几时回？
但见三泉下[10]，金棺葬寒灰。

注释　1. 六合：上下和四方，泛指天下。2. 明断：英明果断。天启：天生，天授。3.“收兵”句：秦始皇收尽天下兵器，铸成金人。4.“函谷”句：由于天下统一，函谷关也可以向东开放了。5.“铭功”二句：指秦始皇统一中国后，曾东登琅琊台，南游会稽山，并在这二处树石立碑，歌颂秦王朝的功德。会稽岭：在今浙江绍兴。骋望：纵目远望。琅琊台：在今山东诸城东南琅琊山。6.“刑徒”二句：指秦始皇发动刑徒七十多万建阿房宫和骊山墓事。7.“尚采”句：指秦始皇遣徐市（fú）带数千童男童女出海求仙访药。8.“连弩”句：徐市诈称求药不得，是海中大鱼之故，于是秦始皇派人连续发射强弩射鱼。9. 鬐鬣（qí liè）：鱼的脊鳍。10. 三泉下：三重泉水下，指很深的地下。

燕昭延郭隗[1]，遂筑黄金台[2]。
剧辛方赵至[3]，邹衍复齐来[4]。
奈何青云士[5]，弃我如尘埃。
珠玉买歌笑，糟糠养贤才。
方知黄鹄举[6]，千里独徘徊。

注释　1. 燕昭：即燕昭王。延：聘请。郭隗（wěi），战国时燕国人，有名的贤士。2. 黄金台：故址在今河北易县东南。相传燕昭王筑高台，置千金于台上，延请天下有才能的人。3. 剧辛：战国时燕将，原为赵国人，燕昭王招纳天下贤士时，由赵入燕。4. 邹衍：战国时著名的哲学家，齐国人。5. 青云士：指身居高位的人，即当权者。6. 黄鹄举：相传春秋时鲁国人田饶因鲁哀公昏庸不明，自比为黄鹄，用“黄鹄举矣”表示要离开鲁国。举，高飞。

西岳莲花山[1]，迢迢见明星[2]。
素手把芙蓉，虚步蹑太清[3]。
霓裳曳广带，飘拂升天行。
邀我登云台[4]，高揖卫叔卿[5]。
恍恍与之去，驾鸿凌紫冥[6]。
俯视洛阳川，茫茫走胡兵[7]。
流血涂野草，豺狼尽冠缨[8]。

注释 1. 莲花山：即莲花峰，西岳华山的最高峰。2. 明星：传说中华山上的神仙。3. 虚步：凌空而行。太清：天空。4. 云台：华山东北的高峰。5. 卫叔卿：汉武帝时的仙人。6. 紫冥：紫色的高空。7. 胡兵：指安禄山的叛军。8."豺狼"句：形容安禄山建立伪政权后大封逆臣的情景。豺狼，指叛党和从逆的人。冠缨，做官者的代称。

大车扬飞尘，亭午暗阡陌[1]。
中贵多黄金[2]，连云开甲宅[3]。
路逢斗鸡者[4]，冠盖何辉赫[5]！
鼻息干虹霓[6]，行人皆怵惕[7]。
世无洗耳翁[8]，谁知尧与跖[9]？

注释 1. 亭午：正午。阡陌：田间小路，这里泛指大路。2. 中贵：中贵人，指宦官中有权有势者。3. 甲宅：甲等住宅，豪宅。4. 斗鸡：玄宗时，民间斗鸡之风尤盛。5. 冠盖：指斗鸡者的衣帽和车盖。辉赫：光彩照人的样子。6. 干：上冲。虹霓：云霞。7. 怵惕：恐惧。8. 洗耳翁：指尧时的隐士许由。尧欲召许由为九州长，许由认为这话玷污了他，便在清净的颍水中洗耳。9. 尧：传说中上古贤君。跖（zhí）：传说中春秋时奴隶起义的领袖，古时一直被作为盗寇的象征。

远别离

远别离，古有皇英之二女[1]，乃在洞庭之南[2]，潇湘之浦[3]。海水直下万里深，谁人不言此离苦？日惨惨兮云冥冥[4]，猩猩啼烟兮鬼啸雨[5]。我纵言之将何补？皇穹窃恐不照余之忠诚[6]，雷凭凭兮欲吼怒[7]。尧舜当之亦禅禹[8]，君失臣兮龙为鱼，权归臣兮鼠变虎。或言尧幽囚[9]，舜野死[10]，九疑联绵皆相似[11]，重瞳孤坟竟何是[12]？帝子泣兮绿云间[13]，随风波兮去无还。恸哭兮远望，见苍梧之深山。苍梧山崩湘水绝，竹上之泪乃可灭[14]。

注释　1. 皇英：指娥皇和女英，舜的两位妃子。相传舜南巡，死于苍梧（今湖南宁远）之野，二妃悲而投湘水殉情。2. 洞庭：湖名，在今湖南北部。3. 潇湘：潇水和湘水，在湖南零陵合流称潇湘，北入洞庭湖。4. 惨惨：昏暗貌。冥冥：阴沉貌。5. 啼烟、啸雨：在烟雨中啼啸。6. 皇穹：皇天。这里借指唐玄宗。7. 凭凭：盛大貌，形容雷声轰响。8. "尧舜"句：是"尧当之亦禅舜，舜当之亦禅禹"的省略形式。当之，指遇到失权的情况。禅，禅让，让出帝位。9. 尧幽囚：据《竹书纪年》："昔尧德衰，为舜所囚也。"10. 舜野死：据说舜出征南方有苗，死于苍梧之野。11. 九疑：即九疑山，又名苍梧山，在今湖南宁远南。相传舜死后葬于此。12. 重瞳：指舜。传说舜的眼睛各有两个瞳孔。13. 帝子：指娥皇、女英二妃，她们是帝尧的女儿。绿云：指竹林。14. 竹上之泪：洞庭湖边产一种斑竹，传说是二妃的泪痕所染，又称"湘妃竹"。

蜀道难

噫吁嚱，危乎高哉[1]！蜀道之难，难于上青天！蚕丛及鱼凫[2]，开国何茫然[3]。尔来四万八千岁，不与秦塞通人烟[4]。西当太白有鸟道[5]，可以横绝峨眉颠[6]。地崩山摧壮士死，然后天梯石栈相钩连[7]。上有

注释　1. 噫吁嚱（yī xū xī）：惊叹词，为古蜀地方言。2. 蚕丛、鱼凫：传说中古蜀国的两个开国君主。3. 茫然：邈远不清貌。4. 秦塞：即秦地，今陕西西安一带。5. 太白：山名，为秦岭主峰。鸟道：仅容鸟飞的通道。6. 横绝：横度，跨越。峨眉：山名，在今四川。颠：通"巅"，山顶。7."地崩"二句：据《华阳国志·蜀志》载，秦惠王许嫁五美人于蜀王，蜀派五丁迎接。至梓潼，见一大蛇入穴中，五力士共掣蛇尾，山崩，压杀五人及秦五女，山也分为五岭。从此秦蜀间才开始往来。

六龙回日之高标[8]，下有冲波逆折之回川。黄鹤之飞尚不得过[9]，猿猱欲度愁攀援[10]。青泥何盘盘[11]，百步九折萦岩峦[12]。扪参历井仰胁息[13]，以手抚膺坐长叹[14]。问君西游何时还，畏途巉岩不可攀[15]。但见悲鸟号古木，雄飞雌从绕林间。又闻子规啼夜月[16]，愁空山。蜀道之难，难于上青天，使人听此凋朱颜[17]。连峰去天不盈尺，枯松倒挂倚绝壁。飞湍瀑流争喧豗[18]，砯崖转石万壑雷[19]。其险也如此，嗟尔远道之人胡为乎来哉！剑阁峥嵘而崔嵬[20]，一夫当关，万夫莫开。所守或匪亲，化为狼与豺[21]。朝避猛虎，夕避长蛇[22]。磨牙吮血，杀人如麻。锦城虽云乐[23]，不如早还家。蜀道之难，难于上青天，侧身西望长咨嗟[24]！

8. 六龙回日：传说羲和驾着六龙所拉的车子，载着太阳在空中运行。此处形容山势险峻，连羲和都得为之回车。高标：指山的最高峰。9. 黄鹤：即黄鹄，一种善飞的大鸟。10. 猱（náo）：一种善于攀援的猿类。11. 青泥：岭名，在今陕西略阳西北。盘盘：盘旋曲折貌。12. "百步"句：形容山路曲折盘旋，转弯极多，环绕着山岩峰峦。13. 扪：摸。参（shēn）、井：两星宿名。胁息：屏住气不敢呼吸。14. 膺：胸口。15. 巉（chán）岩：高而险的山岩。16. 子规：鸟名，即杜鹃，相传为古蜀望帝死后魂魄所化，啼声哀怨动人。17. 凋朱颜：红润的容颜为之憔悴。18. 喧豗（huī）：喧闹声。19. 砯（pīng）：流水击岩石声，此处是撞击之意。20. 剑阁：在今四川剑阁北，是秦蜀间的交通要道。21. "一夫当关"四句：语本晋张载《剑阁铭》："一夫荷戟，万夫趑趄。形胜之地，匪亲勿居。"意谓剑阁形势险要，若非亲信防守，一旦叛变，将会发生像豺狼吃人那样的祸患。22. 猛虎、长蛇：喻指据险叛乱者。23. 锦城：即锦官城，故址在今四川成都南。三国蜀汉时管理织锦之官驻此。24. 咨嗟：叹息。

梁甫吟[1]

长啸梁甫吟，何时见阳春[2]？君不见朝歌屠叟辞棘津，八十西来

注释　1. 梁甫吟：乐府"相和歌辞"楚调曲名，声调悲凉，多抒发愤懑之情。2. 阳春：喻指圣明之世。

钓渭滨[3]。宁羞白发照清水，逢时吐气思经纶[4]。广张三千六百钓[5]，风期暗与文王亲[6]。大贤虎变愚不测[7]，当年颇似寻常人。君不见高阳酒徒起草中[8]，长揖山东隆准公[9]。入门不拜骋雄辩，两女辍洗来趋风[10]。东下齐城七十二[11]，指挥楚汉如旋蓬[12]。狂客落魄尚如此[13]，何况壮士当群雄[14]。我欲攀龙见明主，雷公砰訇震天鼓[15]，帝旁投壶多玉女[16]。三时大笑开电光[17]，倏烁晦冥起风雨[18]。阊阖九门不可通[19]，以额扣关阍者怒[20]。白日不照吾精诚[21]，杞国无事忧天倾[22]。猰貐磨牙竞人肉[23]，驺虞不折生草茎[24]。手接飞猱搏雕虎[25]，侧足焦原未言苦[26]。智者可卷愚

3.“君不见”二句：指西周姜太公吕尚垂钓渭水事。朝歌，殷商的都城，故址在今河南淇县东北。屠叟，宰杀牲口的老人，传说吕尚曾在朝歌宰牛。棘津，古地名，相传吕尚曾在此卖食。渭滨：渭水之滨。相传吕尚曾在渭水边的磻溪（位于今陕西宝鸡东南）垂钓，后被周文王重用。4. 经纶：治国安邦之术。5. 三千六百钓：吕尚在渭水边垂钓十年（三千六百日）才遇到文王。6. 风期：风度抱负。7. 虎变：老虎秋后换毛，文采焕然一新。这里比喻在政治上得势。8. 高阳酒徒：指汉初的郦食其，高阳（今河南杞县西）人。他去见刘邦时自称“高阳酒徒”。9. 山东隆准公：指汉高祖刘邦。山东，这里指刘邦的家乡沛县。隆，高。准，鼻子。《史记·高祖本纪》载：“高祖为人隆准而龙颜。”10.“入门”二句：据《史记·郦生陆贾列传》载，郦食其谒见刘邦时，两个侍女正在给他洗脚，刘邦态度傲慢。郦食其长揖不拜，并以雄辩使刘邦立即停止洗脚，以礼相待。趋风：急走，形容忙着接待。11.“东下”句：指郦食其游说齐王田广，不费一兵一卒使七十二城归降刘邦事。12. 旋蓬：随风旋飞的蓬草，这里形容轻而易举。13. 狂客：指郦食其。14. 壮士：李白自指。15. 砰訇（hōng）：雷鸣声。16. 帝：天帝，此指玄宗。投壶：古代宴饮时的一种游戏。玉女：仙女，这里喻指皇帝宠幸的小人。17. 三时：指早、中、晚三时。18. 倏烁：电光闪动的样子。晦冥：昏暗。19. 阊阖（chāng hé）：传说中的天门。九门：传说中的九道天门。20. 扣关：叩门。阍者：看守天门的人。21. 白日：太阳。精诚：忠心，赤诚。22.“杞国”句：《列子·天瑞》载，杞国有个人，担心天塌下来，愁得吃不下饭、睡不着觉。23. 猰貐（yà yǔ）：古代传说中一种吃人的猛兽。24. 驺（zōu）虞：传说中一种带黑纹的白虎，性慈，不伤人畜，不在草上践踏。25. 飞猱：攀缘敏捷的猿类。雕虎：毛色斑斓的猛虎。26. 焦原：传说春秋时莒国（今山东莒县一带）的焦原山上，有一宽五十步的焦原石，下临百丈深渊，十分危险。

者豪[27]，世人见我轻鸿毛。力排南山三壮士[28]，齐相杀之费二桃[29]。吴楚弄兵无剧孟[30]，亚夫咍尔为徒劳[31]。梁甫吟，声正悲。张公两龙剑，神物合有时[32]。风云感会起屠钓[33]，大人岘屼当安之[34]。

27. 卷：曲，指政治上遭到挫折时深藏不出。豪：骄横跋扈。28. 三壮士：指春秋时齐景公手下的三个勇士，即公孙接、田开疆、古冶子。29.“齐相”句：据《晏子春秋·内篇谏下》载，三壮士得罪了齐相晏婴，晏婴便以齐景公的名义送去两个桃子，让他们功大者食用，三人引起纷争，最终二桃杀三士。30. 吴楚：指汉景帝时吴、楚等七国诸侯王起兵叛乱。剧孟：西汉侠士，洛阳人。31. 亚夫：即周亚夫，汉景帝时名将。据《史记·游侠列传》载，汉景帝派周亚夫平定七国之乱，周亚夫到河南见到剧孟，喜曰：“吴楚举大事而不求孟，吾知其无能为已矣。”咍（hāi）：嘲笑。32. 张公：指西晋张华。两龙剑：据《晋书·张华传》载，西晋雷焕掘地得宝剑龙泉与太阿，赠一剑于张华。后张华被杀，其剑失落。雷焕之子佩另一剑经过延平津（今福建南平东），腰间的剑忽然跃入水中，与早在水中的张剑会合，并化为两条龙。33. 风云感会：形容君臣遇合，成就大业的际遇。34. 岘屼（niè wù）：不安的样子。

乌栖曲[1]

姑苏台上乌栖时[2]，
吴王宫里醉西施。
吴歌楚舞欢未毕，
青山欲衔半边日。
银箭金壶漏水多[3]，
起看秋月坠江波。
东方渐高奈乐何[4]！

注释　1. 乌栖曲：乐府《清商曲辞·西曲歌》旧题。2. 姑苏台：旧址在今苏州西南姑苏山上。相传吴王夫差耗大量人力财力，三年建成。3. 银箭金壶：指宫中计时的铜壶滴漏。4. 东方渐高：东方渐渐泛出了白色。

将进酒[1]

君不见黄河之水天上来[2]，奔流到海不复回！君不见高堂明镜悲白发，朝如青丝暮成雪！人生得意须尽欢，莫使金樽空对月。天生我材必有用，千金散尽还复来。烹羊宰牛且为乐，会须一饮三百杯[3]。岑夫子[4]，丹丘生[5]，将进酒，君莫停。与君歌一曲，请君为我侧耳听。钟鼓馔玉不足贵[6]，但愿长醉不愿醒。古来圣贤皆寂寞，惟有饮者留其名。陈王昔时宴平乐，斗酒十千恣欢谑[7]。主人何为言少钱，径须沽取对君酌[8]。五花马[9]，千金裘[10]，呼儿将出换美酒[11]，与尔同销万古愁。

注释　1. 将（qiāng）进酒：请饮酒之意。《将进酒》为乐府《鼓吹曲辞·汉铙歌》旧题。2. 天上来：黄河发源于青海中部的巴颜喀拉山北麓，地势极高，如自天上而来。3. 会须：应该。一饮三百杯：相传东汉郑玄饮三百余杯酒仍不醉。4. 岑夫子：名岑勋，南阳人，李白友人。5. 丹丘生：即元丹丘，李白的好友。6. 钟鼓馔玉：代指荣华富贵。钟鼓，富贵人家的音乐。馔玉，形容食物精美。7. “陈王”二句：用曹植《名都篇》“归来宴平乐，美酒斗十千”诗意。陈王：指曹植。平乐：宫观名。恣欢谑：尽情地寻欢作乐。8. 径须：直须，只管。沽取：买取。9. 五花马：毛呈现五色花纹的名贵之马。一说马鬣修剪成五瓣花形的马。10. 千金裘：指名贵的裘衣。11. 将出：拿出。

行路难三首（选二）

金樽清酒斗十千[1]，玉盘珍羞直万钱[2]。停杯投箸不能食，拔剑四顾心茫然[3]。欲渡黄河冰塞川，将登太行雪满山[4]。闲来垂钓碧溪

注释　1. 斗十千：形容酒美价贵。2. 珍羞：珍贵的菜肴。羞，同“馐”。3. “停杯”二句：化用鲍照《拟行路难》“对案不能食，拔剑击柱长叹息”诗意。箸，筷子。4. 太行：山名，绵延于山西高原与河北平原之间。

上，忽复乘舟梦日边[5]。行路难，行路难！多歧路，今安在？长风破浪会有时[6]，直挂云帆济沧海[7]。

5.“闲来”二句：形容人生际遇变幻莫测，有些人的功业成就是出于偶然。传说姜尚未遇周文王时，曾在磻溪（今陕西宝鸡东南）垂钓；伊尹见汤以前，曾梦到乘舟过日月之边。6.“长风”句：形容远大的抱负有机会得以实现。《南史 · 宗悫传》：“悫年少时，炳（悫叔父）问其志，悫曰：‘愿乘长风，破万里浪。’”7.云帆：高耸入云的船帆。

大道如青天，我独不得出。羞逐长安社中儿[1]，赤鸡白狗赌梨栗。弹剑作歌奏苦声[2]，曳裾王门不称情[3]。淮阴市井笑韩信[4]，汉朝公卿忌贾生[5]。君不见昔时燕家重郭隗[6]，拥篲折节无嫌猜[7]。剧辛乐毅感恩分[8]，输肝剖胆效英才[9]。昭王白骨萦烂草，谁人更扫黄金台[10]？行路难，归去来！

注释　1. 逐：追随。社：旧制二十五家为一社，这里指民间聚集娱乐的场所。2. 弹剑作歌：孟尝君门下食客冯谖因得不到重用，时常弹剑作歌抒发不满之情。3. 曳裾王门：牵着衣服的前襟出入王侯之门，形容卑躬屈膝。不称情：不合意。4.“淮阴”句：韩信早年在淮阴市集上被一群恶少侮辱，让他从胯下爬过，遭人耻笑。5.“汉朝”句：指西汉贾谊因才高遭朝中大臣嫉恨，被贬为长沙王太傅。6. 郭隗（wěi）：战国时燕国人，受燕昭王礼遇。7. 拥篲（huì）：捧着笤帚。据《史记 · 孟子荀卿列传》载，邹衍来燕，燕昭王“拥篲先驱”，即拿着扫帚在前面清扫道路，表示恭敬。折节：曲躬表示尊敬。8. 剧辛乐毅：燕昭王延请的两位贤士，剧辛主持国政，下齐之计，辛功为多；乐毅成为燕国的著名将领，为燕国的强盛立下了赫赫战功。9. 输肝剖胆：形容竭尽全力。10.“昭王”二句：意谓燕昭王已死，不会再有礼贤下士的君主了。黄金台，相传燕昭王筑高台，置千金于其上，招揽贤士。

长相思[1]

长相思，在长安。络纬秋啼金井阑[2]，微霜凄凄簟色寒[3]。孤灯不明思欲绝，卷帷望月空长叹。

注释　1. 长相思：乐府《杂曲歌辞》旧题，多写思妇之情。2. 络纬：昆虫名，也名莎鸡，俗称纺织娘。金井阑：精美华贵的井栏。3. 簟（diàn）色寒：谓竹席透着凉意。

美人如花隔云端，上有青冥之长天[4]，下有渌水之波澜[5]。天长路远魂飞苦，梦魂不到关山难。长相思，摧心肝[6]。

4. 青冥：形容天的高远。5. 渌水：清澈的水。6. 摧：伤。

日出入行

日出东方隈[1]，似从地底来。历天又入海，六龙所舍安在哉[2]！其始与终古不息[3]，人非元气[4]，安能与之久徘徊。草不谢荣于春风[5]，木不怨落于秋天。谁挥鞭策驱四运[6]，万物兴歇皆自然[7]。羲和，羲和，汝奚汩没于荒淫之波[8]？鲁阳何德，驻景挥戈[9]。逆道违天，矫诬实多。吾将囊括大块[10]，浩然与溟涬同科[11]。

注释　1. 隈（wēi）：山或水弯曲的地方。2. 六龙所舍：古代传说日乘车，以六龙驾之。舍，止息之处。3. 始：始终，指日出与日入。4. 元气：天地形成之前的混一之气。5. 荣：开花。6. 四运：指春、夏、秋、冬四时。7. 兴歇：生长与衰落。8. 汩没：沉沦。荒淫：形容水广阔浩森。相传太阳没入虞渊之中。9."鲁阳"二句：语本《淮南子·览冥训》："鲁阳公与韩构难，战酣，日暮，援戈而挥之，日为之反三舍。"景，同"影"。10. 大块：大地。11. 溟涬（xìng）：指混茫的元气。同科：同类。

北风行

烛龙栖寒门[1]，光耀犹旦开。日月照之何不及此，唯有北风号怒天上来。燕山雪花大如席，片片吹落轩辕台[2]。幽州思妇十二

注释　1. 烛龙：神话中司冬夏及昼夜的神，住在极北太阳照不到的寒门。2. 轩辕台：相传为黄帝擒蚩尤之处。

月，停歌罢笑双蛾摧。倚门望行人，念君长城苦寒良可哀。别时提剑救边去，遗此虎纹金鞞靫[3]。中有一双白羽箭，蜘蛛结网生尘埃。箭空在，人今战死不复回。不忍见此物，焚之已成灰。黄河捧土尚可塞[4]，北风雨雪恨难裁。

3. 鞞靫（bǐng chá）：装剑的袋子。4. 黄河捧土：典出《后汉书 · 朱浮传》："此犹河滨之人捧土以塞孟津，多见其不知量也。"

关山月[1]

明月出天山，苍茫云海间。
长风几万里，吹度玉门关。
汉下白登道[2]，胡窥青海湾[3]。
由来征战地，不见有人还。
戍客望边色，思归多苦颜。
高楼当此夜[4]，叹息未应闲。

注释 1. 关山月：乐府《横吹曲辞》调名。2. 下：出兵。白登道：汉高祖刘邦率兵征匈奴，曾被围白登山（今山西大同西）七天。3. 胡：这里指吐蕃。4. 高楼：指住在高楼中的戍客之妻。

杨叛儿[1]

君歌杨叛儿，妾劝新丰酒[2]。
何许最关人，乌啼白门柳[3]。
乌啼隐杨花，君醉留妾家。
博山炉中沉香火[4]，双烟一气凌紫霞。

注释 1. 杨叛儿：本北齐时童谣，后来成为乐府诗题。2. 新丰酒：代指美酒。古代新丰（今陕西临潼东北）是盛产美酒的地方。3. 白门：南朝刘宋都城建康（今南京）城门。4. 博山炉：炉盖作重叠山形的薰炉。沉香：一种名贵的香料。

长干行二首（选一）[1]

妾发初覆额[2]，折花门前剧[3]。
郎骑竹马来[4]，绕床弄青梅。
同居长干里，两小无嫌猜。
十四为君妇，羞颜未尝开。
低头向暗壁，千唤不一回。
十五始展眉[5]，愿同尘与灰。
常存抱柱信[6]，岂上望夫台[7]。
十六君远行，瞿塘滟滪堆[8]。
五月不可触[9]，猿声天上哀[10]。
门前迟行迹[11]，一一生绿苔。
苔深不能扫，落叶秋风早。
八月蝴蝶来，双飞西园草。
感此伤妾心，坐愁红颜老。
早晚下三巴[12]，预将书报家。
相迎不道远[13]，直至长风沙[14]。

注释　1. 长干行：乐府旧题，属《杂曲歌辞》。长干，古地名，在今江苏南京南。2. 初覆额：刚刚遮盖住额角，形容年纪尚小。3. 剧：游戏。4. 竹马：古代儿童玩耍时，常把竹竿骑在胯下当作马。5. 始展眉：开始舒展眉头，不再害羞。6. 抱柱信：据《庄子·盗跖》载，尾生与女子约于桥下相会，女子不来。水至，尾生不愿失信，抱梁柱而死。7. 望夫台：相传古代一女子，因思念离家已久的丈夫，日日上山眺望，最终化为一块石头。8. 瞿塘：长江三峡之一。滟滪堆：瞿塘峡口突起于江中的大礁石，是长江三峡的著名险滩。9.“五月”句：阴历五月，正值江水上涨，滟滪堆被水淹没，船只不易辨识，容易触礁。10.“猿声”句：三峡两岸山上多猿。古歌云：“巴东三峡巫峡长，猿鸣三声泪沾裳。”11. 迟：等待。12. 早晚：何时。下三巴：从三巴顺流而下，由蜀返吴。三巴，巴郡、巴东、巴西的总称，这里泛指蜀中。13. 不道远：不辞远，不嫌远。14. 长风沙：在今安徽安庆长江边。

塞下曲六首（选一）

五月天山雪[1]，无花只有寒。
笛中闻折柳[2]，春色未曾看。
晓战随金鼓[3]，宵眠抱玉鞍。
愿将腰下剑，直为斩楼兰[4]。

注释　1. 天山：又名雪山或白山，在今新疆境内。2. 折柳：即《折杨柳》，为乐府鼓角横吹曲。3. 金鼓：即钲，古代行军时用的一种乐器。4. 斩楼兰：据《汉书·傅介子传》载，汉武帝时遣使通大宛，楼兰国王从中阻挠，后大将霍光派平乐监傅介子前往楼兰，用计斩其王。此处泛指击败侵扰西北边地的少数民族。楼兰，故址在今新疆鄯善东南。

玉阶怨[1]

玉阶生白露，夜久侵罗袜[2]。
却下水晶帘[3]，玲珑望秋月。

注释　1. 玉阶怨：属乐府《相和歌辞·楚调曲》。2. 侵：浸湿。3. 却下：放下。

宫中行乐词八首（选一）

小小生金屋[1]，盈盈在紫微[2]。
山花插宝髻，石竹绣罗衣。
每出深宫里，常随步辇归[3]。
只愁歌舞散，化作彩云飞。

注释　1. 金屋：用汉武帝愿筑金屋藏阿娇的典故，这里指深宫。2. 紫微：天子所居处。3. 步辇：由宫人抬的代步工具，类似于轿子。

清平调词三首

云想衣裳花想容，
春风拂槛露华浓[1]。
若非群玉山头见[2]，
会向瑶台月下逢[3]。

注释　1. 露华：露珠，露水。2. 群玉山：传说是西王母的居处。3. 瑶台：传说中群仙的居处。

一枝红艳露凝香，
云雨巫山枉断肠[1]。
借问汉宫谁得似，
可怜飞燕倚新妆[2]。

注释　1. 云雨巫山：宋玉《高唐赋》记楚怀王与巫山神女梦会之事，神女自言："旦为朝云，暮为行雨。朝朝暮暮，阳台之下。"2. 飞燕：即赵飞燕，汉成帝的皇后，以美貌著称。倚：凭借。

名花倾国两相欢[1]，
长得君王带笑看。
解释春风无限恨[2]，
沉香亭北倚阑干[3]。

注释　1. 名花：指牡丹。倾国：指杨贵妃。2. 解释：消除。3. 沉香亭：在兴庆宫龙池东，是当时唐玄宗和杨贵妃的赏花处。

丁督护歌[1]

云阳上征去[2]，两岸饶商贾[3]。
吴牛喘月时[4]，拖船一何苦[5]！
水浊不可饮，壶浆半成土[6]。
一唱督护歌，心摧泪如雨。
万人凿盘石[7]，无由达江浒[8]。
君看石芒砀[9]，掩泪悲千古。

注释　1. 丁督护歌：乐府《吴声歌曲》旧题。2. 云阳：今江苏丹阳。上征：逆水远行。3. 饶：众多。4. 吴牛喘月：形容天气炎热。据说吴牛怕热，看到月亮也以为是太阳，不住喘气。吴牛，即水牛。5. 拖船：指纤夫拉船。一何苦：何等辛苦。6. 壶浆：壶中的水。因天气炎热干旱，只能饮用泥水。7. 盘石：同“磐石”，大而厚重的石头。8. 江浒：江边。9. 芒砀（dàng）：形容巨石粗重难移。一说山名，在今江苏砀山，盛产文石。

静夜思

床前明月光，疑是地上霜[1]。
举头望明月，低头思故乡。

注释　1. 地上霜：形容月光皎洁，犹如霜落地上。

春　思

燕草如碧丝[1]，秦桑低绿枝[2]。

注释　1. 燕草：燕地的春草，这里指征夫所在之地。2. 秦桑：秦地的桑树，指思妇所居之处。

当君怀归日[3]，是妾断肠时。
春风不相识，何事入罗帏[4]？

3. 怀归：想家。4. 罗帏：丝织的帘帐。

子夜吴歌[1]（选二）

秋　歌

长安一片月，万户捣衣声[2]。
秋风吹不尽，总是玉关情[3]。
何日平胡虏，良人罢远征[4]。

注释　1. 子夜吴歌：属吴声歌曲，多写男女间情事。2. 捣衣：古时裁衣前须先用杵捶打丝织品原料，使之松软，易于制衣。3. 玉关情：对远戍玉门关外的丈夫的思念之情。4. 良人：丈夫。

冬　歌

明朝驿使发[1]，一夜絮征袍[2]。
素手抽针冷，那堪把剪刀。
裁缝寄远道，几日到临洮[3]？

注释　1. 驿使：古代传递公文的人。2. 絮：动词，在衣服、被褥里铺垫棉花。3. 临洮：在今甘肃临潭西南，此泛指边地。

长相思

日色已尽花含烟[1]，月明如素愁不眠[2]。赵瑟初停凤凰柱[3]，蜀琴欲奏鸳鸯弦[4]。此曲有意无人传，愿随春风寄燕然[5]，忆君迢迢隔青天。昔日横波目[6]，今成流泪泉。不信妾肠断，归来看取明镜前。

注释　1. 花含烟：形容花在薄暮中朦胧的样子，如同被烟雾所笼罩。2. 素：洁白的绢。3. 赵瑟：相传战国时赵国人善于鼓瑟。凤凰柱：雕成凤凰形状的瑟柱。4 蜀琴：西汉蜀地人司马相如善弹琴。鸳鸯弦：暗指司马相如和卓文君的爱情故事。5. 燕然：山名，即今蒙古境内的杭爱山，此处泛指边塞。6. 横波：形容眼眸顾盼，目光流转的样子。

襄阳歌[1]

落日欲没岘山西[2]，倒著接蓠花下迷[3]。襄阳小儿齐拍手，拦街争唱白铜鞮[4]。旁人借问笑何事，笑杀山翁醉似泥。鸬鹚杓[5]，鹦鹉杯[6]。百年三万六千日，一日须倾三百杯。遥看汉水鸭头绿[7]，恰似葡萄初酦醅[8]。此江若变作春酒，垒曲便筑糟丘台[9]。千金骏马换小妾[10]，笑坐雕鞍歌落梅[11]。车旁侧挂一壶酒，凤笙龙管行相催[12]。咸阳市中叹黄犬[13]，何如月下倾金罍[14]。君不见晋朝羊公一片石[15]，龟头剥落生莓苔[16]。泪亦不能为之堕，心亦不能为之哀。清风朗月不用一钱买，玉山自倒非人推[17]。舒州杓[18]，力士铛[19]，李白与尔同死生。襄王云雨今安在[20]，江水东流猿夜声。

注释　1. 襄阳：今属湖北。2. 岘山：在襄阳南九里。3. 接蓠（lí）：一种白色便帽。此句及以下四句以西晋山简自拟。山简于永嘉三年（309）任征南将军，镇襄阳，有政声。性好酒，出游高阳池，酒醉而归。儿童歌曰："山公出何许，往至高阳池。日夕倒载归，酩酊无所知。时时能骑马，倒著白接蓠。" 4. 白铜鞮（dī）：襄阳童谣曲名。5. 鸬鹚（lú cí）杓：形似长颈水鸟鸬鹚的酒杓。6. 鹦鹉杯：形似鹦鹉嘴的螺壳制成的酒杯。7. 鸭头绿：似花鸭头顶之暗绿色。8. 酦醅（pō pēi）：再酿而尚未过滤的酒。9. 曲（qū）：酿酒的发酵剂。糟丘台：相传夏桀筑酒池，垒酒糟成丘。10. "千金"句：指曹操的儿子曹彰以美妾换骏马事。11. 落梅：即《梅花落》，古乐府曲名。12. 凤笙龙管：笙形似凤，箫音如龙。催：劝酒。13. "咸阳"句：秦相李斯被判腰斩于咸阳，临刑前对其子说："吾欲与若复牵黄犬，俱出上蔡东门逐狡兔，岂可得乎？" 14. 倾金罍：犹言干杯。罍（léi），酒器。15. 羊公：指西晋名将羊祜。曾镇襄阳，深得人心。卒后百姓于其岘山游憩处建庙立碑纪念，见者莫不堕泪。16. 龟：指负碑的龟形的石座。17. "玉山"句：典出《世说新语·容止》："嵇叔夜之为人也，岩岩若孤松之独立；其醉也，傀俄若玉山之将崩。" 18. 舒州杓：舒州所产的酒杓。唐舒州以产酒器称。19. 力士铛（chēng）：唐豫章贡品，温酒器。20. 襄王云雨：宋玉《神女赋》载，楚襄王与宋玉游云梦之浦，宋玉赋楚怀王游高唐梦遇巫山神女事，后襄王梦中也与神女相遇。

江上吟

木兰之枻沙棠舟[1]，
玉箫金管坐两头。

注释　1. 枻：同"楫"，划水的工具。沙棠：产于昆仑山的神木，此处形容舟的名贵。

美酒樽中置千斛[2]，
载妓随波任去留。
仙人有待乘黄鹤[3]，
海客无心随白鸥[4]。
屈平词赋悬日月，
楚王台榭空山丘。
兴酣落笔摇五岳，
诗成笑傲凌沧洲[5]。
功名富贵若长在，
汉水亦应西北流。

2. 斛：古量器名。3. 黄鹤：相传三国费祎登仙，每乘黄鹤憩于黄鹤楼。4. 白鸥：相传海上有人每日与鸥鸟游玩，后其父命他捉鸥鸟，鸥鸟从此盘旋不下。典出《列子 · 黄帝篇》。5. 沧洲：滨水的地方，多指隐士居处。

玉壶吟

烈士击玉壶，壮心惜暮年[1]。三杯拂剑舞秋月，忽然高咏涕泗涟。凤凰初下紫泥诏[2]，谒帝称觞登御筵。揄扬九重万乘主[3]，谑浪赤墀青琐贤[4]。朝天数换飞龙马，敕赐珊瑚白玉鞭。世人不识东方朔，大隐金门是谪仙[5]。西施宜笑复宜颦，丑女效之徒累身[6]。君王虽爱蛾眉好，无奈宫中妒杀人。

注释　1.“烈士”二句：用王处仲酒后以如意击唾壶，咏曹操“老骥伏枥，志在千里；烈士暮年，壮心不已”的典故。烈士：指重义轻生、有志于建功立业的人。2. 紫泥诏：指皇帝的诏书。紫泥，封诏书专用的印泥，呈紫色。3. 揄扬：赞扬。4. 谑浪：戏谑。赤墀：宫中涂成赤色的台阶。青琐：皇宫之门饰以连琐纹，涂成青色。5. 大隐金门：汉代东方朔曾称自己“避世金马门”，金马门代指宫廷。6.“西施”二句：用东施效颦的典故。

金陵城西楼月下吟[1]

金陵夜寂凉风发，
独上高楼望吴越。
白云映水摇空城，
白露垂珠滴秋月。
月下沉吟久不归，
古来相接眼中稀[2]。
解道澄江净如练[3]，
令人长忆谢玄晖[4]。

注释　1. 金陵：今江苏南京。西楼：当即孙楚楼，孙楚为南朝文人。2.“古来”句：谓古来可相接遇者甚少。3. 解道：能道得，能懂得。澄江净如练：南齐诗人谢朓《晚登三山还望京邑》诗中名句。4. 玄晖：谢朓的字。

秋浦歌十七首[1]（选一）

白发三千丈，缘愁似个长[2]。
不知明镜里，何处得秋霜？

注释　1. 秋浦：唐县名，治所在今安徽贵池西。2. 缘：因为。

永王东巡歌十一首[1]（选二）

三川北虏乱如麻[2]，
四海南奔似永嘉[3]。

注释　1. 永王：名璘，玄宗第十六子。安史之乱中起兵，不久即被当时已在灵武即帝位的肃宗李亨以反叛罪剿杀。2. 三川：古郡名，这里借称洛阳一带。北虏：指安史叛军。3. 四海：全国，这里指中原一带的人民。永嘉：晋怀帝永嘉五年（311），洛阳沦陷，中原衣冠之族相率南奔，避乱江左。安史乱中，士君子多以家渡江东，与永嘉时事极相似。

但用东山谢安石[4]，
为君谈笑静胡沙。

4. 谢安石：即东晋谢安。《晋书·谢安传》："时苻坚强盛，疆场多虞，诸将败退相继。安遣弟石及兄子玄等应机征讨，所在克捷。"

试借君王玉马鞭，
指挥戎虏坐琼筵。
南风一扫胡尘静[1]，
西入长安到日边[2]。

注释　1. 南风：喻永王李璘的军队。古人认为南风滋润万物，可以解民忧愁。2. 日边：指皇帝的身边。

峨眉山月歌[1]

峨眉山月半轮秋，
影入平羌江水流[2]。
夜发清溪向三峡[3]，
思君不见下渝州[4]。

注释　1. 峨眉山：在今四川。2. 平羌：即平羌江，发源于四川芦山西北，流出东山而入岷江。3. 清溪：即清溪驿，在今四川犍为，峨眉山附近。三峡：指长江上游今四川、湖北二省间的瞿塘峡、巫峡、西陵峡。4. 渝州：治所在今重庆。

临路歌[1]

大鹏飞兮振八裔[2]，中天摧兮力不济[3]。余风激兮万世，游扶桑兮挂石袂[4]。后人得之传此，仲尼

注释　1. 路：当作"终"。2. 大鹏：传说中的一种大鸟。李白曾作《大鹏赋》自比。八裔（yì）：八方。3. 摧：摧折。4. 扶桑：古代神话中的树木，相传是日出之处。石袂（mèi）：当为"左袂"之误。袂，袖子。此句形容衣服宽大，行即挂袖于扶桑。比喻有才能而得不到重用。

亡兮谁为出涕[5]。

5. 仲尼：孔子的字。出涕：据《史记·孔子世家》载，鲁人猎获一只麒麟，孔子见之而流泪。

赠孟浩然

吾爱孟夫子[1]，风流天下闻。
红颜弃轩冕[2]，白首卧松云。
醉月频中圣[3]，迷花不事君。
高山安可仰[4]，徒此揖清芬[5]。

注释　1. 夫子：古时对男子的尊称。2. 红颜：指年轻的时候。轩冕：指古代达官贵人的车驾和冠冕，这里泛指官位爵禄。3. 中圣：即中圣人，指醉酒。三国时徐邈嗜酒，称清酒为圣人，浊酒为贤人。一日酒醉，有人问事，答曰："中圣人。"4. "高山"句：化用《诗经·小雅·车辖》中"高山仰止，景行行止"之句，形容孟浩然高尚的品格。5. 清芬：比喻品德的高尚。

赠汪伦[1]

李白乘舟将欲行，
忽闻岸上踏歌声[2]。
桃花潭水深千尺[3]，
不及汪伦送我情。

注释　1. 汪伦：安徽泾县人，李白友人。2. 踏歌：唱歌时以脚踏地，作为节拍。3. 桃花潭：在今安徽泾县西南。

闻王昌龄左迁龙标遥有此寄[1]

杨花落尽子规啼[2]，
闻道龙标过五溪[3]。
我寄愁心与明月，
随风直到夜郎西[4]。

注释　1. 左迁：贬官。龙标：唐县名，治所在今湖南黔阳西南。2. 子规：即杜鹃鸟。3. 五溪：今湘西、黔东一带的五条溪流。4. 夜郎西：泛指遥远的西南边地。夜郎，古国名。唐夜郎县在今贵州桐梓。

忆旧游寄谯郡元参军[1]

忆昔洛阳董糟丘[2]，为余天津桥南造酒楼[3]。黄金白璧买歌笑，一醉累月轻王侯[4]。海内贤豪青云客[5]，就中与君心莫逆[6]。回山转海不作难，倾情倒意无所惜[7]。我向淮南攀桂枝[8]，君留洛北愁梦思。不忍别,还相随。相随迢迢访仙城，三十六曲水回萦。一溪初入千花明[9]，万壑度尽松风声。银鞍金络倒平地[10]，汉东太守来相迎[11]。紫阳之真人[12]，邀我吹玉笙。餐霞楼上动仙乐[13]，嘈然宛似鸾凤鸣[14]。袖长管催欲轻举[15]，汉东太守醉起舞。手持锦袍覆我身，我醉横眠枕其股。当筵意气凌九霄，星离雨散不终朝[16]，分飞楚关山水遥[17]。余既还山寻故巢，君亦归家渡渭桥。君家严君勇貔虎[18]，作尹并州遏戎虏[19]。五月相呼度太行，摧轮不道羊肠苦[20]。行来北凉岁月深[21]，感君贵义轻黄金。琼杯绮食青玉案[22]，使我醉饱无归心。时时出向城西曲，晋祠流水如碧玉[23]。浮舟弄水箫鼓鸣，微波龙鳞莎草绿[24]。兴

注释　1. 谯郡：今安徽亳县。元参军：元演，曾任谯郡参军。2. 董糟丘：可能是当时洛阳一个开酒铺的人。糟丘，积糟成丘，极言酿酒之多。3. 天津桥：在今河南洛阳西南。4. 累月：接连好几个月。5. 海内：指中国。贤豪：指才德出众、声望很高的人。青云客：指身居高位的人。6. 就中：其中。莫逆：指情投意合。7. 倾情倒意：尽心竭力。8. 攀桂枝：化用汉淮南王刘安《招隐士》诗中“攀援桂枝兮聊淹留”句意，指隐居深山，求仙访道。9. 千花明：众花盛开。10. 银鞍金络：指骑着装饰华丽的马。11. 汉东:汉东郡，即隋州，在今湖北随县一带。12. 紫阳之真人：即胡紫阳。真人，道士的敬称。13. 餐霞楼：胡紫阳在隋州苦竹院中建造的楼。14. 嘈然：众乐齐奏，声音杂乱。15. 轻举：飘然欲飞，形容起舞的姿态。16. 星离雨散：喻指离别。不终朝：不满一个早晨，喻时间很短。17. 楚关：指隋州，其地古时属楚。18. 君家严君：指元参军的父亲。貔（pí）虎：猛兽。这句喻元参军的父亲是勇猛的将军。19. 尹：官名。并州：泛指今山西太原一带。戎虏：强敌。20. 摧轮：折断车轮，喻太行山路弯曲狭窄难行。羊肠:即羊肠坂,太行山上险隘小道。21. 北凉：似误，应作北京，唐代称太原为北京。22.“琼杯”句：喻酒菜和食具的精美。案：有足的托盘。23. 晋祠：周代晋国始祖唐叔虞的祠庙，在今山西太原西南。24. 龙鳞：形容波纹的细碎。莎草：河边水草。

来携妓恣经过，其若杨花似雪何。红妆欲醉宜斜日，百尺清潭写翠娥[25]。翠娥婵娟初月辉[26]，美人更唱舞罗衣[27]。清风吹歌入空去，歌曲自绕行云飞。此时行乐难再遇，西游因献长杨赋[28]。北阙青云不可期[29]，东山白首还归去[30]。渭桥南头一遇君，酂台之北又离群[31]。问余别恨知多少，落花春暮争纷纷。言亦不可尽，情亦不可极。呼儿长跪缄此辞[32]，寄君千里遥相忆。

25. 写：画，这里作映照。翠娥：美女。26. 婵娟：美好的样子。初月辉：形容面容像新月一般皎洁。27. 更唱：轮流唱。28. 西游：指到长安。长杨赋：西汉扬雄献给汉成帝的一篇赋。长杨，指汉宫长杨殿。29. 北阙：指朝廷。青云不可期：指做官没有希望。30. 东山：在今浙江绍兴。晋谢安曾在此隐居。这里借指隐居之地。31. 酂台：即酂亭，在谯郡。32. 缄：封。

庐山谣寄卢侍御虚舟[1]

我本楚狂人[2]，凤歌笑孔丘[3]。手持绿玉杖[4]，朝别黄鹤楼[5]。五岳寻仙不辞远，一生好入名山游。庐山秀出南斗旁[6]，屏风九叠云锦张[7]，影落明湖青黛光[8]。金阙前开二峰长[9]，银河倒挂三石梁[10]。香炉瀑布遥相望[11]，回崖沓嶂凌苍苍[12]。翠影红霞映朝日，鸟飞不到吴天

注释　1. 卢侍御虚舟：即李白的友人卢虚舟，字幼真，范阳人，曾任殿中侍御史。2. 楚狂人：春秋时楚国人陆通，字接舆。佯狂不仕，被称为“楚狂”。3. “凤歌”句：相传接舆歌而过孔子曰：“凤兮凤兮，何德之衰！往者不可谏，来者犹可追。已而已而，今之从政者殆而！”4. 绿玉杖：传说中仙人用的手杖。5. 黄鹤楼：故址在今湖北武昌，传说曾有仙人乘鹤过此。6. 南斗：二十八星宿之一。古人认为庐山所在的浔阳（今江西九江）为南斗的分野。7. 屏风九叠：指庐山的九叠云屏。云锦：我国传统的丝织工艺品。8. 明湖：指鄱阳湖。青黛：古代女子画眉的一种材料，这里指青黑色。9. 金阙：指庐山的金阙岩。10. 银河：指九叠云屏附近的三叠泉，泉水三折而下，如银河倒挂。11. 香炉：指庐山的香炉峰。12. 回崖：曲折迂回的山崖。沓嶂：重叠的山峰。

长[13]。登高壮观天地间，大江茫茫去不还。黄云万里动风色，白波九道流雪山[14]。好为庐山谣，兴因庐山发。闲窥石镜清我心[15]，谢公行处苍苔没[16]。早服还丹无世情[17]，琴心三叠道初成[18]。遥见仙人彩云里，手把芙蓉朝玉京[19]。先期汗漫九垓上，愿接卢敖游太清[20]。

13. 吴天：庐山一带属古吴地，故称吴天。14. 九道：相传长江在浔阳附近分为九条支流。雪山：形容汹涌的水浪。15. 石镜：庐山东面的一块圆形石，可照见人影。16. 谢公：指谢灵运，曾游庐山。17. 还丹：相传道家将丹砂烧炼成水银，积久又还为丹，服食之后可以成仙。18. 琴心三叠：道家用语，指修炼的工夫很深，达到心静气和的境界。19. 玉京：道教认为元始天尊的居处。20. "先期"二句：据《淮南子·道应训》载，卢敖游北海逢士，希望与其为友同游，士曰："吾与汗漫期于九垓之外，吾不可以久驻。"期：邀约。汗漫：神名。九垓：九重天。卢敖：燕人，秦始皇曾派其求仙，一去不还。此处代指卢虚舟。

梦游天姥吟留别[1]

海客谈瀛洲[2]，烟涛微茫信难求。越人语天姥[3]，云霓明灭或可睹。天姥连天向天横，势拔五岳掩赤城[4]。天台四万八千丈[5]，对此欲倒东南倾。我欲因之梦吴越，一夜飞度镜湖月[6]。湖月照我影，送我至剡溪[7]。谢公宿处今尚在[8]，渌水荡漾清猿啼。脚著谢公屐[9]，身登青云梯[10]。半壁见海日，空中闻天鸡[11]。千岩万转路不定，迷花倚石忽已暝。熊咆龙吟殷岩泉[12]，栗深林兮惊层

注释　1. 天姥（mǔ）：山名，唐代属剡（shàn）县，在今浙江新昌南。2. 海客：往来海上之人。瀛洲：传说中的海上仙山。3. 越：今浙江绍兴一带。天姥山在唐时属越州。4. 赤城：山名，因土石色赤，状如城堞而得名，是天台山的南门。5. 天台：山名，在今浙江天台北。6. 镜湖：又称鉴湖或庆湖，位于今浙江绍兴。7. 剡溪：水名，在今浙江嵊州南。8. 谢公：指南朝诗人谢灵运。他曾在剡中住宿，游天姥山。9. 谢公屐（jī）：谢灵运游山时特制的木屐。10. 青云梯：指高峻入云的山路。11. 天鸡：传说中的神鸡，天鸡鸣，天下之鸡皆随之鸣。12. "熊咆"句：意为岩泉发出巨大的声响，有如熊咆龙吟，令人为之战栗。殷（yǐn）：震动。

巅。云青青兮欲雨，水澹澹兮生烟。列缺霹雳[13]，丘峦崩摧。洞天石扇[14]，訇然中开[15]。青冥浩荡不见底[16]，日月照耀金银台[17]。霓为衣兮风为马，云之君兮纷纷而来下[18]。虎鼓瑟兮鸾回车[19]，仙之人兮列如麻[20]。忽魂悸以魄动，恍惊起而长嗟。惟觉时之枕席，失向来之烟霞。世间行乐亦如此，古来万事东流水。别君去时何时还，且放白鹿青崖间[21]，须行即骑访名山。安能摧眉折腰事权贵[22]，使我不得开心颜！

13. 列缺：闪电。14. 洞天：道家称仙人居处。15. 訇（hōng）然：巨响声。16. 青冥：天空。17. 金银台：传说中神仙所居的黄金白银筑成的宫阙。18. 云之君：云神。此处指从云中下降的群仙。19. 虎鼓瑟：语出张衡《西京赋》："白虎鼓瑟。"20. 列如麻：形容众多。21. 白鹿：传说中仙人的坐骑。22. 摧眉折腰：低头弯腰，卑躬貌。

金陵酒肆留别[1]

风吹柳花满店香，
吴姬压酒唤客尝[2]。
金陵子弟来相送，
欲行不行各尽觞[3]。
请君试问东流水，
别意与之谁短长？

注释　1. 金陵：今江苏南京。2. 吴姬：泛指吴地的美女。压酒：新酒酿成，尚未出糟入瓮，须压糟取之。3. 觞（shāng）：盛酒器。

黄鹤楼送孟浩然之广陵[1]

故人西辞黄鹤楼[2]，
烟花三月下扬州[3]。
孤帆远影碧空尽，
唯见长江天际流。

注释　1. 黄鹤楼：故址在今湖北武昌黄鹤矶上。相传始建于三国，费祎登仙，每乘黄鹤于此憩驾。广陵：今江苏扬州。2. 故人：指孟浩然。3. 烟花：谓春日日暖花繁的景象。

渡荆门送别[1]

渡远荆门外，来从楚国游[2]。
山随平野尽，江入大荒流。
月下飞天镜，云生结海楼[3]。
仍怜故乡水[4]，万里送行舟。

注释　1. 荆门：山名，在今湖北宜都西北长江南岸。2. 楚国：今湖北及其周围，春秋战国时为楚国领土。3. 海楼：即海市蜃楼，是一种因光线折射而产生的幻景，常见于海滨或沙漠。4. 怜：爱，此处有留恋之意。故乡水：指蜀地的长江水。

南陵别儿童入京[1]

白酒新熟山中归[2]，
黄鸡啄黍秋正肥[3]。
呼童烹鸡酌白酒，
儿女嬉笑牵人衣。
高歌取醉欲自慰，
起舞落日争光辉。
游说万乘苦不早[4]，
著鞭跨马涉远道。

注释　1. 南陵：在李白当时寓居的东鲁。2. 白酒新熟：唐时白酒为酿制而成，以新熟为佳。3. 黍：黏性黄小米。4. 万乘：周制天子有兵车万乘，故以万乘指代天子。

会稽愚妇轻买臣[5]，
余亦辞家西入秦[6]。
仰天大笑出门去，
我辈岂是蓬蒿人[7]。

5.“会稽”句：汉朱买臣，会稽人，贫而勤读，其妻羞之而去；后买臣富贵，妻愧而自缢。6. 秦：指长安。7. 蓬蒿人：贫士。

金乡送韦八之西京[1]

客自长安来[2]，还归长安去。
狂风吹我心，西挂咸阳树[3]。
此情不可道，此别何时遇？
望望不见君[4]，连山起烟雾。

注释　1. 金乡：今山东金乡。韦八：生平不详。西京：即长安，天宝元年（742）改称西京。2. 客：指韦八。3. 咸阳：此指长安。4. 望望：瞻望，盼望。

送友人

青山横北郭[1]，白水绕东城。
此地一为别，孤蓬万里征[2]。
浮云游子意，落日故人情。
挥手自兹去，萧萧班马鸣[3]。

注释　1. 郭：外城。2. 孤蓬：被风吹散的蓬草，此指即将漂泊的友人。3. 萧萧：马鸣声。班马：离群之马。

宣州谢脁楼饯别校书叔云[1]

弃我去者昨日之日不可留，乱我心者今日之日多烦忧。长风

注释　1. 谢脁楼：南齐诗人谢脁官宣城太守时所建，故址在今安徽宣城陵阳山。校书：即校书郎。叔云：指李云，李白尊称为长辈，官秘书省校书郎。

万里送秋雁，对此可以酣高楼[2]。蓬莱文章建安骨[3]，中间小谢又清发[4]。俱怀逸兴壮思飞，欲上青天览日月[5]。抽刀断水水更流，举杯销愁愁更愁。人生在世不称意，明朝散发弄扁舟[6]。

2. 酣：尽情畅饮。3. 蓬莱：原指海中仙山，传说仙人藏典籍于此，故东汉时称官府藏书处东观为蓬莱。此处借指汉代文学。建安骨：建安为东汉献帝年号（196—220），时曹氏父子及王粲等七子所写诗文辞情慷慨激昂，风格刚健清新，称为“建安风骨”。4. 小谢：指谢朓。因其时代晚于谢灵运，故称谢灵运为大谢，谢朓为小谢。清发：清新秀发，指谢朓的诗风。5. 览：同“揽”，摘取。6. 散发：使头发散落，是不拘礼节的行为。此处指隐居不仕。弄扁舟：指退隐江湖。

山中问答

问余何意栖碧山[1]，
笑而不答心自闲。
桃花流水窅然去[2]，
别有天地非人间。

注释　1. 碧山：指湖北安陆的白兆山。2. 窅（yǎo）然：深远的样子。

答王十二寒夜独酌有怀[1]

昨夜吴中雪，子猷佳兴发[2]。万里浮云卷碧山，青天中道流孤月。孤月沧浪河汉清[3]，北斗错落长庚明[4]。怀余对酒夜霜白，玉床金井冰峥嵘[5]。人生飘忽百年内，且须酣畅万古情。君不能狸膏金距学斗鸡，坐令鼻息吹虹霓[6]。君不能学哥舒，横行青海夜带刀，西屠石堡

注释　1. 王十二：李白友人，名及身世均不详。2.“昨夜”二句：用王子猷雪夜访戴逵，未见便兴尽而返的典故。3. 沧浪：寒冷，凄清。4. 长庚：即金星，又名太白星。5. 玉床：装饰华贵的井栏。6.“君不能狸膏金距”二句：抨击斗鸡徒。狸膏：斗鸡时鸡头涂狸膏，因狸能捕鸡，使异鸡闻之畏惧。金距：鸡爪饰金属利片，易伤对方。鼻息吹虹霓：形容斗鸡徒气焰之盛。

取紫袍[7]。吟诗作赋北窗里，万言不直一杯水。世人闻此皆掉头，有如东风射马耳[8]。鱼目亦笑我[9]，请与明月同[10]。骅骝拳跼不能食[11]，蹇驴得志鸣春风[12]。折杨皇华合流俗[13]，晋君听琴枉清角[14]。巴人谁肯和阳春[15]，楚地由来贱奇璞[16]。黄金散尽交不成，白首为儒身被轻。一谈一笑失颜色，苍蝇贝锦喧谤声[17]。曾参岂是杀人者，谗言三及慈母惊[18]。与君论心握君手，荣辱于余亦何有。孔圣犹闻伤凤麟[19]，董龙更是何鸡狗[20]。一生傲岸苦不谐，恩疏媒劳志多乖[21]。严陵高揖汉天子[22]，何必长剑拄颐事玉阶[23]。达亦不足贵，穷亦不足悲。韩信羞将绛灌比[24]，祢衡耻逐屠沽儿[25]。君不见李北海，英风豪气今何在[26]。君不见裴尚书，土坟三尺蒿棘居[27]。少年早欲五湖去[28]，见此弥将钟鼎疏[29]。

7.“君不能学哥舒”三句：写哥舒翰攻石堡城事。哥舒：即哥舒翰，唐代著名边将。天宝八载（749），哥舒翰率众攻下石堡城，大受封赏。石堡：石堡城，在今青海西宁西南。紫袍：唐代正三品官服色。8. 东风射马耳：唐时俗语，形容充耳不闻，漠然不动。9. 鱼目：喻世俗之人。10. 明月：即明月珠，诗人自比。11. 骅骝（huá liú）：古代骏马名，传为周穆王八骏之一。拳跼（jú）：蜷曲不伸貌。12. 蹇驴：跛足之驴。13. 折杨皇华：两种歌曲名，属俚俗小曲。14.“晋君”句：晋平公听琴，命师旷奏清角，因主君德薄，风雨大作。此处借以讽刺君薄于德。15. 巴人：俗曲。阳春：高雅的曲调。此句谓曲高和寡。16.“楚地”句：据《韩非子·和氏》载，楚人卞和得一玉璞，屡次进献，屡次被视作石头，卞和亦因此受刖刑。17. 苍蝇贝锦：指谗言。《诗·小雅·青蝇》：“营营青蝇，止于棘。谗人罔极，交乱四国。”《诗·小雅·巷伯》：“萋兮斐兮，成是贝锦。彼谮人者，亦已太甚。”贝锦，织成贝形花纹的锦缎。18.“曾参”二句：典出《战国策·秦策二》：有人告诉曾母曾参杀了人，曾母开始不信，三次听闻后就信以为真。19. 孔圣：即孔子，曾叹“凤鸟不至”（《论语·子罕》），又曾因鲁人狩获麒麟而曰“吾道穷矣”（《史记·孔子世家》），皆生不逢时之意。20. 董龙：指前秦右仆射董荣，小字龙。因佞幸被讥以鸡狗。21. 恩疏：指朝廷见弃。媒劳：指荐举者徒劳。乖：违背。22. 严陵：汉代隐士严光，字子陵。刘秀多次遣使聘之，仍不接受官职。高揖：长揖不拜，此处有辞别之意。23. 长剑拄颐：为臣之状。24.“韩信”句：韩信为淮阴侯，自恃功高，常称病不朝，羞与颍阴侯灌婴、绛侯周勃等并列。25.“祢衡”句：祢衡建安初游许，“是时许都新建，贤士大夫四方来集，或问衡曰：‘盍从陈长文、司马伯达乎？’对曰：‘吾焉能从屠沽儿耶？’”26.“君不见李北海”二句：用李邕事。李邕曾任北海太守，天宝六载（747）为宰相李林甫陷害杖杀。27.“君不见裴尚书”二句：用唐刑部尚书裴敦复事。裴为李林甫所忌，贬淄川太守。后与李邕同案被杖杀。蒿棘：指杂草。28. 五湖：指太湖，此处用范蠡功成身退泛舟五湖的典故。29. 钟鼎：古代贵族家中鸣钟列鼎而食，这里代指功名富贵。

下终南山过斛斯山人宿置酒[1]

暮从碧山下，山月随人归。
却顾所来径，苍苍横翠微[2]。
相携及田家，童稚开荆扉[3]。
绿竹入幽径，青萝拂行衣。
欢言得所憩，美酒聊共挥。
长歌吟松风[4]，曲尽河星稀。
我醉君复乐，陶然共忘机[5]。

注释　1. 斛斯山人：一位复姓斛斯的隐士。2. 翠微：青翠的山坡。3. 荆扉：柴门。4. 松风：指古乐府《风入松》曲。5. 机：世俗的心机。

把酒问月

青天有月来几时，
我今停杯一问之。
人攀明月不可得，
月行却与人相随。
皎如飞镜临丹阙[1]，
绿烟灭尽清辉发[2]。
但见宵从海上来，
宁知晓向云间没？
白兔捣药秋复春[3]，
嫦娥孤栖与谁邻？
今人不见古时月，
今月曾经照古人。
古人今人若流水，

注释　1. 丹阙：朱红色的宫阙。2. 绿烟：指夜晚的云雾。3. 白兔捣药：相传月中有一只白兔，日复一日地捣药。

共看明月皆如此。
唯愿当歌对酒时[4]，
月光长照金樽里。

4. 当歌对酒时：曹操《短歌行》云“对酒当歌，人生几何”。

陪侍郎叔游洞庭醉后三首（选一）

刬却君山好[1]，平铺湘水流。
巴陵无限酒[2]，醉杀洞庭秋。

注释　1. 刬（chǎn）：同“铲”。君山：在洞庭湖中。2.“巴陵”句：巴陵为岳州属县，有名酒巴陵春。

陪族叔刑部侍郎晔及中书贾舍人至游洞庭五首[1]（选一）

南湖秋水夜无烟[2]，
耐可乘流直上天[3]？
且就洞庭赊月色，
将船买酒白云边[4]。

注释　1. 刑部侍郎晔：即李晔，李白称之为“族叔”，并非亲叔。贾舍人：即贾至，此时贬岳州司马。2. 南湖：指洞庭湖。3. 耐可：哪可，怎么能。4. 将船：驾驶着船。

登金陵凤凰台[1]

凤凰台上凤凰游，
凤去台空江自流。
吴宫花草埋幽径[2]，

注释　1. 金陵：今江苏南京。凤凰台：在南京凤凰山上，相传南朝宋元嘉时，有三只凤凰翔集于此，因建台于山上。2. 吴宫：三国时吴国的宫殿。

晋代衣冠成古丘[3]。
三山半落青天外[4]，
二水中分白鹭洲[5]。
总为浮云能蔽日[6]，
长安不见使人愁。

3. 晋代：指东晋，建都于金陵。衣冠：指名门望族。4. 三山：在今南京西南长江边上，三峰并列相连。5. 白鹭洲：南京西南长江中的一个小洲。6. 浮云：喻指奸佞小人。

望庐山瀑布[1]

日照香炉生紫烟[2]，
遥看瀑布挂前川。
飞流直下三千尺，
疑是银河落九天。

注释　1. 庐山：在今江西九江南。2. 香炉：庐山北部著名的山峰。

秋登宣城谢朓北楼[1]

江城如画里，山晓望晴空。
两水夹明镜[2]，双桥落彩虹[3]。
人烟寒橘柚[4]，秋色老梧桐。
谁念北楼上，临风怀谢公。

注释　1. 宣城：今属安徽。谢朓：字玄晖，南朝齐诗人，曾任宣城太守，在宣城陵阳山上建北楼。2. 两水：指环绕安徽宣州城的宛溪和句溪。3. 双桥：即宛溪上的凤凰、济川二桥，隋开皇年间所建。4. “人烟”句：意谓人间炊烟缭绕于秋空，使橘柚也带有寒意。

宣城见杜鹃花[1]

蜀国曾闻子规鸟[2]，

注释　1. 宣城：在今安徽。2. 子规：即杜鹃鸟，相传是古蜀帝杜宇的精魂化成，啼声凄婉。

宣城还见杜鹃花。
一叫一回肠一断，
三春三月忆三巴[3]。

3. 三巴：巴郡、巴东、巴西的总称。三地均在今四川境内。

望天门山[1]

天门中断楚江开[2]，
碧水东流至此回。
两岸青山相对出，
孤帆一片日边来。

注释　1. 天门山：在今安徽当涂西南，东边名博望山，西边名梁山，两山夹着长江，有如天门。2. 楚江：安徽属古楚地，故称流经这一段的长江为楚江。啼声凄婉。

客中作

兰陵美酒郁金香[1]，
玉碗盛来琥珀光。
但使主人能醉客[2]，
不知何处是他乡。

注释　1. 兰陵：今山东枣庄。郁金：姜科姜黄属植物，可用以浸酒。2. 但使：只要。

夜下征虏亭[1]

船下广陵去[2]，月明征虏亭。
山花如绣颊[3]，江火似流萤[4]。

注释　1. 征虏亭：东晋时征虏将军谢石所建，故址在今江苏南京的南郊。2. 广陵：今江苏扬州。3. 绣颊：抹了胭脂的女子面颊。4. 江火：江船上的灯火。流萤：飞动的萤火虫。

早发白帝城[1]

朝辞白帝彩云间，
千里江陵一日还。
两岸猿声啼不住，
轻舟已过万重山。

注释　1. 白帝城：位于今重庆奉节东白帝山上，东汉初公孙述建，因其自称白帝，故名。

秋下荆门[1]

霜落荆门江树空，
布帆无恙挂秋风[2]。
此行不为鲈鱼鲙[3]，
自爱名山入剡中[4]。

注释　1. 荆门：山名，在今湖北宜都西北的长江南岸。2.“布帆”句：东晋画家顾恺之为荆州刺史殷仲堪幕府的参军，曾告假乘舟东下，仲堪特地把布帆借给他，途中遇大风，恺之写信给殷说：“行人安稳，布帆无恙。”3. 鲈鱼鲙：据说西晋时吴人张翰在洛阳做官，见秋风起而想到故乡的莼菜羹、鲈鱼鲙，于是命驾便归。4. 剡（shàn）中：在今浙江境内。

宿五松山下荀媪家[1]

我宿五松下，寂寥无所欢。
田家秋作苦[2]，邻女夜舂寒[3]。
跪进雕胡饭[4]，月光明素盘。
令人惭漂母[5]，三谢不能餐。

注释　1. 五松山：在今安徽铜陵南。荀媪：姓荀的老年妇女。2. 秋作苦：秋日辛苦劳作。3. 舂：以杵捣去谷物的皮壳。4. 跪进：指以跪礼进献东西，表示恭敬。雕胡饭：即用菰米做成的饭食。5. 漂母：漂洗衣物的老妇。据《史记·淮阴侯列传》，有一漂母见韩信饥，给其饭吃。此处以漂母比荀媪。

越中览古[1]

越王勾践破吴归，
义士还乡尽锦衣。
宫女如花满春殿，
只今惟有鹧鸪飞。

注释　1. 越中：唐越州，治所在今浙江绍兴。

夜泊牛渚怀古[1]

牛渚西江夜，青天无片云。
登舟望秋月，空忆谢将军[2]。
余亦能高咏，斯人不可闻[3]。
明朝挂帆席[4]，枫叶落纷纷。

注释　1. 牛渚：牛渚矶，即采石矶。在今安徽马鞍山长江东岸。2. 谢将军：指东晋的谢尚，曾为镇西将军镇守牛渚。相传谢尚曾于月夜在江上泛舟，听到怀才不遇的袁宏诵《咏史诗》，赞赏不已，便邀他相叙，直至天亮。3. 斯人：这个人，指谢尚。4. 帆席：船帆。

月下独酌四首（选一）

花间一壶酒，独酌无相亲。
举杯邀明月，对影成三人[1]。
月既不解饮，影徒随我身。
暂伴月将影[2]，行乐须及春。
我歌月徘徊，我舞影零乱。
醒时同交欢，醉后各分散。
永结无情游[3]，相期邈云汉[4]。

注释　1. 三人：指自己、月亮和影子。2. 将：与，共。3. 无情游：忘却世俗之游。4. 云汉：银河。这里借指天上仙境。

山中与幽人对酌[1]

两人对酌山花开，
一杯一杯复一杯。
我醉欲眠卿且去[2]，
明朝有意抱琴来。

注释　1. 幽人：指隐居不仕的人。对酌：相对饮酒。2.“我醉”句：化用陶渊明典故。据载，陶渊明饮酒醉后对客人说：“我醉欲眠，卿可去。”

独坐敬亭山[1]

众鸟高飞尽，孤云独去闲。
相看两不厌，只有敬亭山。

注释　1. 敬亭山：原名昭亭山，后因避晋文帝司马昭讳更名。在今安徽宣城北。山上原有敬亭，传为南齐诗人谢朓吟咏处。

访戴天山道士不遇[1]

犬吠水声中，桃花带露浓。
树深时见鹿，溪午不闻钟。
野竹分青霭[2]，飞泉挂碧峰[3]。
无人知所去，愁倚两三松。

注释　1. 戴天山：又名大康山或大匡山，位于今四川江油。2. 霭：云气。3. 飞泉：瀑布。

听蜀僧濬弹琴[1]

蜀僧抱绿绮[2]，西下峨眉峰[3]。
为我一挥手，如听万壑松。
客心洗流水[4]，余响入霜钟[5]。
不觉碧山暮，秋云暗几重。

注释　1. 蜀僧濬：蜀地的和尚，生平不详。“濬”当为其法号。2. 绿绮：指名琴。汉司马相如有琴名绿绮。3. 峨眉峰：今四川峨眉山。4.“客心”句：形容琴声涤荡着心胸。暗用伯牙、钟子期高山流水的典故。5. 霜钟：据《山海经·中山经》载，丰山有九钟，霜降则鸣。

劳劳亭[1]

天下伤心处，劳劳送客亭。
春风知别苦，不遣柳条青[2]。

注释　1. 劳劳亭：三国时代吴国所建，旧址在今南京南，是著名的送别之地。2. 遣：使，令。

春夜洛城闻笛[1]

谁家玉笛暗飞声，
散入春风满洛城。
此夜曲中闻折柳[2]，
何人不起故园情？

注释　1. 洛城：洛阳。2. 折柳：即《折杨柳》，古代曲名。

夜宿山寺

危楼高百尺[1]，手可摘星辰。
不敢高声语，恐惊天上人[2]。

注释　1. 危楼：高楼。2. 天上人：指仙人。

哭晁卿衡[1]

日本晁卿辞帝都[2]，
征帆一片绕蓬壶[3]。
明月不归沉碧海[4]，
白云愁色满苍梧[5]。

注释　1. 晁卿衡：即晁衡，原名阿倍仲麻吕，日本人。开元间随遣唐使来中国，在唐朝任官多年，与王维、李白、储光羲等均有交往。2. 帝都：指长安。3. 蓬壶：指古代神话中的东海仙山蓬莱。4. 明月：喻指晁衡。5. 苍梧：山名。

刘昚虚

刘昚（shèn）虚，生卒年不详，字全乙，洪州新吴（今江西奉新）人。开元进士，曾任洛阳尉、夏县令等职。性高古，淡名利。其诗工于五言，诗境清淡，多为山水隐逸之作。

阙　题[1]

道由白云尽[2]，春与清溪长。
时有落花至，远随流水香。
闲门向山路[3]，深柳读书堂。
幽映每白日，清辉照衣裳。

注释　1. 阙题：题目原缺之意。2.“道由”句：指山路在白云尽处，也即在尘境之外。3. 闲门：言门前环境清幽。

王　湾

王湾，生卒年不详，洛阳（今属河南）人。玄宗初进士及第，曾官荥阳主簿、洛阳尉。词翰早著，往来吴、楚间，多有著述。

次北固山下[1]

客路青山外，行舟绿水前。
潮平两岸阔，风正一帆悬[2]。
海日生残夜，江春入旧年。
乡书何处达，归雁洛阳边。

注释　1. 次：途中住宿，这里指停泊。北固山：在今江苏镇江北，三面临江。2. 风正：指顺风。

崔 颢

崔颢（704?—754），汴州（今河南开封）人，开元十一年（723）进士及第。曾任太仆寺丞，天宝中为司勋员外郎。其性格放浪不羁，一生漫游四方，经历颇丰富，诗风亦有所变化：少年浮艳轻薄，晚期风骨凛然。

黄鹤楼[1]

昔人已乘黄鹤去[2]，
此地空余黄鹤楼。
黄鹤一去不复返，
白云千载空悠悠。
晴川历历汉阳树[3]，
芳草萋萋鹦鹉洲[4]。
日暮乡关何处是[5]，
烟波江上使人愁。

注释　1. 黄鹤楼：故址在今湖北武昌黄鹤矶上。2.“昔人”句：据《齐谐记》载，仙人王子安曾乘鹤过此。一说三国时费祎在此楼驾鹤登仙。3. 历历：清楚分明的样子。汉阳：县名，在今湖北武汉汉阳区。 4. 萋萋：茂密的样子。鹦鹉洲：位于汉阳西南的长江中，东汉祢衡作《鹦鹉赋》，后为黄祖所杀，葬于此处，鹦鹉洲因以得名。5. 乡关：故乡。

长干曲四首（选一）

君家何处住，妾住在横塘[1]。
停船暂借问，或恐是同乡。

注释　1. 横塘：位于今江苏南京秦淮河南岸，三国吴时曾在此建塘堤。

崔国辅

崔国辅，生卒年不详，吴郡（今江苏苏州）人。历官山阴尉、礼部员外郎、竟陵司马等职。诗以五绝著称，婉娈清楚，深得南朝乐府民歌遗韵。

怨词二首（选一）

妾有罗衣裳，秦王在时作[1]。
为舞春风多，秋来不堪著。

注释　1. 秦王：泛指帝王。

采莲曲[1]

玉溆花争发[2]，金塘水乱流。
相逢畏相失，并著采莲舟。

注释　1. 采莲曲：乐府《相和歌辞》旧题，为梁武帝所作《江南弄》七曲之一。2. 玉溆（xù）：与下句“金塘”都是浦、塘的美称。溆，浦，水边。

王　翰

王翰（687—726），生卒年不详，字子羽，并州晋阳(今山西太原)人。景云进士。官仙州别驾，后贬为道州司马。王翰恃才不羁，能文善诗。其诗善写边塞生活。

凉州词[1]

葡萄美酒夜光杯[2]，
欲饮琵琶马上催。
醉卧沙场君莫笑，
古来征战几人回。

注释　1. 凉州：今甘肃武威。2. 夜光杯：此处形容酒杯的名贵。据东方朔《海内十洲记》载，周穆王时，西胡曾献“夜光常满杯”，以白玉制成，有如明光夜照。

无名氏

听张立本女吟[1]

危冠广袖楚宫妆[2]，
独步闲庭逐夜凉。
自把玉钗敲砌竹[3]，
清歌一曲月如霜。

注释　1. 传说唐代有个草场官张立本，其女忽为后园高姓古坟中的狐妖所魅，自称高侍郎，遂吟成此诗。2. 危冠广袖：高高的冠帽、宽大的衣袖，是南方贵族女性的服饰。3. 砌竹：阶沿下的修竹。

储光羲

储光羲（706?—763），润州延陵（今江苏丹阳）人。仕宦不得意，隐居终南别业。后出任太祝。其山水田园诗颇著称于世，格高调逸，质朴之中有古雅之味。有《储光羲集》。

钓鱼湾

垂钓绿湾春，春深杏花乱[1]。
潭清疑水浅，荷动知鱼散。
日暮待情人[2]，维舟绿杨岸[3]。

注释　1. 乱：形容花瓣飘落的样子。2. 情人：志同道合的人。3. 维舟：系舟。

江南曲四首[1]（选一）

日暮长江里，相邀归渡头。
落花如有意，来去逐船流。

注释　1. 江南曲：乐府《相和歌辞》旧题，多写江南水乡风光和船家生活。

张　谓

张谓，生卒年不详，字正言，河内（今河南泌阳）人。乾元中为尚书郎，大历年间任潭州刺史，后官至礼部侍郎。其诗辞精意深，讲究格律，诗风清正，多饮宴送别之作。

同王徵君湘中有怀

八月洞庭秋，潇湘水北流。
还家万里梦，为客五更愁[1]。
不用开书帙[2]，偏宜上酒楼。
故人京洛满，何日复同游？

注释　1. 为客：作客。2. 帙：包书的套子。

万　楚

万楚，登开元进士第。沉迹下僚，后退居颍水之滨。

五日观妓[1]

西施谩道浣春纱[2]，
碧玉今时斗丽华[3]。
眉黛夺将萱草色[4]，
红裙妒杀石榴花。
新歌一曲令人艳，
醉舞双眸敛鬓斜[5]。

注释　1. 五日：即农历五月初五，端午节。2. 谩道：莫说。3. 碧玉：汝南王宠爱的美妾。这里借指地位低下的乐伎。丽华：陈后主的妃子张丽华。4. 萱草：又名谖草、忘忧草，多年生宿根草本植物。5. 敛：收束，这里指拢发的动作。

谁道五丝能续命[6]，
却令今日死君家。

6. 五丝：即五色丝，又叫“五色缕”“长命缕”。端午时人们以彩色丝线缠在手臂上，用以辟邪去灾、延年益寿。

杜　甫

杜甫（712—770），字子美，祖籍襄阳（今湖北襄阳），生于河南巩县。开元中，入长安应制举不第，漫游各地。后客居长安近十年。安史乱起，奔凤翔谒肃宗，授左拾遗。后因房琯事件牵连，弃官入蜀，严武荐为检校工部员外郎。晚年流落夔州、湖湘。杜甫与李白并称“李杜”，其诗深刻反映了唐王朝由盛转衰的历史过程，被誉为“诗史”。诗风沉郁顿挫，格律精严。有《杜工部集》。

望　岳[1]

岱宗夫如何[2]，齐鲁青未了[3]。
造化钟神秀[4]，阴阳割昏晓[5]。
荡胸生层云，决眦入归鸟[6]。
会当凌绝顶[7]，一览众山小[8]。

注释　1. 岳：指东岳泰山，在山东泰安北。2. 岱宗：指泰山。3. 齐鲁：泰山居古齐国和鲁国之间。4. 造化：大自然。钟：聚集。5.“阴阳”句：极言泰山之雄奇高峻。山南山北因山之高峻而昏晓明暗殊异。阴：山北。阳：山南。6. 决眦（zì）：极目远眺。决，裂开，此为尽可能地睁大。眦，眼眶。7. 会当：终当，定要。8.“一览”句：化用《孟子·尽心上》“孔子登东山而小鲁，登泰山而小天下”句意。

房兵曹胡马[1]

胡马大宛名[2]，锋棱瘦骨成。
竹批双耳峻[3]，风入四蹄轻。
所向无空阔[4]，真堪托死生。
骁腾有如此[5]，万里可横行。

注释　1. 房兵曹：生平不详。兵曹是州郡参佐军事的官。2. 大宛（yuān）：古代西域国名，国中出产良马。3.“竹批”句：古代相马术认为，马耳尖削是良马的特征。批：削。峻：尖耸。4.“所向”句：骏马奔驰起来，逾险跃阻，无所畏惧。5. 骁腾：骏马骁勇矫健的样子。

画　鹰

素练风霜起[1]，苍鹰画作殊[2]。
㧐身思狡兔[3]，侧目似愁胡[4]。
绦镟光堪摘[5]，轩楹势可呼[6]。
何当击凡鸟[7]，毛血洒平芜[8]。

注释　1. 素练：作画用的白绢。风霜：指秋冬肃杀之气。这里形容画中之鹰凶猛如挟风霜之杀气。2. 殊：特异，不同凡俗。3. 㧐（sǒng）身：耸起身子。4. 似愁胡：形容鹰眼色碧而锐利，似发愁的胡人的眼睛。因胡人（指西域人）碧眼，故以为喻。5. 绦：丝绳，指系鹰的绳子。镟（zú）：金属转轴，指鹰绳另一端所系的金属环。堪摘：可以解除。6. 轩楹：堂前窗柱，指悬挂画鹰的地方。势可呼：画中的鹰势态逼真，呼之欲飞。7. 何当：安得，哪得。8. 平芜：草木丛生的平旷原野。

奉赠韦左丞丈二十二韵[1]

纨袴不饿死[2]，儒冠多误身[3]。
丈人试静听，贱子请具陈[4]。
甫昔少年日，早充观国宾[5]。
读书破万卷，下笔如有神。
赋料扬雄敌[6]，诗看子建亲[7]。
李邕求识面[8]，王翰愿卜邻[9]。
自谓颇挺出，立登要路津[10]。
致君尧舜上，再使风俗淳[11]。
此意竟萧条[12]，行歌非隐沦[13]。
骑驴十三载，旅食京华春。
朝扣富儿门，暮随肥马尘。
残杯与冷炙，到处潜悲辛。
主上顷见征[14]，欻然欲求伸[15]。
青冥却垂翅[16]，蹭蹬无纵鳞[17]。

注释　1. 韦左丞：指韦济，天宝七载（748）任尚书左丞。韦氏年长于杜甫，诗中的“丈人”或“丈”是对韦济的尊称。2. 纨袴：指富贵子弟。3. 儒冠：儒生戴的帽子，此借指读书人。4. 贱子：杜甫自称。5.“甫昔”二句：写杜甫早年应举落第事。观国宾：指自己有幸看到国朝文物之胜，当时还只是一个在野的宾客。6. 扬雄：西汉著名辞赋家。7. 子建：即曹植，字子建，三国时著名诗人。8.“李邕”句：《新唐书·杜甫传》：“（甫）少贫，不自振。李邕奇其材，先往见之。”9. 王翰：唐著名诗人。卜邻：做邻居。10. 要路津：指重要的官职。11.“致君”二句：意谓自己想做一番事业，辅佐皇帝成为像尧舜那样的圣贤明君，使天下风俗淳厚。12. 萧条：落空。13. 隐沦：此指隐逸之士。14.“主上”句：天宝六载（747），玄宗下诏征求人才，杜甫应诏赴试，由于李林甫弄权作梗，此次应试无一人中举。15. 欻（xū）然：忽然。伸：施展才能抱负。16. 青冥：天空。17. 蹭蹬：失势貌。纵鳞：畅游于水中的鱼。

甚愧丈人厚，甚知丈人真。
每于百僚上，猥诵佳句新[18]。
窃效贡公喜[19]，难甘原宪贫[20]。
焉能心怏怏[21]，只是走踆踆[22]。
今欲东入海，即将西去秦。
尚怜终南山，回首清渭滨。
常拟报一饭，况怀辞大臣。
白鸥没浩荡，万里谁能驯[23]？

18.“每于”二句：是说辱蒙韦济常在百官面前朗诵自己的诗作。猥：谦辞。19. 贡公：即贡禹，西汉人。贡禹与王吉为友，闻吉贵显，非常高兴，认为王吉一定会推荐他。此处杜甫以贡禹自比，期待韦济能举荐他。20. 原宪：孔子的学生，非常贫穷。21. 怏怏：失意，郁闷。22. 踆（cūn）踆：欲前却退貌，形容进退两难。23.“白鸥”二句：言自己将如白鸥一样出没于烟波间，不再受束缚。

同诸公登慈恩寺塔[1]

高标跨苍穹，烈风无时休。
自非旷士怀，登兹翻百忧[2]。
方知象教力[3]，足可追冥搜[4]。
仰穿龙蛇窟，始出枝撑幽[5]。
七星在北户，河汉声西流[6]。
羲和鞭白日[7]，少昊行清秋[8]。
秦山忽破碎[9]，泾渭不可求。
俯视但一气，焉能辨皇州[10]？
回首叫虞舜，苍梧云正愁[11]。
惜哉瑶池饮，日晏昆仑丘[12]。
黄鹄去不息[13]，哀鸣何所投？
君看随阳雁[14]，各有稻粱谋[15]。

注释　1. 慈恩寺塔：即今西安大雁塔。2.“自非”二句：言若非超世旷达之人，登此高楼就会感到百忧交集。3. 象教：即佛教。佛教假形象以教人，故云。4. 冥搜：在极幽远处探索。5.“仰穿”二句：穿过曲折如龙蛇之窟般的蹬道，才走出枝木交纵的幽暗之处。6. 七星：北斗星。河汉：亦谓天河或天汉。7. 羲和：神话传说中太阳的御者。8. 少昊：即白帝。传说中五帝之一，是主秋天的神。9. 秦山：秦岭。此句谓秦岭诸山高低错落，大小参差，有如破碎。10. 皇州：此指唐都长安。11. 苍梧：山名，即九疑山，传说中虞舜葬处。12.“惜哉”二句：传说周穆王曾远游西北，与西王母宴于瑶池之上（事见《列子》及《穆天子传》）。此处讽刺唐玄宗与杨贵妃游宴华清宫，荒淫享乐。13. 黄鹄：喻指包括作者在内的贤能人士。14. 雁：此借指趋炎附势的小人。15. 稻粱谋：谋求个人生计利益。

兵车行

车辚辚[1]，马萧萧，行人弓箭各在腰[2]。耶娘妻子走相送[3]，尘埃不见咸阳桥[4]。牵衣顿足拦道哭，哭声直上干云霄。道旁过者问行人，行人但云点行频[5]。或从十五北防河[6]，便至四十西营田[7]。去时里正与裹头[8]，归来头白还戍边。边庭流血成海水，武皇开边意未已[9]。君不闻汉家山东二百州[10]，千村万落生荆杞。纵有健妇把锄犁，禾生陇亩无东西。况复秦兵耐苦战[11]，被驱不异犬与鸡。长者虽有问[12]，役夫敢申恨[13]？且如今年冬，未休关西卒[14]。县官急索租，租税从何出！信知生男恶，反是生女好。生女犹是嫁比邻，生男埋没随百草。君不见青海头，古来白骨无人收。新鬼烦冤旧鬼哭，天阴雨湿声啾啾。

注释　1. 辚辚：车行声。下句用“萧萧”摹写马鸣声。2. 行人：此指行军出征的人。3. 耶娘：同“爷娘”，父母。4. 咸阳桥：在咸阳西南渭水上，秦汉时名便桥。5. 点行频：多次点兵出征。点行，强制征调出征。6. 防河：玄宗时，为防御吐蕃对西北黄河以西地区的侵扰，常在秋冬季驻军防守，故云防河。7. 营田：戍边的士卒闲时兼事垦荒种田。8. 里正：唐制百户为一里，长官称里正。与裹头：替他裹头。古代男子留长发，须用头巾包裹。9. 武皇：本指汉武帝，此借指唐玄宗。下句“汉家”亦借指唐王朝。10. 山东：唐建都长安，把华山和潼关以东地区称为山东。二百州：唐代关东七道，共二百一十七州，此处取其整数。11. 秦兵：即秦地之兵。12. 长者：即上文的“道旁过者”。13. 敢：岂敢。14. 关西卒：关西的士兵，即秦兵。关西，函谷关以西的地区。一说为潼关以西。

饮中八仙歌[1]

知章骑马似乘船[2]，

注释　1. 八仙：此指贺知章、李琎、李适之、崔宗之、苏晋、李白、张旭、焦遂八人。2. 知章：即贺知章，性放旷，自号四明狂客。

眼花落井水底眠。
汝阳三斗始朝天[3]，
道逢曲车口流涎[4]，
恨不移封向酒泉[5]。
左相日兴费万钱[6]，
饮如长鲸吸百川，
衔杯乐圣称世贤。
宗之潇洒美少年[7]，
举觞白眼望青天[8]，
皎如玉树临风前。
苏晋长斋绣佛前[9]，
醉中往往爱逃禅。
李白一斗诗百篇，
长安市上酒家眠。
天子呼来不上船，
自称臣是酒中仙。
张旭三杯草圣传[10]，
脱帽露顶王公前，
挥毫落纸如云烟。
焦遂五斗方卓然，
高谈雄辩惊四筵[11]。

3. 汝阳：汝阳王李琎。4. 曲（qū）车：酒车。5. 酒泉：郡名。郡城下有泉，味如酒，故名酒泉。李琎好酒，故以移封酒泉戏之。6. 左相：指李适之。李适之好宾客，饮酒一斗不乱。据《旧唐书》载，其罢相后尝作诗云"避贤初罢相，乐圣且衔杯。为问门前客，今朝几个来？"以下句化用其语。7. 宗之：崔宗之。8. 觞：酒杯。白眼：晋人阮籍好酒，能作青白眼，见庸俗之人则以白眼对之，此以宗之比之。9. 苏晋：曾官户、吏两部侍郎，奉佛而贪杯，故下句曰"逃禅"。10. 张旭：唐书法家，善草书。据《唐国史补》，旭饮酒辄草书，挥笔而大叫，以头揾水墨中而书之。11."焦遂"二句：《唐史拾遗》载，遂口吃，对客不出一言，饮后方卓然起兴，高谈雄论，酬答论辩。

春日忆李白

白也诗无敌，飘然思不群。

清新庾开府[1]，俊逸鲍参军[2]。
渭北春天树，江东日暮云[3]。
何时一尊酒[4]，重与细论文[5]？

注释　1. 庾开府：庾信，南北朝末期著名诗人，任北周骠骑大将军、开府仪同三司。2. 鲍参军：鲍照，南朝著名诗人，刘宋时曾任荆州前军参军。3.“渭北”二句：时杜甫在长安，李白在江南。4. 尊：同“樽”，酒器。5. 论文：即论诗。

前出塞九首（选一）

挽弓当挽强，用箭当用长。
射人先射马，擒贼先擒王。
杀人亦有限，列国自有疆。
苟能制侵陵[1]，岂在多杀伤？

注释　1. 苟：假使，如果。侵陵：侵犯。

丽人行

三月三日天气新[1]，
长安水边多丽人。
态浓意远淑且真[2]，
肌理细腻骨肉匀。
绣罗衣裳照暮春，
蹙金孔雀银麒麟[3]。
头上何所有，
翠为㔩叶垂鬓唇[4]。
背后何所见，
珠压腰衱稳称身[5]。

注释　1. 三月三日：即上巳节。古代风俗，此日人们于水边游戏祈福，祓除不祥。2. 淑且真：妇人娴淑端庄，此实用反语以讽刺。3.“蹙（cù）金”句：衣服上用金线和银线绣着孔雀和麒麟。蹙，一种刺绣工艺。4.“翠为”句：翡翠制成的㔩叶一直垂到鬓边。㔩（è）叶：妇女所用发饰。5. 衱（jié）：衣后裾，长与腰齐，故称腰衱。

就中云幕椒房亲[6]，
赐名大国虢与秦[7]。
紫驼之峰出翠釜[8]，
水精之盘行素鳞[9]。
犀箸厌饫久未下[10]，
鸾刀缕切空纷纶[11]。
黄门飞鞚不动尘[12]，
御厨络绎送八珍。
箫鼓哀吟感鬼神，
宾从杂遝实要津[13]。
后来鞍马何逡巡[14]，
当轩下马入锦茵。
杨花雪落覆白蘋[15]，
青鸟飞去衔红巾[16]。
炙手可热势绝伦，
慎莫近前丞相嗔。

6. 就中：其中。椒房：汉代皇后所居宫室。椒房亲，指皇后的亲戚。7.“赐名”句：杨贵妃有三姊，皆因才貌而被赐以封号，分别为韩国夫人、虢国夫人、秦国夫人。8. 紫驼之峰：骆驼背上的肉峰，古以为珍肴。9. 水精：即水晶。素鳞：白色的鱼。10. 厌饫：饱足，吃腻了。11. 鸾刀：带有装饰的刀。空纷纶：指庖厨们白白地忙碌了。12. 黄门：即宦官。飞鞚（kòng）：飞驰的马。鞚，马勒。13. 杂遝（tà）：杂乱众多貌。实要津：双关语，既实写杨氏姊妹的众多宾客随从占据了曲江要道，又暗喻他们把持着朝廷重要职位。14. 后来鞍马：此指杨国忠，即下文的“丞相”。逡（qūn）巡：徐行貌。15. 杨花：此以杨花谐杨姓，“杨花覆蘋”隐指杨氏兄妹的淫乱丑行。16. 青鸟：神话中西王母的使者，后多指男女间传递消息之人。

贫交行[1]

翻手作云覆手雨[2]，
纷纷轻薄何须数[3]。
君不见管鲍贫时交[4]，
此道今人弃如土。

注释　1. 贫交：贫贱之交。古歌谓：“采葵莫伤根，伤根葵不生。结交莫羞贫，羞贫友不成。”2. 覆：颠倒。3. 轻薄：指为人不宽厚。4. 管鲍：指管仲和鲍叔牙。管仲早年与鲍叔牙相处甚好。管仲贫困，也欺负过鲍叔牙，但鲍叔牙始终善待管仲。后管仲感叹：“生我者父母，知我者鲍叔也！”

自京赴奉先县咏怀五百字[1]

杜陵有布衣[2]，老大意转拙[3]。
许身一何愚，窃比稷与契[4]。
居然成濩落[5]，白首甘契阔[6]。
盖棺事则已，此志常觊豁[7]。
穷年忧黎元[8]，叹息肠内热。
取笑同学翁，浩歌弥激烈。
非无江海志[9]，萧洒送日月。
生逢尧舜君[10]，不忍便永诀。
当今廊庙具，构厦岂云缺[11]？
葵藿倾太阳[12]，物性固莫夺。
顾惟蝼蚁辈[13]，但自求其穴。
胡为慕大鲸，辄拟偃溟渤[14]？
以兹悟生理，独耻事干谒。
兀兀遂至今[15]，忍为尘埃没。
终愧巢与由[16]，未能易其节。
沉饮聊自适[17]，放歌颇愁绝。
岁暮百草零，疾风高冈裂。
天衢阴峥嵘[18]，客子中夜发[19]。
霜严衣带断，指直不得结。
凌晨过骊山，御榻在嵽嵲[20]。
蚩尤塞寒空[21]，蹴蹋崖谷滑。
瑶池气郁律[22]，羽林相摩戛[23]。
君臣留欢娱，乐动殷胶葛[24]。
赐浴皆长缨[25]，与宴非短褐。

注释　1. 奉先：即今陕西蒲城。2. 杜陵布衣：杜甫自称。杜陵，在长安城南，杜甫曾在杜陵附近居住，因自称。3.“老大”句：意谓年愈老而不愿趋炎附势之志愈坚。拙：笨拙，此指不愿随波逐流。4. 稷：周人祖先。契：商人祖先。二人均为古之贤臣。5. 濩（hù）落：大而无用之意。6. 契阔：勤苦，辛苦。7. 觊（jì）豁：希望能够实现。觊，希望。豁，达到。8. 穷年：终年。黎元：百姓。9. 江海志：放浪江海之志，即隐逸的心愿。10. 尧舜君：此指代唐玄宗。11.“当今”二句：意即当今朝廷中并不缺乏人才。廊庙：朝廷的建筑，代指朝廷。构厦：修建大屋，比喻治理国家。12. 葵：向日葵。藿：豆叶。古人常以葵藿喻忠诚。13. 蝼蚁辈：喻目光短浅、营求自谋的小人。14.“胡为”二句：意谓自己一直希望能施展抱负。大鲸：喻志向远大的人。偃：游息。溟渤：沧海。15. 兀兀：勤苦貌。16. 巢与由：巢父与许由。传说中两位避世隐士。17. 沉饮：放怀而饮，嗜酒无度。18. 天衢（qú）：天街。此借指长安城。峥嵘：山高峻貌，此处形容天空黑云密布，重叠如山。19. 客子：此指杜甫。中夜发：半夜出发。20. 嵽嵲（dié niè）：山高峻貌。此指骊山。21. 蚩尤：传说中能造雾的人。22. 瑶池：传说中西王母与周穆王游宴之地，此借指骊山上的华清宫。郁律：暖气蒸腾的样子。23. 羽林：皇帝的禁卫军。24.“乐动”句：意谓乐声响彻云霄。胶葛：广大貌，此指广大的天空。25. 长缨：此指权贵，与下句“短褐”相对。

彤庭所分帛，本自寒女出。
鞭挞其夫家，聚敛贡城阙。
圣人筐篚恩[26]，实欲邦国活。
臣如忽至理[27]，君岂弃此物？
多士盈朝廷，仁者宜战栗。
况闻内金盘[28]，尽在卫霍室[29]。
中堂舞神仙[30]，烟雾散玉质[31]。
暖客貂鼠裘，悲管逐清瑟。
劝客驼蹄羹，霜橙压香橘。
朱门酒肉臭，路有冻死骨。
荣枯咫尺异，惆怅难再述。
北辕就泾渭，官渡又改辙[32]。
群冰从西下，极目高崒兀[33]。
疑是崆峒来[34]，恐触天柱折[35]。
河梁幸未坼，枝撑声窸窣[36]。
行旅相攀援[37]，川广不可越。
老妻寄异县，十口隔风雪。
谁能久不顾，庶往共饥渴。
入门闻号咷，幼子饥已卒。
吾宁舍一哀，里巷亦呜咽。
所愧为人父，无食致夭折。
岂知秋未登，贫窭有仓卒[38]。
生常免租税，名不隶征伐。
抚迹犹酸辛，平人固骚屑[39]。
默思失业徒，因念远戍卒。
忧端齐终南，澒洞不可掇[40]。

26. 圣人：此指皇帝。筐篚恩：赐帛之恩。筐、篚皆为盛帛之器。27. 忽：忽视。至理：即上句“实欲邦国活”的道理。28. 内金盘：皇宫中的金盘。29. 卫霍室：卫、霍两家是汉代外戚，此借指杨贵妃的亲属。30. 神仙：指女乐。一说指杨贵妃及其姊妹。31. 玉质：形容女子肌肤之美。32. 官渡：官家的渡口。33. 崒（zú）兀：高峻危险貌。34. 崆峒：山名，在今甘肃省岷县。泾渭二水皆自陇西而下，故云“崆峒来”。35. 天柱：传说中不周山支撑天的柱子。36. 枝撑：桥柱的交木。窸窣：拟声词。37. 行旅：行人。38. 窭（jù）：贫穷。39. 骚屑：本指风声，此处形容动摇和不安。40. 澒（hòng）洞：广大无际貌。掇：收拾。

月　夜

今夜鄜州月[1]，闺中只独看[2]。
遥怜小儿女，未解忆长安。
香雾云鬟湿，清辉玉臂寒。
何时倚虚幌[3]，双照泪痕干？

注释　1. 鄜 (fū) 州：治所在今陕西富县。2. 闺中：此指仍在鄜州的妻子。3. 虚幌（huǎng）：薄而透的帷幕。

悲陈陶[1]

孟冬十郡良家子[2]，
血作陈陶泽中水。
野旷天清无战声，
四万义军同日死。
群胡归来血洗箭[3]，
仍唱胡歌饮都市[4]。
都人回面向北啼[5]，
日夜更望官军至。

注释　1. 陈陶：地名，即陈陶泽，又名陈陶斜，在今陕西咸阳东。唐肃宗至德元载（756），唐军与安史叛军在陈陶泽作战，大败。2. 孟冬：冬季的第一个月，即阴历十月。十郡：泛指西北各郡。良家子：此泛指从百姓中征召的士兵。3. 群胡：指安史叛军。4. 都市：指长安街市。5. 都人：长安的人民。向北啼：当时唐肃宗在长安西北的彭原（今属甘肃）。

春　望

国破山河在，城春草木深。
感时花溅泪，恨别鸟惊心。
烽火连三月，家书抵万金。
白头搔更短[1]，浑欲不胜簪[2]。

注释　1. 短：少。2. 浑欲：简直，几乎要。不胜：不能承受。

哀江头[1]

少陵野老吞声哭[2]，
春日潜行曲江曲。
江头宫殿锁千门，
细柳新蒲为谁绿？
忆昔霓旌下南苑[3]，
苑中万物生颜色[4]。
昭阳殿里第一人[5]，
同辇随君侍君侧。
辇前才人带弓箭，
白马嚼啮黄金勒。
翻身向天仰射云，
一箭正坠双飞翼。
明眸皓齿今何在？
血污游魂归不得[6]。
清渭东流剑阁深，
去住彼此无消息[7]。
人生有情泪沾臆[8]，
江水江花岂终极！
黄昏胡骑尘满城，
欲往城南望城北[9]。

注释　1. 江：指曲江，在长安城南。安史乱前是著名的游赏胜地，也是唐玄宗与杨贵妃平日游幸之所。2. 少陵野老：杜甫自称。3. 霓旌：云霓般的彩旗。南苑：即曲江之南的芙蓉苑。4. 生颜色：焕发光彩。5. "昭阳"句：此指杨贵妃。昭阳，汉宫名。6. "明眸"二句：指杨贵妃缢死马嵬驿事。7. "清渭"二句：是说杨贵妃死于渭水之滨，而玄宗去了四川，二人一生一死，永无消息。清渭：渭水，流经马嵬驿之南。剑阁：关名，在今四川境内。8. 臆：胸膛。9. "欲往"句：杜甫时住城南，望城北者，有望官军北来收复京师之意。一说因心中伤悲迷乱，不辨南北。

北　征[1]

皇帝二载秋[2]，闰八月初吉[3]。
杜子将北征，苍茫问家室。
维时遭艰虞[4]，朝野少暇日。
顾惭恩私被，诏许归蓬荜[5]。
拜辞诣阙下[6]，怵惕久未出[7]。
虽乏谏诤姿，恐君有遗失。
君诚中兴主，经纬固密勿[8]。
东胡反未已[9]，臣甫愤所切。
挥涕恋行在[10]，道途犹恍惚。
乾坤含疮痍，忧虞何时毕？
靡靡逾阡陌[11]，人烟眇萧瑟[12]。
所遇多被伤，呻吟更流血。
回首凤翔县，旌旗晚明灭[13]。
前登寒山重，屡得饮马窟[14]。
邠郊入地底，泾水中荡潏[15]。
猛虎立我前，苍崖吼时裂[16]。
菊垂今秋花，石戴古车辙。
青云动高兴[17]，幽事亦可悦[18]。
山果多琐细，罗生杂橡栗。
或红如丹砂，或黑如点漆。
雨露之所濡，甘苦齐结实。
缅思桃源内[19]，益叹身世拙。
坡陀望鄜畤[20]，岩谷互出没。
我行已水滨，我仆犹木末[21]。

注释　1. 北征：即北行。2. 皇帝二载：唐肃宗至德二载（757）。3. 初吉：阴历初一。4. 维时：此时。维，发语词。艰虞：艰难且使人忧虑。5. “顾惭”二句：谓皇帝允许他回家探亲，是他独自受到的恩惠。蓬荜：即蓬门荜户，指贫苦人住的房子，此指自己的家。6. 诣：至。阙下：宫阙，朝廷。7. 怵（chù）惕：惶恐不安貌。8. 经纬：本指织布时的竖线和横线，此喻指安排国家大事。密勿：即勤勉。9. 东胡：安禄山父子的叛军。10. 行在：皇帝临时出行的所在地，此指临时设在凤翔的朝廷。11. 靡靡：行步迟缓忧伤貌。12. 眇：少。13. 明灭：忽隐忽现。14. “前登”二句：意谓前行登上重重寒山，到处可见战争痕迹。饮马窟：行军时饮马的水洼。15. 荡潏（jué）：水流动之貌。16. “猛虎”二句：山中狂风怒号，山鸣谷应，苍崖似要被震裂一般。猛虎：山崖蹲踞之状。17. 高兴：高雅的兴致。18. 幽事：山中幽静的景物。19. 缅思：遥想。桃源：晋陶潜《桃花源记》中所虚构的理想社会。20. 坡陀：高低不平貌。鄜畤（zhì）：春秋时秦文公曾在鄜州筑坛祭天神，故称鄜畤。畤，祭天神的祭坛。21. 木末：树梢。此句谓从山下望去，走在山上的仆人有如在树梢一般。

鸱鸟鸣黄桑[22]，野鼠拱乱穴。
夜深经战场，寒月照白骨。
潼关百万师，往者散何卒[23]。
遂令半秦民，残害为异物[24]。
况我堕胡尘[25]，及归尽华发。
经年至茅屋，妻子衣百结[26]。
恸哭松声回，悲泉共幽咽。
平生所娇儿，颜色白胜雪[27]。
见耶背面啼[28]，垢腻脚不袜。
床前两小女，补绽才过膝。
海图坼波涛，旧绣移曲折。
天吴及紫凤，颠倒在裋褐[29]。
老夫情怀恶，呕泄卧数日。
那无囊中帛[30]，救汝寒凛栗。
粉黛亦解苞[31]，衾裯稍罗列[32]。
瘦妻面复光，痴女头自栉[33]。
学母无不为，晓妆随手抹。
移时施朱铅[34]，狼藉画眉阔[35]。
生还对童稚，似欲忘饥渴。
问事竞挽须，谁能即嗔喝[36]。
翻思在贼愁，甘受杂乱聒[37]。
新归且慰意，生理焉能说[38]？
至尊尚蒙尘[39]，几日休练卒[40]？
仰观天色改，坐觉妖氛豁[41]。
阴风西北来，惨淡随回鹘[42]。
其王愿助顺，其俗善驰突。

22. 鸱（chī）鸟：猫头鹰。23.“潼关”二句：指哥舒翰二十万军守潼关失败事。卒：仓促。24. 异物：此指死人，谓许多人在战争中死去。25. 堕胡尘：指自己曾被叛军所俘事。26. 百结：衣服上打满了补丁。27.“颜色”句：指肤色白净胜雪。一说娇儿因饥饿而脸色苍白。28. 耶：即“爷”，父亲。29.“海图”四句：是说用旧绣片来补缀短衣，因而原来的图案花纹变得“曲折”“颠倒”。海图，绣着海景图案的绣品。天吴、紫凤均指绣品上的图案。裋（shù）褐：粗陋的短衣。30. 那（nuó）：奈何。31. 苞：通“包”，包裹。32. 衾：被子。裯：帐子。33. 栉：梳头。34. 移时：过了一会儿。施：擦抹。35. 狼藉：杂乱。36. 嗔喝（hè）：发怒喝止。37.“翻思”二句：回想陷贼时思归不得的愁苦，孩子们虽然吵闹些，也使人感到快慰。聒：此指孩子们的吵嚷声。38. 生理：生计。39. 至尊：指肃宗。40. 休：指战事停息。41. 坐觉：犹顿觉。妖氛：指叛军的气焰。豁：豁清，散开。42. 回鹘：一作“回纥”，唐西北少数民族名。以下写唐王朝借回鹘兵平乱事。

送兵五千人，驱马一万匹。
此辈少为贵，四方服勇决。
所用皆鹰腾[43]，破敌过箭疾。
圣心颇虚伫，时议气欲夺[44]。
伊洛指掌收，西京不足拔[45]。
官军请深入，蓄锐何俱发。
此举开青徐[46]，旋瞻略恒碣[47]。
昊天积霜露[48]，正气有肃杀。
祸转亡胡岁，势成擒胡月。
胡命其能久，皇纲未宜绝[49]。
忆昨狼狈初[50]，事与古先别。
奸臣竟菹醢[51]，同恶随荡析。
不闻夏殷衰，中自诛褒妲[52]。
周汉获再兴，宣光果明哲[53]。
桓桓陈将军[54]，仗钺奋忠烈[55]。
微尔人尽非[56]，于今国犹活。
凄凉大同殿[57]，寂寞白兽闼[58]。
都人望翠华[59]，佳气向金阙。
园陵固有神[60]，扫洒数不缺[61]。
煌煌太宗业，树立甚宏达。

43. 鹰腾：形容回鹘兵的骁勇剽悍。44.“圣心”二句：是说皇帝虚心期待着能依靠回鹘兵取得胜利，原来反对借用回鹘兵的人也不敢再反对。虚伫：虚心等待。时议：舆论。45.“伊洛”二句：谓收复东西两京毫不费力。伊洛：流经洛阳的伊水和洛水，此借指唐东京洛阳。46. 青徐：青州和徐州，今山东、苏北一带。47. 恒碣：恒山和碣石山，今山西、河北一带。48. 昊天：此指秋天。49. 皇纲：唐王朝帝业。50. 狼狈初：指玄宗仓皇奔蜀事。51. 奸臣：指杨国忠。菹醢（zū hǎi）：肉酱，此指被杀死。52.“不闻”二句：意谓与历史上的亡国之君相比，玄宗尚能顾全大局，赐死杨贵妃。褒：褒姒，周幽王宠妃。妲：妲己，殷纣王宠妃。此以褒姒、妲己喻杨贵妃。53. 宣光：周宣王和东汉光武帝，二人被看作历史上的中兴君主，此皆以颂扬肃宗李亨。54. 桓桓：威武貌。陈将军，即陈玄礼。55.“仗钺”句：指陈玄礼护佑玄宗西行及果断处理马嵬驿事。钺：长柄斧类武器。56. 微：没有。尔：你，指陈玄礼。人尽非：人民就得受安史叛军的野蛮统治。57. 大同殿：位于兴庆宫勤政楼北，玄宗接见群臣的地方。58. 白兽闼：即白兽门，唐长安太极宫门名。59. 望翠华：盼望肃宗能回到京师。翠华，天子之旗。60. 园陵：唐朝皇帝的陵墓。61. 数：礼数。

羌村三首[1]

峥嵘赤云西[2]，日脚下平地[3]。
柴门鸟雀噪，归客千里至。

注释　1. 羌村：在唐鄜州城外，是杜甫家所在。2. 峥嵘：高峻貌，此形容云团。3. 日脚：从云下斜射至地面的阳光。

妻孥怪我在[4]，惊定还拭泪。
世乱遭飘荡，生还偶然遂[5]。
邻人满墙头，感叹亦歔欷[6]。
夜阑更秉烛[7]，相对如梦寐。

4. 妻孥（nú）：妻子和儿女。怪我在：战乱中家人骤见时惊怔的情状。5. 遂：遂愿，如愿。6. 歔欷（xū xī）：悲泣抽息声。7. 夜阑：夜深。

晚岁迫偷生[1]，还家少欢趣。
娇儿不离膝，畏我复却去。
忆昔好追凉[2]，故绕池边树。
萧萧北风劲，抚事煎百虑[3]。
赖知禾黍收[4]，已觉糟床注[5]。
如今足斟酌，且用慰迟暮。

注释 1. 偷生：即苟活。杜甫心系国家，因此以此次国家危难时回家为偷生。2. 追凉：指纳凉。3. “抚事”句：想起许多事，心中十分焦虑。4. 赖知：幸而知道。5. 糟床：制酒之具。注：注出酒来。

群鸡正乱叫，客至鸡斗争。
驱鸡上树木，始闻叩柴荆[1]。
父老四五人，问我久远行[2]。
手中各有携，倾榼浊复清[3]。
苦辞酒味薄[4]，黍地无人耕。
兵革既未息[5]，儿童尽东征[6]。
请为父老歌，艰难愧深情。
歌罢仰天叹，四座泪纵横。

注释 1. 柴荆：以柴荆编扎的门。2. 问：慰问。3. 榼（kē）：盛酒器。浊、清：均指酒色。4. “苦辞”句：是说因酒味薄而感觉很抱歉。苦辞，一再地说。5. 兵革：指代战争。6. 东征：指收复两京之役。

曲江二首[1]

一片花飞减却春，
风飘万点正愁人[2]。
且看欲尽花经眼[3]，
莫厌伤多酒入唇[4]。
江上小堂巢翡翠[5]，
苑边高冢卧麒麟[6]。
细推物理须行乐[7]，
何用浮名绊此身。

注释　1. 曲江：在今陕西西安东南郊，唐时是游赏佳地。2. 万点：形容落花之多。3. 且：暂且。经眼：从眼前经过。4. 伤：伤感，忧伤。5. 巢翡翠：翡翠鸟筑巢。6.“苑边”句：高冢前石兽倒卧在地。苑：指芙蓉苑。冢：坟墓。7. 物理：事物的道理。

朝回日日典春衣[1]，
每日江头尽醉归。
酒债寻常行处有[2]，
人生七十古来稀。
穿花蛱蝶深深见[3]，
点水蜻蜓款款飞[4]。
传语风光共流转[5]，
暂时相赏莫相违。

注释　1. 朝回：上朝回来。典：押当。2. 行处：到处。3. 深深：在花丛深处。见：同“现”。4. 款款：缓慢地。5. 风光：春光。共流转：在一起逗留和盘桓。

曲江对酒

苑外江头坐不归，
水精春殿转霏微[1]。

注释　1. 水精春殿：即苑中宫殿。霏微：迷蒙的样子。

桃花细逐杨花落，
黄鸟时兼白鸟飞。
纵饮久判人共弃[2]，
懒朝真与世相违[3]。
吏情更觉沧洲远[4]，
老大悲伤未拂衣[5]。

2. 判：甘愿。3. 懒朝：懒于朝参。4. 沧洲：水边绿洲，古时常用来指隐士的居处。5. 拂衣：指辞官。

九日蓝田崔氏庄[1]

老去悲秋强自宽[2]，
兴来今日尽君欢。
羞将短发还吹帽，
笑倩旁人为正冠[3]。
蓝水远从千涧落[4]，
玉山高并两峰寒[5]。
明年此会知谁健，
醉把茱萸仔细看[6]。

注释　1. 九日：即重阳节。蓝田：在今陕西。2. 强：勉强。3. 倩：请人代替自己做。此句用晋人孟嘉重阳落帽的典故。4. 蓝水：即蓝溪，在蓝田山下。5. 玉山：即蓝田山。6. 茱萸：植物名。古时重阳节有佩茱萸囊辟邪的习俗。

赠卫八处士[1]

人生不相见，动如参与商[2]。
今夕复何夕，共此灯烛光。
少壮能几时，鬓发各已苍。
访旧半为鬼，惊呼热中肠[3]。

注释　1. 卫八：名不详。处士：隐居不仕的人。2. 动：往往。参（shēn）与商：二星名，东西相对，此出彼没，故不相见。3. 热中肠：内心激动。

焉知二十载，重上君子堂[4]。
昔别君未婚，儿女忽成行。
怡然敬父执[5]，问我来何方。
问答乃未已，驱儿罗酒浆[6]。
夜雨剪春韭，新炊间黄粱[7]。
主称会面难，一举累十觞[8]。
十觞亦不醉，感子故意长[9]。
明日隔山岳，世事两茫茫。

4. 君子：指卫八处士。5. 父执：父亲真挚的朋友。6. 驱：差遣。罗：张罗，摆设。7. 间：掺和。黄粱：黄小米。8. 累：接连。觞（shāng）：酒杯。9. 故意：故交的情意。

洗兵马

中兴诸将收山东[1]，
捷书日报清昼同。
河广传闻一苇过[2]，
胡危命在破竹中[3]。
只残邺城不日得[4]，
独任朔方无限功[5]。
京师皆骑汗血马[6]，
回纥喂肉葡萄宫[7]。
已喜皇威清海岱[8]，
常思仙仗过崆峒[9]。
三年笛里关山月[10]，
万国兵前草木风。
成王功大心转小[11]，
郭相谋深古来少[12]。

注释 1. 中兴诸将：指郭子仪等将领。山东：唐人所谓“山东”，是指华山以东地区。2.“河广”句：化用《诗经》“谁谓河广，一苇杭之”句，喻指官军可以很快渡过黄河。3. 胡：指盘踞洛阳的安庆绪。4. 只残：仅仅剩下。邺城：唐相州治所。5. 朔方：指朔方节度使郭子仪。6. 汗血马：相传大宛国出产的良马，此指回纥骑兵。7. 葡萄宫：汉上林苑中的宫名，汉元帝曾于此招待匈奴单于。此指唐肃宗设宴招待带兵协助唐王朝平乱的回纥太子叶护。8. 海岱：山东地区。9. 仙仗：皇帝的仪仗。崆峒：山名，在今甘肃岷县西。此句指唐肃宗在甘肃灵武登基。10. 关山月：乐府旧曲，多伤离别。11. 成王：太子李豫封号。心转小：更为小心谨慎。12. 郭相：指郭子仪，曾任中书令。

司徒清鉴悬明镜[13]，
尚书气与秋天杳[14]。
二三豪俊为时出[15]，
整顿乾坤济时了[16]。
东走无复忆鲈鱼[17]，
南飞觉有安巢鸟[18]。
青春复随冠冕入[19]，
紫禁正耐烟花绕[20]。
鹤驾通霄凤辇备[21]，
鸡鸣问寝龙楼晓[22]。
攀龙附凤势莫当，
天下尽化为侯王。
汝等岂知蒙帝力，
时来不得夸身强。
关中既留萧丞相，
幕下复用张子房[23]。
张公一生江海客[24]，
身长九尺须眉苍。
征起适遇风云会，
扶颠始知筹策良[25]。
青袍白马更何有[26]，
后汉今周喜再昌[27]。
寸地尺天皆入贡，
奇祥异瑞争来送。
不知何国致白环[28]，
复道诸山得银瓮[29]。

13. 司徒：指李光弼，曾任检校司徒。14. 尚书：指王思礼，时任兵部尚书。15. 为时出：适应时事需要出来。16. 了：完毕。17. 鲈鱼：晋人张翰因思念家乡鲈鱼的美味而弃官归去。18. "南飞"句：反用曹操《短歌行》"月明星稀，乌鹊南飞。绕树三匝，何枝可依？"句意。19. 青春：春天。20. 耐：受。烟花：形容柳絮纷飞。21. 鹤驾：太子车驾。凤辇：皇帝车驾。22. 鸡鸣问寝：古礼太子鸡鸣、日中、日暮均要向皇帝问安。龙楼：汉成帝为太子时，其父元帝急召，他便从龙楼门出。23. 萧丞相、张子房：即萧何和张良，皆汉初名臣，这里喻肃宗大臣房琯和张镐。24. 张公：张镐。江海客：指隐士。25. 扶颠：扶持危局。26. 青袍白马：指安史之乱。南朝梁时有童谣："青丝白马寿阳来。"后侯景作乱。27. "后汉"句：用周、汉中兴之主周宣王和汉光武帝比拟唐肃宗的中兴。28. 白环：相传虞舜时，西王母来朝，献白环玉玦。29. 银瓮：传说中的祥瑞之物。

隐士休歌紫芝曲[30]，
词人解撰河清颂[31]。
田家望望惜雨干[32]，
布谷处处催春种。
淇上健儿归莫懒[33]，
城南思妇愁多梦。
安得壮士挽天河[34]，
净洗甲兵长不用。

30. 紫芝曲：相传秦末隐士商山四皓所作。31. 河清颂：元嘉年间，黄河、济水清，鲍照上《河清颂》。32. 望望：瞻望依恋貌。33. 淇：淇水，与安史叛军老巢邺城相近。健儿：指唐军士兵。34. 挽天河：引来天河水。

新安吏[1]

客行新安道[2]，喧呼闻点兵[3]。
借问新安吏，县小更无丁？
府帖昨夜下[4]，次选中男行[5]。
中男绝短小，何以守王城。
肥男有母送，瘦男独伶俜[6]。
白水暮东流，青山犹哭声。
莫自使眼枯[7]，收汝泪纵横。
眼枯即见骨，天地终无情。
我军取相州[8]，日夕望其平。
岂意贼难料[9]，归军星散营[10]。
就粮近故垒[11]，练卒依旧京[12]。
掘壕不到水，牧马役亦轻。
况乃王师顺，抚养甚分明。
送行勿泣血，仆射如父兄[13]。

注释　1. 新安：今河南新安一带。2. 客：作者自称。3. 喧呼：高声呼叫。4. 府帖：征兵文书。5. 中男：未成年的男子。6. 伶俜：孤零零。7. 眼枯：把眼泪哭干。8. 取相州：指郭子仪等九节度使围攻邺城（即相州）事。9. 贼：指安史叛军。10. "归军"句：指九节度使的官军溃散，各归本营。11. 就粮：就食。故垒：旧营地。12. 旧京：指洛阳。13. 仆射：尚书省官职名，此处指郭子仪，他曾任左仆射。

石壕吏[1]

暮投石壕村，有吏夜捉人。
老翁逾墙走，老妇出门看。
吏呼一何怒，妇啼一何苦！
听妇前致词，三男邺城戍[2]。
一男附书至，二男新战死。
存者且偷生，死者长已矣。
室中更无人，惟有乳下孙。
有孙母未去，出入无完裙。
老妪力虽衰，请从吏夜归。
急应河阳役[3]，犹得备晨炊。
夜久语声绝，如闻泣幽咽。
天明登前途，独与老翁别。

注释　1. 石壕：即石壕村，在今河南省三门峡市陕州区东南。2. 邺（yè）城：即相州，在今河南安阳，是唐军与安史乱军激战地之一。3. 河阳：即孟津，在今河南孟州市，唐军败于邺城，郭子仪退守于此。

潼关吏[1]

士卒何草草[2]，筑城潼关道。
大城铁不如，小城万丈余[3]。
借问潼关吏，修关还备胡？
要我下马行[4]，为我指山隅[5]。
连云列战格[6]，飞鸟不能逾。
胡来但自守，岂复忧西都[7]。
丈人视要处[8]，窄狭容单车。
艰难奋长戟，万古用一夫[9]。

注释　1. 潼关：在今陕西潼关。2. 草草：疲惫不堪貌。3.“大城”二句：上句言其坚，下句言其高。4. 要（yāo）：邀请。5. 山隅：山边。6. 战格：即战栅，用以捍敌。7. 西都：指唐都长安，与东都洛阳相对而言。8. 丈人：关吏对杜甫的尊称。要处：险要、要害之处。9.“万古”句：极言其险要。相当于说“一夫当关，万夫莫开”。

哀哉桃林战，百万化为鱼[10]。
请嘱防关将，慎勿学哥舒[11]。

10.“哀哉”二句：哥舒翰将兵二十万驻守潼关，因杨国忠促战，兵败桃林，潼关失守，坠河死伤者数万人。桃林：河南灵宝以西至潼关一带。11.“请嘱”二句：请关吏告诫潼关守将，应以哥舒翰为戒。哥舒：即哥舒翰。

新婚别

兔丝附蓬麻[1]，引蔓故不长。
嫁女与征夫，不如弃路旁。
结发为妻子[2]，席不暖君床。
暮婚晨告别，无乃太匆忙[3]！
君行虽不远，守边赴河阳。
妾身未分明，何以拜姑嫜[4]？
父母养我时，日夜令我藏[5]。
生女有所归，鸡狗亦得将[6]。
君今往死地，沉痛迫中肠。
誓欲随君去，形势反苍黄[7]。
勿为新婚念，努力事戎行[8]。
妇人在军中，兵气恐不扬。
自嗟贫家女，久致罗襦裳。
罗襦不复施，对君洗红妆。
仰视百鸟飞，大小必双翔。
人事多错迕[9]，与君永相望。

注释 1.兔丝：一种蔓草。蓬麻：蓬和麻，都是小植物。2.结发：此作结婚解。3.无乃：岂不是。4.“妾身”二句：古礼嫁妇三日，告庙上坟，谓之成婚，然后称公婆。诗中丈夫“暮婚晨告别”，让新妇如何去拜见公婆呢？姑，婆婆。嫜，公公。5.藏：指女孩子深居闺阁。6.“生女”二句：即俗语所谓“嫁鸡随鸡，嫁狗随狗”。归，女子出嫁。将，随，跟随。7.苍黄：同“仓皇”，匆忙，紧张。8.戎行：军队。9.错迕（wǔ）：杂乱错逆，难以尽如人意。

垂老别

四郊未宁静，垂老不得安。
子孙阵亡尽，焉用身独完？
投杖出门去，同行为辛酸。
幸有牙齿存，所悲骨髓干。
男儿既介胄[1]，长揖别上官[2]。
老妻卧路啼，岁暮衣裳单。
孰知是死别[3]，且复伤其寒。
此去必不归，还闻劝加餐。
土门壁甚坚，杏园度亦难[4]。
势异邺城下，纵死时犹宽。
人生有离合，岂择衰盛端[5]。
忆昔少壮日，迟回竟长叹[6]。
万国尽征戍，烽火被冈峦。
积尸草木腥，流血川原丹[7]。
何乡为乐土，安敢尚盘桓[8]？
弃绝蓬室居[9]，塌然摧肺肝[10]。

注释 1. 介胄：即甲胄，铠甲和头盔。此指穿上戎装。2. 长揖：拱手行礼。3. 孰知：犹熟知，清楚地知道。4. 土门、杏园：均是当时唐军防守的重要据点。5. 衰盛：指老年与青年。端：端绪、思绪。6. 迟回：徘徊。7. 川原丹：指流血染红整个平原。8. 盘桓：留恋不忍离去。9. 蓬室：茅舍。10. 塌然：颓丧的样子。

无家别

寂寞天宝后[1]，园庐但蒿藜[2]。
我里百余家，世乱各东西。
存者无消息，死者为尘泥。
贱子因阵败[3]，归来寻旧蹊[4]。

注释 1. 天宝：唐玄宗年号。天宝年间爆发了安史之乱。2. 蒿藜：青蒿、蒺藜之类，泛指野草。3. 贱子：老兵自称。4. 旧蹊：旧路，借指故里。

久行见空巷，日瘦气惨凄。
但对狐与狸，竖毛怒我啼。
四邻何所有？一二老寡妻。
宿鸟恋本枝，安辞且穷栖。
方春独荷锄，日暮还灌畦[5]。
县吏知我至，召令习鼓鞞[6]。
虽从本州役，内顾无所携。
近行止一身，远去终转迷。
家乡既荡尽，远近理亦齐。
永痛长病母，五年委沟溪[7]。
生我不得力，终身两酸嘶[8]。
人生无家别，何以为烝黎[9]！

5. 灌畦：给田里的作物浇水。畦，田园中分成的小区。6. 习鼓鞞：练习敲打军鼓，意即再征入伍。7. 委：丢弃。8. 酸嘶：悲哀。9. 烝黎：老百姓。

佳　人

绝代有佳人，幽居在空谷。
自云良家子，零落依草木。
关中昔丧败[1]，兄弟遭杀戮。
官高何足论，不得收骨肉。
世情恶衰歇[2]，万事随转烛[3]。
夫婿轻薄儿，新人美如玉。
合昏尚知时[4]，鸳鸯不独宿。
但见新人笑，那闻旧人哭。
在山泉水清，出山泉水浊。
侍婢卖珠回，牵萝补茅屋。

注释　1. 关中：指函谷关以西的地区。天宝十六载（757）六月，安禄山攻陷关中，故云“丧败”。2. 衰歇：衰落、失势。3. 转烛：烛火随风飘摇不定，喻世事变迁，世态炎凉。4. 合昏：合欢树，其花朝开夜合。

摘花不插发，采柏动盈掬[5]。
天寒翠袖薄[6]，日暮倚修竹。

5. 盈掬：满把。6. 翠袖：指衣衫。

梦李白二首

死别已吞声[1]，生别常恻恻[2]。
江南瘴疠地[3]，逐客无消息[4]。
故人入我梦，明我长相忆。
恐非平生魂，路远不可测。
魂来枫林青[5]，魂返关塞黑[6]。
君今在罗网，何以有羽翼？
落月满屋梁，犹疑照颜色[7]。
水深波浪阔，无使蛟龙得。

注释　1. 吞声：极端悲恸，哭不出声来。2. 恻恻：悲痛。3. 瘴疠：疾疫。古代称江南为瘴疫之地。4. 逐客：被放逐的人，此指李白。5. 枫林：李白被放逐的西南之地多枫林。6. 关塞：杜甫流寓的秦州之地多关塞。7. 颜色：指容貌。

浮云终日行[1]，游子久不至[2]。
三夜频梦君，情亲见君意。
告归常局促[3]，苦道来不易。
江湖多风波，舟楫恐失坠。
出门搔白首，若负平生志。
冠盖满京华[4]，斯人独憔悴[5]。
孰云网恢恢[6]，将老身反累！
千秋万岁名，寂寞身后事。

注释　1. 浮云：喻游子飘游不定。2. 游子：此指李白。3. 告归：辞别。4. 冠盖：指代达官。冠，官帽。盖，车上的篷盖。5. 斯人：此人，指李白。6. 孰云：谁说。网恢恢：《老子》中有“天网恢恢，疏而不失”之语。

秦州杂诗（选一）

莽莽万重山，孤城山谷间。
无风云出塞，不夜月临关。
属国归何晚[1]，楼兰斩未还[2]。
烟尘一长望，衰飒正摧颜[3]。

注释　1. 属国：即典属国，秦汉时负责少数民族事务的官员。此借指唐朝使节。2. 楼兰：汉时西域的鄯善国。楼兰国王与匈奴通，屡次阻杀汉朝通西域的使臣。傅介子奉命前往，用计杀其王。此泛指侵扰西北地区的敌人。3. 衰飒：指环境的萧条。摧颜：怅然自伤，容颜暗淡的样子。

天末怀李白

凉风起天末[1]，君子意如何[2]？
鸿雁几时到[3]，江湖秋水多。
文章憎命达[4]，魑魅喜人过[5]。
应共冤魂语，投诗赠汨罗[6]。

注释　1. 凉风：秋风。天末：天尽头。2. 君子：此指李白。意：心情。3. 鸿雁：指书信、消息。4. “文章”句：谓文才特出，命运往往就不显达。5. 魑魅（chī mèi）：山泽间的鬼怪。6. “应共”二句：李白同屈原一样受谗含冤，所以经过汨罗江时应投诗给屈原的冤魂，同其一诉冤屈。共，同。冤魂，指屈原。屈原无罪而遭放逐，投汨罗江而死。汨罗，汨罗江，在今湖南湘阴东北。

月夜忆舍弟[1]

戍鼓断人行[2]，秋边一雁声。
露从今夜白[3]，月是故乡明。
有弟皆分散，无家问死生[4]。
寄书长不达，况乃未休兵[5]。

注释　1. 舍弟：谦词，唐人对人称自己的弟弟为舍弟。2. 戍鼓：将夜时鼓楼所击禁鼓，敲鼓后即禁止通行。3. “露从”句：夜露亘古自白，但尤深感于今日。4. 无家：杜甫故居在洛阳附近，已毁于安史乱中。5. 况乃：何况是。

蜀　相[1]

丞相祠堂何处寻[2]，
锦官城外柏森森[3]。
映阶碧草自春色，
隔叶黄鹂空好音。
三顾频烦天下计[4]，
两朝开济老臣心[5]。
出师未捷身先死[6]，
长使英雄泪满襟。

注释　1. 蜀相：即诸葛亮。2. 祠堂：即武侯祠，在成都城南。3. 锦官城：成都的别称。4.“三顾”句：写刘备三顾茅庐请诸葛亮出山事。5.“两朝”句：指诸葛亮先后辅佐刘备、刘禅父子开基创业，鞠躬尽瘁。济，匡济危时。6.“出师”句：公元234年诸葛亮率师伐魏，病死军中。

戏题王宰画山水图歌[1]

十日画一水，
五日画一石。
能事不受相促迫，
王宰始肯留真迹。
壮哉昆仑方壶图[2]，
挂君高堂之素壁。
巴陵洞庭日本东[3]，
赤岸水与银河通[4]，
中有云气随飞龙。
舟人渔子入浦溆[5]，
山木尽亚洪涛风[6]。
尤工远势古莫比，

注释　1. 王宰：唐代四川著名山水画家。2. 昆仑：传说中的西方神山。方壶：又名方丈，神话中的东海仙山，此泛指高山。3. 巴陵：郡名，今属湖南。4. 赤岸：地名，此泛指江海岸。5. 浦溆：水边。6. 亚：通“压”，俯偃低垂。

咫尺应须论万里。
焉得并州快剪刀[7]，
剪取吴淞半江水[8]。

7. 并州：治所在今山西太原，以出产剪刀著称。8. 吴淞：即吴淞江，黄浦江的主要支流。

南　邻

锦里先生乌角巾[1]，
园收芋栗不全贫[2]。
惯看宾客儿童喜，
得食阶除鸟雀驯[3]。
秋水才深四五尺，
野航恰受两三人[4]。
白沙翠竹江村暮，
相对柴门月色新。

注释　1. 锦里：指锦江附近的地方。乌角巾：黑色的方巾。2. 芋栗：芋头和板栗。3. 阶除：指门前庭院的台阶。4. 航：小船。

狂　夫

万里桥西一草堂[1]，
百花潭水即沧浪[2]。
风含翠筱娟娟净[3]，
雨裛红蕖冉冉香[4]。
厚禄故人书断绝[5]，
恒饥稚子色凄凉。
欲填沟壑唯疏放[6]，
自笑狂夫老更狂。

注释　1. 万里桥：在成都南门外。2. 百花潭：在成都浣花溪南。沧浪：指汉水支流沧浪江。3. 筱：细小的竹子。4. 裛（yì）：同“浥”，滋润。红蕖：粉红色的荷花。冉冉：渐进貌。5. 厚禄故人：指做大官的朋友。书：书信。6. 疏放：疏远仕途，狂放不羁。

江　村

清江一曲抱村流，
长夏江村事事幽。
自去自来堂上燕，
相亲相近水中鸥。
老妻画纸为棋局，
稚子敲针作钓钩。
多病所须唯药物，
微躯此外更何求[1]？

注释　1. 微躯：犹贱躯，是一种谦称。

和裴迪登蜀州东亭送客逢早梅相忆见寄

东阁官梅动诗兴[1]，
还如何逊在扬州[2]。
此时对雪遥相忆，
送客逢春可自由？
幸不折来伤岁暮，
若为看去乱乡愁。
江边一树垂垂发[3]，
朝夕催人自白头。

注释　1. 官梅：官府所种梅树。2. 何逊：梁代诗人，有《扬州法曹梅花盛开》诗咏早梅。3. 垂垂：渐渐。

客 至[1]

舍南舍北皆春水，
但见群鸥日日来。
花径不曾缘客扫，
蓬门今始为君开[2]。
盘飧市远无兼味[3]，
樽酒家贫只旧醅[4]。
肯与邻翁相对饮，
隔篱呼取尽余杯。

注释 1. 客：指崔明府。2. 蓬门：茅屋的门。3. 无兼味：谦言菜少。4. 旧醅：隔年的陈酒。

春夜喜雨

好雨知时节，当春乃发生。
随风潜入夜[1]，润物细无声。
野径云俱黑，江船火独明。
晓看红湿处，花重锦官城[2]。

注释 1. 潜：悄悄地。夜间细雨无声，不被觉察。2. 花重：指花因春雨濡湿而显得沉甸甸的。锦官城：成都的别称。

琴 台[1]

茂陵多病后[2]，尚爱卓文君[3]。
酒肆人间世[4]，琴台日暮云。

注释 1. 琴台：在今四川成都，相传为司马相如弹琴处。2. 茂陵：司马相如晚年退居茂陵（今陕西兴平东北），这里指代相如。3. 卓文君：卓王孙之女，新寡中为司马相如琴音所动，与之私奔。4.“酒肆”句：指司马相如夫妇曾以卖酒为营生。

野花留宝靥[5]，蔓草见罗裙。
归凤求凰意[6]，寥寥不复闻。

5. 靥（yè）：酒窝，笑脸。6. 归凤求凰：司马相如《琴歌》中有“凤兮凤兮归故乡，遨游四海求其凰”之句。

水槛遣心二首[1]（选一）

去郭轩楹敞[2]，无村眺望赊[3]。
澄江平少岸[4]，幽树晚多花。
细雨鱼儿出，微风燕子斜。
城中十万户[5]，此地两三家。

注释　1. 水槛：指水亭之槛。2. 去郭：远离城郭。轩楹：指草堂的建筑物。轩，长廊。楹，柱子。3. 赊：长，远。4.“澄江”句：澄清的江水高与岸平，因而很少能看到江岸。5. 城中：指成都。

茅屋为秋风所破歌[1]

八月秋高风怒号，卷我屋上三重茅[2]。茅飞渡江洒江郊，高者挂罥长林梢[3]，下者飘转沉塘坳[4]。南村群童欺我老无力，忍能对面为盗贼[5]，公然抱茅入竹去。唇焦口燥呼不得，归来倚杖自叹息。俄顷风定云墨色，秋天漠漠向昏黑[6]。布衾多年冷似铁[7]，骄儿恶卧踏里裂[8]。床头屋漏无干处，雨脚如麻未断绝。自经丧乱少睡眠[9]，长夜沾湿何由彻[10]。安得广厦千万间[11]，大庇天下寒士俱欢颜[12]，风雨不动

注释　1. 茅屋：即杜甫在成都近郊居住时的浣花草堂。2. 三重茅：多层茅草。三，极言其多。3. 挂罥（juàn）：挂结，缠绕。4. 塘坳：低洼处。5. 能：犹“恁”，如此，这样。6. 漠漠：阴沉灰暗貌。7. 衾：被子。8. 恶卧：孩子睡得很不安稳，胡踢乱蹬。9. 丧乱：指安史之乱。10. 何由彻：怎样挨到天亮。11. 安得：哪里能得。12. 庇：覆盖，遮蔽。

安如山。呜呼！何时眼前突兀见此屋[13]，吾庐独破受冻死亦足。

13. 见：同“现”。

赠花卿[1]

锦城丝管日纷纷[2]，
半入江风半入云[3]。
此曲只应天上有[4]，
人间能有几回闻？

注释　1. 花卿：即花敬定，唐朝武将，曾平定段子璋之乱。卿，尊称。2. 锦城：即锦官城，成都的别称。丝管：弦乐器、管乐器，此代指音乐。纷纷：繁盛貌。3.“半入”句：指乐声随江风飘散，飘到江上，飘入云层。4. 天上有：以仙乐比之。

不　见

不见李生久[1]，佯狂真可哀。
世人皆欲杀，吾意独怜才。
敏捷诗千首，飘零酒一杯。
匡山读书处[2]，头白好归来。

注释　1. 李生：指李白。2. 匡山：今四川北部大匡山，李白少时读书于此。

江畔独步寻花七绝句（选一）

黄四娘家花满蹊[1]，
千朵万朵压枝低。
留连戏蝶时时舞，
自在娇莺恰恰啼[2]。

注释　1. 蹊：小路。2. 恰恰：恰巧碰上，一说鸣叫声。

堂　成

背郭堂成荫白茅[1]，
缘江路熟俯青郊[2]。
桤林碍日吟风叶[3]，
笼竹和烟滴露梢。
暂止飞乌将数子[4]，
频来语燕定新巢[5]。
旁人错比扬雄宅，
懒惰无心作《解嘲》[6]。

注释　1. 荫：此指以白茅覆盖。2. 缘：沿着、顺着。路熟：路成。3. 桤（qī）：落叶乔木，木材坚韧，易于生长成林。4. 将：携带。数子：指小鸟。5. 定：定居。6. 扬雄：汉代辞赋家，曾作《解嘲》表达自甘淡泊、不愿趋炎附势之情。

戏为六绝句

庾信文章老更成，
凌云健笔意纵横[1]。
今人嗤点流传赋[2]，
不觉前贤畏后生。

注释　1.“庾信”二句：意谓庾信到晚年时创作更臻成熟。庾信，字子山，南北朝著名诗人。成，指创作的成熟。2. 嗤点：嗤笑而指指点点。赋：即前句所言“文章”。

王杨卢骆当时体[1]，
轻薄为文哂未休[2]。
尔曹身与名俱灭[3]，
不废江河万古流。

注释　1. 王杨卢骆：指“初唐四杰”王勃、杨炯、卢照邻、骆宾王。当时体：初唐时的文体文风。2. 哂（shěn）：哂笑，嘲笑。3. 尔曹：即上句哂笑四杰的人。

纵使卢王操翰墨[1]，
劣于汉魏近风骚[2]。
龙文虎脊皆君驭[3]，
历块过都见尔曹[4]。

注释　1. 卢王：即四杰，此举卢、王以概之。2. 风骚：指《诗经》和楚辞。3. 龙文虎脊：龙文和虎脊都是毛色斑驳的名马，此喻瑰丽的辞采。4. 历块过都：越过一个国都就像越过一块土块一般。

才力应难跨数公[1]，
凡今谁是出群雄。
或看翡翠兰苕上，
未掣鲸鱼碧海中[2]

注释　1. 数公：即前文所说庾信和四杰。2.“或看”二句：意谓一些作者的辞采虽有值得称道之处，然终未有人能创造出一种非凡的意境。翡翠兰苕，形容辞采的华茂瑰丽。

不薄今人爱古人，
清词丽句必为邻。
窃攀屈宋宜方驾，
恐与齐梁作后尘[1]。

注释　1.“窃攀”二句：是说要努力学习屈原、宋玉等前贤的创作精髓，若仅追求辞藻形式之美，就不免步入齐梁诗人的后尘。

未及前贤更勿疑，
递相祖述复先谁？
别裁伪体亲风雅，
转益多师是汝师[1]。

注释　1.“别裁”二句：意谓学习前人时应注意甄别比较，去伪存真，领会风雅一类作品的精神实质，并要善于博采众家之长。别，区别。裁，裁汰。

闻官军收河南河北

剑外忽传收蓟北[1]，
初闻涕泪满衣裳。
却看妻子愁何在，
漫卷诗书喜欲狂[2]。
白日放歌须纵酒，
青春作伴好还乡[3]。
即从巴峡穿巫峡[4]，
便下襄阳向洛阳[5]。

注释　1. 剑外：指剑阁以南，即今四川一带。蓟（jì）北：即今河北北部地区，是安史叛军的盘踞地。2. 漫卷：胡乱地收卷起。3. 青春：美好的春天。4. 巴峡：长江在四川境内的峡谷。巫峡：在今四川巫山。5. "便下"句：杜甫自注"余有田园在东京（洛阳）"。

别房太尉墓[1]

他乡复行役[2]，驻马别孤坟。
近泪无干土，低空有断云。
对棋陪谢傅[3]，把剑觅徐君[4]。
唯见林花落，莺啼送客闻。

注释　1. 房太尉：即房琯。2. 复行役：一再奔走。3. 谢傅：即东晋谢安，死后赠太傅。据载晋军捷报传来，谢安仍从容下棋。4. "把剑"句：春秋时吴季札带剑去见徐君，徐君喜其剑。季札因要出使，未能赠剑。归来后徐君已死，遂解剑挂于徐君墓树而去。

登　楼

花近高楼伤客心，
万方多难此登临[1]。
锦江春色来天地[2]，
玉垒浮云变古今[3]。

注释　1. 万方：天下各地。2. 锦江：岷江支流，流经成都西南。杜甫草堂地临锦江。3. 玉垒：山名，在成都西北。

北极朝廷终不改[4]，
西山寇盗莫相侵[5]。
可怜后主还祠庙[6]，
日暮聊为梁甫吟[7]。

4. 北极：北极星，此处喻唐王朝。终不改：广德元年（763），吐蕃陷长安，立广武王李承宏为伪帝，后郭子仪收复京城，转危为安。5. 西山寇盗：指吐蕃。6. 可怜：可叹。后主：指刘禅。后主祠与先主庙、武侯祠均在成都锦官门外。还：仍有。7. 梁甫吟：乐府篇名，相传诸葛亮隐居时好为《梁甫吟》。

绝句二首

迟日江山丽[1]，春风花草香。
泥融飞燕子[2]，沙暖睡鸳鸯。

注释　1. 迟日：指春天日渐长。2. 泥融：这里指泥土滋润。

江碧鸟逾白[1]，山青花欲燃。
今春看又过，何日是归年。

注释　1. 逾：通“愈”，更加。

绝句四首（选一）

两个黄鹂鸣翠柳，
一行白鹭上青天。
窗含西岭千秋雪[1]，
门泊东吴万里船。

注释　1. 窗含：窗对西岭，恰似口含。西岭：即西山，又名雪岭，为岷山主峰，在成都西。因雪终年不化，故曰千秋雪。

丹青引赠曹将军霸[1]

将军魏武之子孙[2]，
于今为庶为清门[3]。
英雄割据虽已矣，
文采风流犹尚存。
学书初学卫夫人[4]，
但恨无过王右军[5]。
丹青不知老将至，
富贵于我如浮云[6]。
开元之中常引见[7]，
承恩数上南熏殿[8]。
凌烟功臣少颜色，
将军下笔开生面[9]。
良相头上进贤冠，
猛将腰间大羽箭。
褒公鄂公毛发动[10]，
英姿飒爽来酣战。
先帝天马玉花骢[11]，
画工如山貌不同[12]。
是日牵来赤墀下[13]，
迥立阊阖生长风[14]。
诏谓将军拂绢素[15]，
意匠惨淡经营中[16]。
斯须九重真龙出[17]，
一洗万古凡马空。

注释 1.丹青:绘画颜料,此指绘画。引:曲调名。曹霸：唐著名画家，三国魏曹操后代。2.魏武:魏武帝曹操。3.清门:寒门。曹霸于天宝末年获罪，被削籍为民。4.卫夫人：晋女书法家卫铄，王羲之曾向她学习书法。5.王右军:即晋书法家王羲之。6.“丹青”二句：意谓曹霸热爱艺术，专心作画,轻视富贵。《论语》有“其为人也,发愤忘食,乐以忘忧,不知老之将至”“不义而富且贵,于我如浮云”之句。7.引见:被皇帝召见。8.南熏殿:在长安兴庆宫内。9.“凌烟”二句:唐太宗贞观十七年(643),命图画功臣二十四人于凌烟阁，至开元时,旧画颜色暗淡,玄宗命曹霸重新图画。10.褒公：褒国公段志玄。鄂公：鄂国公尉迟敬德。二人皆著名猛将。11.玉花骢:玄宗所乘骏马之一。12.貌：动词，绘写、描摹。13.赤墀（chí）：宫中红色的台阶。14.阊阖：指宫门。15.拂绢素：古人用绢作画，画前须将绢拂拭平整，故云。16.意匠:构思。惨淡经营:此指精心作画。17.斯须：不久。真龙出：是说画出了一匹神采非凡的骏马。

玉花却在御榻上，
榻上庭前屹相向[18]。
至尊含笑催赐金，
圉人太仆皆惆怅[19]。
弟子韩幹早入室[20]，
亦能画马穷殊相[21]。
幹惟画肉不画骨，
忍使骅骝气凋丧[22]。
将军画善盖有神，
必逢佳士亦写真[23]。
即今飘泊干戈际，
屡貌寻常行路人。
途穷反遭俗眼白[24]，
世上未有如公贫。
但看古来盛名下，
终日坎壈缠其身[25]。

18.“玉花”二句：意谓御榻上画中的玉花骢和庭前站着的玉花骢相对而立，二者形神皆似。19. 圉人：养马的人。太仆：管理马的官。惆怅：此指因感于曹霸所画马已臻极致而发出的深深的叹息。20. 韩幹：唐著名画家，曾师事曹霸。入室：指得到老师的真传。21. 穷殊相：即穷形尽相。22.“幹惟”二句：韩幹画马形体肥大，杜甫认为这样会使马的神骏之气丧失。骅骝，古骏马名，传说中周穆王八骏之一。23. 佳士：优秀人士。写真：画像。24. 眼白：即白眼。相传晋阮籍能作青白眼，白眼表示鄙视。25. 坎壈(lǎn)：困穷失意。

旅夜书怀

细草微风岸，危樯独夜舟[1]。
星垂平野阔，月涌大江流。
名岂文章著，官应老病休。
飘飘何所似，天地一沙鸥[2]。

注释　1. 危樯：高高的桅杆。2. 沙鸥：一种水鸟，此作者即景自况。

八阵图[1]

功盖三分国，名高八阵图。
江流石不转[2]，遗恨失吞吴[3]。

注释　1. 八阵图：古代一种军事布阵方法。此诗所咏是诸葛亮在夔州奉节（今重庆奉节）永安宫前江滩上用石块垒成的八阵。2. 石不转：指江流虽冲激甚烈，遗迹却终不消失。3. 失吞吴：吞吴失策。

秋兴八首

玉露凋伤枫树林[1]，
巫山巫峡气萧森[2]。
江间波浪兼天涌，
塞上风云接地阴。
丛菊两开他日泪[3]，
孤舟一系故园心[4]。
寒衣处处催刀尺，
白帝城高急暮砧[5]。

注释　1. 玉露：白露。2. 萧森：萧瑟阴森。3. 丛菊两开：诗人离开成都后，去秋在云安，今秋在夔州，已经历了两个秋天。他日泪：因回忆往事而流的泪。4. 故园心：指返回故乡的愿望。故园，此指长安。5. 白帝城：在夔州城东。急暮砧：暮色中急切的捣练声。砧（zhēn），捣衣石。

夔府孤城落日斜[1]，
每依南斗望京华。
听猿实下三声泪[2]，
奉使虚随八月槎[3]。
画省香炉违伏枕[4]，
山楼粉堞隐悲笳[5]。
请看石上藤萝月，
已映洲前芦荻花。

注释　1. 夔(kuí)府：即夔州。2. "听猿"句：即听猿三声实下泪。古渔者有歌："巴东三峡巫峡长，猿鸣三声泪沾裳。" 3. 奉使：杜甫以检校工部员外郎的朝官身份在节度使严武幕中任参谋。虚随：杜甫本拟随严武还朝，但严武卒于成都，其希望落空。八月槎（chá）：相传每年八月，海上有浮槎来去，通至天河。槎，木筏。4. 画省香炉：指尚书省。古尚书省以胡粉涂壁，画古贤人像。遇有尚书郎入直，则有女侍二人捧香炉从入。杜甫时任检校工部员外郎，属尚书省。违伏枕：因卧病而违离画省，未能还京。5. 山楼：指夔州。粉堞：粉刷成白色的城墙。堞，城墙上的矮墙。

千家山郭静朝晖，
日日江楼坐翠微[1]。
信宿渔人还泛泛[2]，
清秋燕子故飞飞。
匡衡抗疏功名薄[3]，
刘向传经心事违[4]。
同学少年多不贱，
五陵衣马自轻肥[5]。

注释 1. 翠微：指缥青色的山。2. 信宿：隔宿。3.“匡衡”句：汉代匡衡曾上疏直言时政，后迁光禄大夫、太子少傅。此杜甫以匡衡自比。但杜甫却因上疏救房琯遭受贬斥，故云功名薄。4.“刘向”句：刘向是汉代著名学者，成帝时领校内府五经秘书。诗人意谓自己希求如刘向之传经亦不可得。5. 五陵：在长安附近，是汉五位帝王陵墓所在。

闻道长安似弈棋[1]，
百年世事不胜悲。
王侯第宅皆新主，
文武衣冠异昔时。
直北关山金鼓振[2]，
征西车马羽书驰[3]。
鱼龙寂寞秋江冷[4]，
故国平居有所思。

注释 1. 似弈棋：谓局势变化不定，如同下棋一般。2. 直北：即北方。金鼓：军中所击鼓。3. 羽书：军中紧急文书。4. 鱼龙寂寞：写秋景兼自况。鱼龙，《水经注》：“鱼龙以秋日为夜。龙秋分而降，蛰寝于渊。”

蓬莱宫阙对南山[1]，
承露金茎霄汉间[2]。
西望瑶池降王母，
东来紫气满函关[3]。
云移雉尾开宫扇，
日绕龙鳞识圣颜。

注释 1. 蓬莱宫：指大明宫。南山：即终南山。2. 承露金茎：汉武帝曾于建章宫西造承露仙人掌，以承仙露。金茎，支撑承露仙人掌的铜柱。此借汉咏唐。3.“东来”句：相传老子西游至函谷关，关令尹喜望见紫气自东而来，知有圣人当至。

一卧沧江惊岁晚[4]，
几回青琐点朝班[5]。

4. 卧：卧病。岁晚：此自伤年老，兼指秋深。5. 青琐：此泛指宫门。点朝班：百官朝见皇帝时按照官职大小，依次受传点入朝。

瞿塘峡口曲江头[1]，
万里风烟接素秋[2]。
花萼夹城通御气[3]，
芙蓉小苑入边愁[4]。
朱帘绣柱围黄鹤，
锦缆牙樯起白鸥[5]。
回首可怜歌舞地，
秦中自古帝王州。

注释　1. 瞿塘峡：长江三峡之一，是诗人所在之地。曲江：在长安城南，是诗人所思之地。2. 素秋：秋天，古人以为秋天色尚白。3. 花萼：即花萼楼，在兴庆宫西南隅。通御气：玄宗从花萼楼经夹城至曲江芙蓉园，故曰通御气。4. 芙蓉小苑：即芙蓉园，在曲江西南。入边愁：安史兵乱的消息突然传入京中。5. 锦缆牙樯：极言游船的华丽。

昆明池水汉时功[1]，
武帝旌旗在眼中。
织女机丝虚月夜，
石鲸鳞甲动秋风[2]。
波漂菰米沉云黑[3]，
露冷莲房坠粉红。
关塞极天唯鸟道，
江湖满地一渔翁。

注释　1. 昆明池：在长安城西南。汉武帝欲伐昆明国，乃穿昆明池，以习水战。2. 织女、石鲸：均为昆明池石雕。3. 菰(gū)米：即茭白，生浅水中，秋结实为菰米。沉云黑：言菰米生长之繁盛。

昆吾御宿自逶迤[1]，
紫阁峰阴入渼陂[2]。
香稻啄余鹦鹉粒，
碧梧栖老凤凰枝[3]。
佳人拾翠春相问[4]，
仙侣同舟晚更移[5]。
彩笔昔游干气象，
白头吟望苦低垂。

注释　1. 昆吾、御宿：均地名，在长安城南。2. 紫阁峰：终南山山峰名。渼陂：水名，在今陕西鄠邑区。3.“香稻”二句：是“鹦鹉啄余香稻粒，凤凰栖老碧梧枝”的倒文，二句言陂中物产之丰美。4. 拾翠：拾取美丽的鸟羽。5.“仙侣”句：杜甫曾与岑参同游渼陂，并作有《渼陂行》诗。晚更移：移棹夜游，乐而不疲。

咏怀古迹五首（选三）

摇落深知宋玉悲[1]，
风流儒雅亦吾师。
怅望千秋一洒泪，
萧条异代不同时。
江山故宅空文藻[2]，
云雨荒台岂梦思[3]。
最是楚宫俱泯灭，
舟人指点到今疑。

注释　1.“摇落”句：宋玉《九辩》：“悲哉，秋之为气也！萧瑟兮草木摇落而变衰。”宋玉：战国楚人，著名楚辞作家。2. 故宅：江陵、归州等地均有宋玉故宅。3.“云雨”句：宋玉《高唐赋》载，楚怀王游高唐，梦遇巫山之女，言其“旦为朝云，暮为行雨”。

群山万壑赴荆门[1]，
生长明妃尚有村[2]。
一去紫台连朔漠[3]，
独留青冢向黄昏[4]。

注释　1. 荆门：山名，在长江南岸，今湖北宜都西北。赴：群山环抱荆门貌。2. 明妃：即王昭君，晋时避司马昭讳，改称明君。3. 朔漠：北方沙漠之地。4. 青冢：昭君墓。传说塞外秋冬草白，独昭君墓上草色常青。

画图省识春风面[5]，
环佩空归月夜魂[6]。
千载琵琶作胡语，
分明怨恨曲中论。

5.“画图”句：传汉元帝曾凭画像召幸宫嫔，王昭君因不肯贿赂画师而被画丑。省识，辨识。春风面，指昭君之美貌。6. 环佩：妇女所戴玉制饰品，此借指昭君。

诸葛大名垂宇宙，
宗臣遗像肃清高[1]。
三分割据纡筹策[2]，
万古云霄一羽毛[3]。
伯仲之间见伊吕[4]，
指挥若定失萧曹[5]。
运移汉祚难恢复[6]，
志决身歼军务劳[7]。

注释　1. 宗臣：后世所敬仰的名臣。2. 纡筹策：周密策划，用尽计谋。纡，曲折、周密。3.“万古”句：意谓诸葛亮德才卓越，如万古云霄上高翔的鸾凤一般。4. 伯仲：不相上下。伊吕：伊尹和吕尚，分别是商朝和周朝的良相。5. 失：使之失色。萧曹：萧何和曹参，二人都是辅佐刘邦建立汉朝的大臣。6. 运：气数。祚（zuò）：帝位。7. 身歼：死去。

阁　夜

岁暮阴阳催短景[1]，
天涯霜雪霁寒宵[2]。
五更鼓角声悲壮，
三峡星河影动摇。
野哭千家闻战伐[3]，
夷歌数处起渔樵[4]。
卧龙跃马终黄土[5]，
人事音书漫寂寥。

注释　1. 阴阳：日月。短景：指冬季日短。2. 霁：雨雪初晴。3. 野哭：从野外传来的哭声。4. 夷歌：少数民族的山歌。5. 卧龙跃马：指诸葛亮、公孙述二人。诸葛亮因居住在卧龙岗，又称卧龙先生。左思《蜀都赋》：“公孙跃马而称帝。”

登　高

风急天高猿啸哀，
渚清沙白鸟飞回[1]。
无边落木萧萧下，
不尽长江滚滚来。
万里悲秋常作客，
百年多病独登台。
艰难苦恨繁霜鬓，
潦倒新停浊酒杯[2]。

注释　1. 渚：水中的小块陆地。2. 新停：杜甫晚年因病戒酒，故曰新停。

观公孙大娘弟子舞剑器行[1]

昔有佳人公孙氏，
一舞剑器动四方。
观者如山色沮丧[2]，
天地为之久低昂。
㸌如羿射九日落[3]，
矫如群帝骖龙翔[4]。
来如雷霆收震怒，
罢如江海凝清光。
绛唇珠袖两寂寞[5]，
况有弟子传芬芳。
临颍美人在白帝[6]，
妙舞此曲神扬扬。

注释　1. 公孙大娘：唐开元时著名舞蹈家，姓公孙，大娘为尊称。2. 沮丧：指观者为公孙大娘高超的舞技所折服，以至于惊讶失色。3. 㸌（huò）：闪烁貌。羿：即后羿，相传曾射落多余九日。4. 帝：天神。骖：驾驭。5. 两寂寞：指公孙大娘和她的高超舞技都已不复存在。6. 临颍美人：指李十二娘，公孙大娘的弟子。

与余问答既有以[7]，
感时抚事增惋伤。
先帝侍女八千人[8]，
公孙剑器初第一。
五十年间似反掌，
风尘澒洞昏王室[9]。
梨园子弟散如烟，
女乐余姿映寒日。
金粟堆南木已拱[10]，
瞿唐石城草萧瑟[11]。
玳筵急管曲复终[12]，
乐极哀来月东出。
老夫不知其所往[13]，
足茧荒山转愁疾[14]。

7. 有以：有它的因由。8. 先帝：指已死的玄宗。9. 澒洞：广大无边貌。10. 金粟堆：即金粟山，在今陕西蒲城东北，玄宗葬处。木已拱：即墓木已拱，表示已死了很久。11. 瞿唐：瞿塘峡，此借指夔州。12. 玳筵：指美好的筵席。13. 老夫：杜甫自称。14. 转愁疾：反而忧愁离开得太快，即不忍离去。

江　汉[1]

江汉思归客，乾坤一腐儒[2]。
片云天共远，永夜月同孤[3]。
落日心犹壮[4]，秋风病欲苏[5]。
古来存老马，不必取长途[6]。

注释　1. 江汉：指杜甫所处的江陵一带，北距汉水不远。2. 乾坤：指茫茫的天地之间。腐儒：迂腐的儒者，这里实际是指不会迎合世俗的读书人。3. 永夜：长夜。4. 落日：喻年老。5. 苏：痊愈。6.“古来”二句：用老马识途的典故。

登岳阳楼[1]

昔闻洞庭水，今上岳阳楼。
吴楚东南坼[2]，乾坤日夜浮[3]。
亲朋无一字，老病有孤舟。
戎马关山北[4]，凭轩涕泗流[5]。

注释　1. 岳阳楼：在今湖南岳阳古城西门城头，下临洞庭湖。2. 坼(chè)：分裂，是说洞庭湖好像将古吴楚两国从中间分开了。3. “乾坤”句：《水经注》：“洞庭湖水，广圆五百余里，日月若出没其中。” 4. “戎马”句：谓北方战争未息。5. 轩：栏杆。

江南逢李龟年[1]

岐王宅里寻常见[2]，
崔九堂前几度闻[3]。
正是江南好风景，
落花时节又逢君。

注释　1. 李龟年：玄宗时著名宫廷乐师。2. 岐王：唐玄宗弟李范，被封岐王。其宅在东都洛阳尚善坊。3. 崔九：即崔涤，为玄宗宠臣，常出入宫禁。

李　华

李华（715? — 774），字遐叔，赵州赞皇（今河北赞皇）人。开元进士，官监察御史，安史乱后因曾受伪职被贬官。后官检校吏部员外郎。其文与萧颖士齐名，称“萧李”。其诗辞采流丽。有《李遐叔文集》。

春行寄兴

宜阳城下草萋萋[1]，
涧水东流复向西。
芳树无人花自落，
春山一路鸟空啼。

注释　1. 宜阳：在今河南宜阳附近，是唐行宫连昌宫所在地，安史乱中遭战火破坏。

岑　参

岑参（715? —770），荆州江陵（今湖北荆州）人。曾两度出塞，任判官等职，后官嘉州刺史。以边塞诗见长，与高适并称“高岑”。其诗善于描绘塞上风光和战争景象，语奇体峻，情辞慷慨，充满神奇浪漫色彩。有《岑嘉州诗集》。

白雪歌送武判官归京[1]

北风卷地白草折[2]，
胡天八月即飞雪。
忽如一夜春风来，
千树万树梨花开。

注释　1 判官：唐代节度使、观察使的属官。2. 白草：生长于西北地区的一种草，干枯时呈白色。

散入珠帘湿罗幕，
狐裘不暖锦衾薄[3]。
将军角弓不得控[4]，
都护铁衣冷难著。
瀚海阑干百丈冰[5]，
愁云惨淡万里凝。
中军置酒饮归客[6]，
胡琴琵琶与羌笛。
纷纷暮雪下辕门[7]，
风掣红旗冻不翻[8]。
轮台东门送君去[9]，
去时雪满天山路。
山回路转不见君，
雪上空留马行处。

3. 狐裘：用狐狸的皮毛做的衣服。锦衾：锦缎的被子。4.“将军”句：因为过于寒冷，将军连弓都拉不开了。控，拉弓。5. 瀚海：即沙漠。阑干：纵横貌。6. 中军：此指主帅所居营帐。7. 辕门：军营门。8. 掣：牵曳。9. 轮台：在今新疆米泉，唐属北庭都护府。

走马川行奉送出师西征

君不见走马川行雪海边[1]，平沙莽莽黄入天。轮台九月风夜吼，一川碎石大如斗，随风满地石乱走。匈奴草黄马正肥，金山西见烟尘飞[2]，汉家大将西出师[3]。将军金甲夜不脱，半夜军行戈相拨[4]，风头如刀面如割。马毛带雪汗气蒸，五花连钱旋作冰[5]，幕中草檄

注释　1. 走马川：今新疆的且末河。行：当为衍文。2. 金山：即阿尔泰山。烟尘飞：指战争发生。3. 汉家大将：指封常清。4. 相拨：相互撞击。5. 五花、连钱：皆指马身上的花纹。

砚水凝[6]。虏骑闻之应胆慑，料知短兵不敢接，车师西门伫献捷[7]。

6. 草檄：起草声讨敌人的文书。7. 车师：唐安西都护府所在地，在今新疆吐鲁番。伫：等候。

轮台歌奉送封大夫出师西征[1]

轮台城头夜吹角，
轮台城北旄头落[2]。
羽书昨夜过渠黎[3]，
单于已在金山西。
戍楼西望烟尘黑[4]，
汉兵屯在轮台北。
上将拥旄西出征[5]，
平明吹笛大军行。
四边伐鼓雪海涌，
三军大呼阴山动[6]。
虏塞兵气连云屯[7]，
战场白骨缠草根。
剑河风急雪片阔，
沙口石冻马蹄脱。
亚相勤王甘苦辛[8]，
誓将报主静边尘。
古来青史谁不见，
今见功名胜古人。

注释 1. 封大夫：即封常清，天宝间以节度使摄御史大夫。2. 旄头落：胡人败亡之兆。旄头，指旄头星，即昴星，旧时以为“胡星”。3. 渠黎：地名，在轮台东南。4. 戍楼：驻防的城楼。5. 旄：古代出征的大将或出使的使臣都以皇帝所赐的旌节为凭信。6. 阴山：在今内蒙古境内，此泛指边城。7. 虏塞：敌方要塞。8. 亚相：御史大夫在汉代位次于宰相，故称“亚相”。这里指封常清。

凉州馆中与诸判官夜集[1]

弯弯月出挂城头，
城头月出照凉州。
凉州七里十万家，
胡人半解弹琵琶。
琵琶一曲肠堪断，
风萧萧兮夜漫漫。
河西幕中多故人[2]，
故人别来三五春。
花门楼前见秋草[3]，
岂能贫贱相看老？
一生大笑能几回，
斗酒相逢须醉倒！

注释　1. 凉州：今甘肃武威，为唐河西节度府治所，是胡汉杂居的西部重镇。2. 幕：幕府。3. 花门楼：当为凉州客舍之名。

虢州后亭送李判官使赴晋绛[1]

西原驿路挂城头，
客散红亭雨未收。
君去试看汾水上[2]，
白云犹似汉时秋？

注释　1. 虢州：今河南灵宝一带。晋绛：指晋州（治所在今山西临汾）、绛州（治所在今山西新绛）。2. 汾水：在山西中部，为黄河第二大支流。

逢入京使

故园东望路漫漫[1]，
双袖龙钟泪不干[2]。
马上相逢无纸笔，
凭君传语报平安。

注释　1. 故园：指长安。2. 龙钟：湿漉漉的样子。

碛中作[1]

走马西来欲到天，
辞家见月两回圆。
今夜不知何处宿，
平沙万里绝人烟。

注释　1. 碛（qì）：沙漠。

春　梦

洞房昨夜春风起[1]，
遥忆美人湘江水。
枕上片时春梦中，
行尽江南数千里。

注释　1. 洞房：深邃之房。

刘方平

刘方平，生卒年不详，河南洛阳人。天宝时名士，却不乐仕进，寄情山水、书画。诗亦有名，多咏物写景之作，尤擅绝句，诗风清新自然。

夜　月

更深月色半人家，
北斗阑干南斗斜[1]。
今夜偏知春气暖，
虫声新透绿窗纱。

注释　1. 阑干：纵横貌。南斗：二十八宿之一，在北斗之南，有六星。

春　怨

纱窗日落渐黄昏，
金屋无人见泪痕[1]。
寂寞空庭春欲晚，
梨花满地不开门。

注释　1. 金屋：原指汉武帝少时欲金屋藏阿娇事。这里指妃嫔所住的华丽宫室。

民　谣

神鸡童谣[1]

生儿不用识文字，
斗鸡走马胜读书。

注释　1. 神鸡童：指贾昌，因善于驯鸡而受到玄宗的宠爱，号“神鸡童”。

贾家小儿年十三，
富贵荣华代不如。
能令金距期胜负[2]，
白罗绣衫随软舆[3]。
父死长安千里外，
差夫治道挽丧车[4]。

2. 金距：戴在斗鸡爪子上的金属套子，此指鸡。3. 软舆：皇帝乘坐的车子。4.“父死”二句：指贾昌之父病死泰山，十三岁的贾昌奉父尸回京，葬器丧车等一切事宜及费用均由官府负责。

西鄙人

西鄙人，西北边境人，生平姓名不详。

哥舒歌[1]

北斗七星高，哥舒夜带刀。
至今窥牧马，不敢过临洮[2]。

注释　1. 哥舒：指唐代大将哥舒翰。2. 临洮：今甘肃岷县，秦筑长城西起于此。

裴　迪

裴迪（716?—？），关中（今陕西）人，曾官蜀州刺史、尚书省郎。早年与王维同居终南山，往来唱和。诗歌以五绝为主，多描写幽寂的景色。

华子冈[1]

落日松风起，还家草露晞[2]。
云光侵履迹[3]，山翠拂人衣。

注释　1. 华子冈：辋川别业景点之一。2. 晞（xī）：干。3. 履迹：脚印。

贾至

贾至（718—772），字幼邻（一作幼几），洛阳（今属河南）人。任中书舍人、汝州刺史、岳州司马等职，官终散骑常侍。其诗典雅华赡，贬岳州后，诗风有所变化。

早朝大明宫呈两省僚友[1]

银烛朝天紫陌长[2]，
禁城春色晓苍苍[3]。
千条弱柳垂青琐[4]，
百啭流莺绕建章[5]。
剑佩声随玉墀步[6]，
衣冠身惹御炉香。
共沐恩波凤池上[7]，
朝朝染翰侍君王。

注释　1. 两省僚友：指中书省和门下省的同事们。2. 紫陌：长安的大街。3. 禁城：指大明宫。4. 青琐：宫门。5. 建章：汉朝宫殿名，借指大明宫。6. 玉墀：皇宫中的台阶。7. 凤池：唐代中书省的别称。

春思二首（选一）

草色青青柳色黄，
桃花历乱李花香[1]。
东风不为吹愁去[2]，
春日偏能惹恨长。

注释　1. 历乱：杂乱，这里形容繁花盛开。2. 东风：春风。

元　结

元结（719—772），字次山，自号漫郎、聱叟、猗玗子等，河南鲁山人。曾任道州刺史，晚擢容管经略使。其诗多反映民生疾苦，质朴简淡，真挚动人。曾选编《箧中集》行世。有《元次山集》。

舂陵行[1]

军国多所需，切责在有司[2]。
有司临郡县，刑法竞欲施。
供给岂不忧[3]，征敛又可悲。
州小经乱亡[4]，遗人实困疲。
大乡无十家，大族命单羸[5]。
朝餐是草根，暮食仍木皮。
出言气欲绝，意速行步迟。
追呼尚不忍，况乃鞭扑之！
邮亭传急符[6]，来往迹相追[7]。
更无宽大恩，但有迫促期。
欲令鬻儿女[8]，言发恐乱随。
悉使索其家，而又无生资。
听彼道路言，怨伤谁复知！
去冬山贼来，杀夺几无遗。
所愿见王官，抚养以惠慈。
奈何重驱逐，不使存活为[9]！
安人天子命，符节我所持[10]。
州县忽乱亡，得罪复是谁？
逋缓违诏令[11]，蒙责固其宜。

注释　1. 舂陵：汉零陵郡有舂陵乡，故址在今湖南宁远附近。2. 有司：此指地方行政长官。3. 供给：交给朝廷的赋税。4. 乱亡：指广德元年（763）道州被少数民族“西原蛮”攻陷事。5. 单羸（léi）：孤单羸弱。6. 邮亭：古时传递文书的驿站。7. 迹相追：即来往传递命令的人不绝于道。8. 鬻（yù）：卖。9. 为：语助词。10. 符节：朝廷授权为官的凭证。11. 逋（bū）缓：拖欠迟延。

前贤重守分，恶以祸福移[12]。
亦云贵守官，不爱能适时[13]。
顾惟孱弱者，正直当不亏[14]。
何人采国风[15]，吾欲献此辞。

12. 恶：憎，耻。13. 适时：拍马阿谀，逢迎上司。14. "正直"句：意谓顾念百姓的疾苦是正直本分的官员应该做的，这样做也是于理不亏的。15. 采国风：采集诗歌。据传《诗经》中的"国风"是周王朝为了解民情派专人去各地采集的民歌民谣。

贼退示官吏[1]

昔岁逢太平，山林二十年。
泉源在庭户，洞壑当门前。
井税有常期[2]，日晏犹得眠[3]。
忽然遭世变，数岁亲戎旃[4]。
今来典斯郡[5]，山夷又纷然[6]。
城小贼不屠，人贫伤可怜。
是以陷邻境，此州独见全。
使臣将王命，岂不如贼焉？
今彼征敛者，迫之如火煎。
谁能绝人命，以作时世贤！
思欲委符节[7]，引竿自刺船[8]。
将家就鱼麦[9]，归老江湖边。

注释　1. 贼：指曾攻陷道州的少数民族"西原蛮"。2. 井税：即田赋，是种田交纳的赋税。3. 晏：晚。4. 亲戎旃（zhān）：亲身经历军旅生活。戎旃，军旗。5. 典：掌管。6. 山夷：对居住在山区的少数民族的蔑称，这里指"西原蛮"。7. 委符节：弃官而去。8. 刺：用篙撑船。9. 将家：带领家人。就鱼麦：从事渔父和农夫的活计。

张 继

张继（?—779?），字懿孙，襄州（今湖北襄阳）人。天宝十二载（753）登进士第，曾官检校祠部员外郎、盐铁判官。其诗不雕而自饰，丰姿清迥。

枫桥夜泊[1]

月落乌啼霜满天，
江枫渔火对愁眠[2]。
姑苏城外寒山寺[3]，
夜半钟声到客船。

注释　1.枫桥：在今江苏苏州西。2.江枫：江边的枫树。对愁眠：伴愁而眠。3.姑苏：苏州的别称。寒山寺：枫桥附近的一座寺院，相传诗僧寒山曾居于此，因而得名。

刘长卿

刘长卿（718?—790?），字文房，宣城（今属安徽）人。天宝末登进士第，曾任随州（今属湖北）刺史。平生致力于近体，尤工五言，自称“五言长城”。其诗清秀雅致，情韵相生。有《刘随州集》。

逢雪宿芙蓉山主人[1]

日暮苍山远，天寒白屋贫[2]。
柴门闻犬吠，风雪夜归人。

注释　1.芙蓉山：此处当指湖南潭州附近的芙蓉山。2.白屋：屋顶用白茅覆盖，此指贫者所居。

送灵澈上人[1]

苍苍竹林寺[2]，杳杳钟声晚。
荷笠带夕阳[3]，青山独归远。

注释　1. 灵澈上人：中唐时期一位著名诗僧，会稽（今浙江绍兴）人，其本寺在会稽云门寺。2. 竹林寺：在润州（今江苏镇江润州区），是灵澈此次游方歇宿的寺院。3. 荷：负，背。

余干旅舍[1]

摇落暮天迥[2]，青枫霜叶稀。
孤城向水闭，独鸟背人飞。
渡口月初上，邻家渔未归。
乡心正欲绝，何处捣寒衣？

注释　1. 余干：地名，今属江西。2. 摇落：草木凋零。语本宋玉《九辩》："悲哉，秋之为气也！萧瑟兮草木摇落而变衰。"

长沙过贾谊宅[1]

三年谪宦此栖迟[2]，
万古惟留楚客悲[3]。
秋草独寻人去后[4]，
寒林空见日斜时[5]。
汉文有道恩犹薄，
湘水无情吊岂知[6]？
寂寂江山摇落处，
怜君何事到天涯！

注释　1. 贾谊：西汉人，因才华受到汉文帝重用，后遭权贵中伤，被贬为长沙王太傅。曾作《鵩鸟赋》《吊屈原赋》等。2. 三年谪宦：指贾谊被贬长沙事。栖迟：留滞。3. 楚客：指贾谊，也兼指作者自己。4. 人去后：指贾谊死去之后。5. 日斜时：化用《鵩鸟赋》句："庚子日斜兮，鵩集予舍。"6. "湘水"句：指贾谊凭吊屈原事。

送严士元[1]

春风倚棹阖闾城[2]，
水国春寒阴复晴。
细雨湿衣看不见，
闲花落地听无声。
日斜江上孤帆影，
草绿湖南万里情[3]。
东道若逢相识问，
青袍今日误儒生[4]。

注释　1. 严士元：吴（今江苏苏州）人，曾官员外郎。2. 倚棹：把船桨搁起来。阖闾城：即苏州城。3. 湖南：严士元要去的地方。4. 青袍：唐代八九品的下级官员穿青色官服。儒生：指刘长卿自己。

李　冶

李冶（?—784），字季兰，乌程（今浙江湖州）人，中唐诗坛著名的女诗人。后因曾上诗叛将朱泚被德宗处死。诗擅五言，多酬赠遣怀之作。

寄校书七兄[1]

无事乌程县，蹉跎岁月余。
不知芸阁吏[2]，寂寞竟何如？
远水浮仙棹，寒星伴使车。
因过大雷岸，莫忘几行书[3]。

注释　1. 校书：校书郎，在中央政府负责图书整理工作的官员。2. 芸阁：政府藏书馆。3.“因过”二句：借鲍照作《登大雷岸与妹书》的典故寄兄妹思念之情。大雷，又称雷池，在今安徽望江。从乌程出发，沿江湖行，须经此地。

钱　起

钱起（722?—780?），字仲文，吴兴（今浙江湖州）人。天宝十载（751）进士。曾任蓝田尉，官终考功郎中。与卢纶等并称“大历十才子”。长于五律，颇有韵致，但多留恋光景之作。有《钱考功集》。

省试湘灵鼓瑟[1]

善鼓云和瑟[2]，常闻帝子灵。
冯夷空自舞[3]，楚客不堪听[4]。
苦调凄金石，清音入杳冥[5]。
苍梧来怨慕[6]，白芷动芳馨[7]。
流水传潇浦，悲风过洞庭。
曲终人不见，江上数峰青。

注释　1. 省试：此诗是天宝十载（751）钱起参加进士考试时所作试帖诗，因当时考试由尚书省礼部主持，故称“省试”。湘灵：湘水之神娥皇、女英，传说是帝尧之女，帝舜的妃子。2. 云和：山名。3. 冯（píng）夷：传说中的河神。4. 楚客：指屈原。5. 杳冥：极高远处。6. 苍梧：传说帝舜死于此。7. 白芷：香草名。

韩　翃

韩翃，字君平，南阳（今河南南阳）人。官至中书舍人。与钱起、李端等并称“大历十才子”。其诗善写离人旅途景色，发调警拔，节奏琅然。有《韩君平集》。

寒　食[1]

春城无处不飞花[2]，
寒食东风御柳斜[3]。
日暮汉宫传蜡烛[4]，
轻烟散入五侯家[5]。

注释　1. 寒食：节令名，清明前一或两日。古人每逢此时，前后三天不生火，只吃冷食。2. 春城：此指唐长安城。3. 御柳：宫苑里的柳树。4. 汉宫：此借指唐宫。传蜡烛：宫中传烛分火。5. 五侯：此指外戚显贵。

司空曙

司空曙（720?—794?），字文明（一作文初），广平府（今河北永年东）人。贞元间，入剑南西川节度使韦皋幕任职，官终虞部郎中。“大历十才子”之一。其诗多写自然景致或乡情旅思，婉雅闲淡。

江村即事[1]

钓罢归来不系船，
江村月落正堪眠。
纵然一夜风吹去，
只在芦花浅水边。

注释　1. 即事：对眼前情景有所感触而创作。

喜外弟卢纶见宿[1]

静夜四无邻，荒居旧业贫。
雨中黄叶树，灯下白头人。
以我独沉久[2]，愧君相见频。
平生自有分[3]，况是蔡家亲[4]。

注释　1. 见宿：留下住宿。2. 沉：沉沦。3. 分（fèn）：情谊。4. 蔡家亲：晋羊祜为蔡邕外孙，这里借指两家是表亲。

皎　然

皎然（720?—803?），俗姓谢，字清昼。湖州长城（今浙江长兴）人，中唐著名诗僧。其诗多送别酬唱之作，简淡闲适。有《杼山集》。

寻陆鸿渐不遇[1]

移家虽带郭[2]，野径入桑麻。
近种篱边菊，秋来未著花。
扣门无犬吠，欲去问西家。
报道山中去[3]，归时每日斜。

注释　1. 陆鸿渐：即陆羽，字鸿渐，竟陵（今湖北天门）人。终身隐居不仕，著《茶经》一书，有“茶圣”之称。2. 带郭：靠近城边。3. 报道：回答说。

孟云卿

孟云卿（约725—?），郡望平昌（今山东济南商河西北），实居河南。肃宗时为校书郎。其诗擅以朴实无华的语言反映社会现实，为杜甫、元结所推重。

寒　食[1]

二月江南花满枝，
他乡寒食远堪悲[2]。
贫居往往无烟火，
不独明朝为子推[3]。

注释　1. 寒食：清明前一或两日，古人逢此节有断火食生冷的习俗。2. 远：非常。3.“贫居”二句：因为生活贫困常常断炊，并非为了纪念介子推才故意不生火做饭。子推，介子推，春秋时晋国人，相传晋文公焚烧山林，欲逼其出山受赏而未遂，后人为了纪念被焚死的介子推，禁火寒食。

李　端

李端（743? —782?），字正己，赵郡（今河北赵县）人。大历五年（770）进士，授秘书省校书郎，官终杭州司马。“大历十才子”之一。有《李端诗集》。

胡腾儿[1]

胡腾身是凉州儿[2]，肌肤如玉鼻如锥。桐布轻衫前后卷[3]，葡萄长带一边垂。帐前跪作本音语[4]，拾襟搅袖为君舞。安西旧牧收泪看[5]，洛下词人抄曲与[6]。扬眉动目踏花毡，红汗交流珠帽偏。醉却东倾又西倒，双靴柔弱满灯前。环行急蹴皆应节[7]，反手叉腰如却月[8]。丝桐忽奏一曲终[9]，呜呜画角城头发[10]。胡腾儿，胡腾儿，故乡路断知不知[11]？

注释　1. 胡腾儿（ní）：跳胡腾舞的演员。胡腾舞是唐代一种舞蹈，源于西域，以跳跃、腾踢动作为主。2. 凉州：治所在今甘肃武威。3. 桐布：棉布。4. 帐：军帐。本音语：本民族语言。5. 安西旧牧：曾经在安西地区做过官的人。安西，唐设在西域地区的都护府。牧，地方行政长官。6. 洛下：洛阳一带。抄曲与：指洛下词人主动将自己写的曲词抄送给胡腾儿。7. 环行急蹴：指变幻的舞蹈技法。8. 却月：倒着的月牙。9. 丝桐：本指古琴，此泛指伴奏乐器。10. 画角：古时军中吹奏的号角。11. 路断：指唐时河西、陇右一带被吐蕃占领。

听　筝

鸣筝金粟柱[1]，素手玉房前[2]。
欲得周郎顾[3]，时时误拂弦。

注释　1. 金粟柱：柱是琴、瑟、筝等乐器用以系弦之木，“金粟”言其华美。2. 玉房：闺房的美称。3. 周郎：即三国时周瑜，此借指弹筝者的意中人。周瑜通晓音律，人弹曲有误，必回头望之，时人谣曰：“曲有误，周郎顾。”

闺 情

月落星稀天欲明，
孤灯未灭梦难成。
披衣更向门前望，
不忿朝来鹊喜声[1]。

注释　1. 不忿：不满，恼恨。

胡令能

胡令能，生卒年不详。圃田隐者，终身不仕，少为磨镜锼钉之业，号“胡钉铰”。诗语浅近，精妙自然。

小儿垂钓

蓬头稚子学垂纶[1]，
侧坐莓苔草映身[2]。
路人借问遥招手，
怕得鱼惊不应人。

注释　1. 垂纶：垂丝钓鱼。纶，钓鱼用的丝线。2. 莓苔：指河边阴潮的草地。莓，一种小草。

顾　况

顾况（727?—816?），字逋翁，苏州（今江苏苏州）人。曾官著作佐郎，后贬饶州司户参军，晚年隐居茅山，自号华阳山人。存诗以乐府及古诗为主，风格平易流畅。有《华阳集》。

囝[1]

团生闽方，闽吏得之，乃绝其阳[2]。为臧为获，致金满屋[3]。为髡为钳[4]，如视草木。天道无知，我罹其毒[5]。神道无知，彼受其福。郎罢别囝[6]，吾悔生汝。及汝既生，人劝不举[7]。不从人言，果获是苦。囝别郎罢，心摧血下。隔地绝天，及至黄泉，不得在郎罢前。

注释　1. 囝：闽地（今福建一带）对儿子的称呼。2. 绝：此指阉割。阳：男性生殖器。3.“为臧”二句：是说官吏将孩子转卖为奴后，获得了许多钱财。臧、获：均为方言中奴隶的别称。4. 髡（kūn）、钳：均是对奴隶的刑罚。髡是剃去头发，钳是用铁圈套在脖子上。5. 罹（lí）：遭受。毒：毒害。6. 郎罢：闽语指父亲。7. 不举：因无力养育而让小孩自行死亡。举，抚育。

过山农家

板桥人渡泉声，茅檐日午鸡鸣。
莫嗔焙茶烟暗[1]，却喜晒谷天晴。

注释　1. 焙（bèi）茶：烘炒茶叶。

宣宗宫人

宣宗宫人，韩氏，生平不详。

题红叶

流水何太急，深宫尽日闲。
殷勤谢红叶，好去到人间[1]。

注释　1. 人间：指民间。

于良史

于良史，生卒年不详，大历中官监察御史，后徐州节度使张建封辟为从事。其诗多写景，构思巧妙，清丽超逸。

春山夜月

春山多胜事[1]，赏玩夜忘归。
掬水月在手，弄花香满衣。
兴来无远近，欲去惜芳菲。
南望鸣钟处，楼台深翠微[2]。

注释　1. 胜事：美好的事情。2. 翠微：青绿的山色。

柳中庸

柳中庸（?—约775），名淡，中庸是其字。蒲州虞乡（今山西永济）人。大历年间进士，曾官洪府户曹。与卢纶、李端为诗友。以写边塞征怨诗著称。

征人怨

岁岁金河复玉关[1]，
朝朝马策与刀环[2]。
三春白雪归青冢[3]，
万里黄河绕黑山[4]。

注释　1. 金河：即大黑河，在内蒙古境内。玉关：玉门关。2. 马策：马鞭。3. 三春：春季。青冢：王昭君的坟墓。4. 黑山：位于今内蒙古境内。

戴叔伦

戴叔伦（732—789），字幼公（一作次公），润州金坛（今属江苏）人。大历年间，在刘晏盐铁转运使府中任职。官至容管经略使。诗多反映农村生活，即事名篇，构思新颖。

三闾庙[1]

沅湘流不尽[2]，屈子怨何深！
日暮秋风起，萧萧枫树林。

注释　1. 三闾庙：即屈原祠。屈原曾官三闾大夫。2. 沅湘：指沅江和湘江，在今湖南境内。

韦应物

韦应物（733?—793?），京兆长安（今陕西西安）人。以门荫补三卫郎，为玄宗御前侍卫。后为滁州、江州等刺史，官终苏州刺史。其诗多写山水田园，高雅简淡。有《韦苏州集》。

淮上喜会梁川故人[1]

江汉曾为客[2]，相逢每醉还。
浮云一别后，流水十年间。
欢笑情如旧，萧疏鬓已斑。
何因北归去，淮上对秋山。

注释　1. 淮上：淮水边。梁川：今陕西南郑东。2. 江汉：指今湖北一带。

自巩洛舟行入黄河即事寄府县僚友[1]

夹水苍山路向东，
东南山豁大河通。
寒树依微远天外[2]，
夕阳明灭乱流中。
孤村几岁临伊岸[3]，
一雁初晴下朔风。
为报洛桥游宦侣[4]，
扁舟不系与心同。

注释　1. 巩：地名，在今河南巩义市。洛：洛水，东流经巩义入黄河。2. 依微：模糊貌。3. 伊岸：伊水的岸边。伊水，源出河南卢氏熊耳山，经洛阳等地后北流注于洛水。4. 洛桥游宦侣：即“府县僚友”。

初发扬子寄元大校书[1]

凄凄去亲爱[2]，泛泛入烟雾。
归棹洛阳人，残钟广陵树[3]。
今朝此为别，何处还相遇？
世事波上舟，沿洄安得住[4]！

注释 1. 扬子：指扬子津，在长江北岸，近瓜州。校书：即校书郎，官名，掌管校勘书籍。2. 亲爱：指好友。3. 广陵：今江苏扬州。4. 沿洄：指处境的顺逆。

寄李儋元锡[1]

去年花里逢君别，
今日花开已一年。
世事茫茫难自料[2]，
春愁黯黯独成眠[3]。
身多疾病思田里[4]，
邑有流亡愧俸钱[5]。
闻道欲来相问讯，
西楼望月几回圆[6]？

注释 1. 李儋：曾任殿中侍御史。元锡：贞元中为协律郎。二人都是韦应物的好友。2. 世事茫茫：指朱泚称帝、德宗出奔奉天事。3. 黯黯：昏暗貌，此指情绪低沉。4. 思田里：想念田园乡土，即有归隐之意。5. 邑：自己所管辖的地区。流亡：因穷困而流亡他乡的百姓。6. 西楼：指滁州城西楼。

寄全椒山中道士[1]

今朝郡斋冷[2]，忽念山中客。
涧底束荆薪，归来煮白石[3]。
欲持一瓢酒，远慰风雨夕。
落叶满空山，何处寻行迹？

注释 1. 全椒：县名，唐属滁州，在今安徽。2. 郡斋：指作者在滁州官府中的住舍。3. “涧底”二句：喻指清贫的道士生活。煮白石：据《神仙传》，有道人常煮白石为粮，时人号“白石先生”。

秋夜寄丘二十二员外[1]

怀君属秋夜[2]，散步咏凉天。
空山松子落，幽人应未眠[3]。

注释　1. 丘二十二员外：名丹，二十二是他在家族中的排行。丘丹曾官员外郎，后隐居临平山。2. 属：正值。3. 幽人：这里指丘丹。

长安遇冯著[1]

客从东方来，衣上灞陵雨[2]。
问客何为来，采山因买斧[3]。
冥冥花正开[4]，飏飏燕新乳[5]。
昨别今已春，鬓丝生几缕。

注释　1. 冯著：韦应物友人。2. 灞陵：在今西安东。3. 采山：指入山采铜以铸钱。此为戏谑语，有归隐之意。4. 冥冥：造化默默无语貌。5. 飏飏（yáng）：鸟飞翔的样子。燕新乳：指小燕初生。

滁州西涧[1]

独怜幽草涧边生[2]，
上有黄鹂深树鸣。
春潮带雨晚来急，
野渡无人舟自横[3]。

注释　1. 滁州：治所在今安徽滁州。西涧：在滁州城西。2. 怜：爱。3. 野渡：荒僻的渡口。

戎　昱

戎昱（744?—800?），荆州（今湖北江陵）人。曾为荆南节度使卫伯玉幕府从事。建中年间，为辰、虔二州刺史。其诗语言清丽婉朴，铺陈描写的手法较为多样。明人辑有《戎昱诗集》。

移家别湖上亭[1]

好是春风湖上亭，
柳条藤蔓系离情。
黄莺久住浑相识[2]，
欲别频啼四五声。

注释　1. 移家：搬家。2. 浑：全。

早　梅

一树寒梅白玉条[1]，
迥临村路傍溪桥[2]。
应缘近水花先发，
疑是经春雪未销。

注释　1. 白玉条：指缀满白色梅花的枝条。2. 迥临：远远地对着。

卢　纶

卢纶（748?—799?），字允言，河中蒲州（今山西永济）人。屡举进士不第。后由宰相元载举荐入仕，官至检校户部郎中。“大历十才子”之一。诗风雄放。有《卢纶集》。

塞下曲六首（选二）

林暗草惊风[1]，将军夜引弓[2]。
平明寻白羽[3]，没在石棱中。

注释　1. 草惊风：风吹草动貌。2. 引：拉。3. 平明：黎明。白羽：指白羽箭。

月黑雁飞高，单于夜遁逃[1]。
欲将轻骑逐[2]，大雪满弓刀。

注释　1. 单（chán）于：古代匈奴的首领，此泛指少数民族首领。2. 将：率领。轻骑：轻装的骑兵。

李　益

李益（748—829），字君虞，郑州（今河南郑州）人。大历四年（769）举进士第，仕途不顺，弃职游于燕、赵间。官终礼部尚书。以边塞诗名，长于七绝。有《李益集》。

喜见外弟又言别[1]

十年离乱后，长大一相逢。
问姓惊初见，称名忆旧容。
别来沧海事[2]，语罢暮天钟。

注释　1. 外弟：表弟。2. 沧海：比喻世事变化巨大。

明日巴陵道[3]，秋山又几重。

3. 巴陵：今湖南岳阳，即外弟将去的地方。

过五原胡儿饮马泉[1]

绿杨著水草如烟，
旧是胡儿饮马泉。
几处吹笳明月夜，
何人倚剑白云天。
从来冻合关山路，
今日分流汉使前[2]。
莫遣行人照容鬓，
恐惊憔悴入新年。

注释　1. 五原：即今内蒙古五原县。饮马泉：诗人原注："鸊鹈（pì tí）泉在丰州城北，胡人饮马于此。" 2. 汉使：作者自指。

从军北征

天山雪后海风寒，
横笛偏吹行路难[1]。
碛里征人三十万[2]，
一时回首月中看。

注释　1. 行路难：乐府曲名。2. 碛：沙漠。

宫　怨

露湿晴花春殿香，
月明歌吹在昭阳[1]。
似将海水添宫漏[2]，
共滴长门一夜长[3]。

注释　1. 昭阳：昭阳宫，汉成帝妃赵合德居处。2. 宫漏：古代宫中添水以计时的器具。3. 长门：长门宫，汉武帝时陈皇后失宠后的居处。

写　情

水纹珍簟思悠悠[1]，
千里佳期一夕休[2]。
从此无心爱良夜，
任他明月下西楼。

注释　1. 水纹珍簟（diàn）：有波浪花纹的精美竹席。2. 佳期：男女约会。

夜上受降城闻笛[1]

回乐峰前沙似雪[2]，
受降城下月如霜。
不知何处吹芦管[3]，
一夜征人尽望乡。

注释　1. 受降城：当指位于今宁夏灵武的西受降城。2. 回乐峰：故址在今宁夏灵武西南。3. 芦管：即芦笳，西北少数民族乐器。

江南曲

嫁得瞿塘贾[1]，朝朝误妾期。
早知潮有信[2]，嫁与弄潮儿。

注释　1. 贾：商人。2. 潮有信：潮水涨落有一定的时间，称“潮信”。

于　鹄

于鹄，大历至贞元间人。隐居汉阳，后为诸府从事。其诗多描写隐逸情趣，朴实生动，清新可人。

江南曲

偶向江边采白蘋[1]，
还随女伴赛江神[2]。
众中不敢分明语，
暗掷金钱卜远人。

注释　1. 白蘋：多年生植物，生于浅水中。2. 赛江神：古时用仪仗、鼓乐等迎江神的一种风俗活动。

巴女谣[1]

巴女骑牛唱竹枝[2]，
藕丝菱叶傍江时。
不愁日暮还家错，
记得芭蕉出槿篱。

注释　1. 巴：在今川东、鄂西一带。2. 竹枝：即《竹枝词》，是巴渝（今四川东部）一带的民歌。

孟郊

孟郊（751—814），字东野，湖州武康（今浙江德清）人。贞元十二年（796）登进士第，曾任溧阳县尉等。一生遭遇困窘，诗多寒苦之音，与诗人贾岛齐名，有“郊寒岛瘦”之称。有《孟东野集》。

游子吟

慈母手中线，游子身上衣。
临行密密缝，意恐迟迟归。
谁言寸草心[1]，报得三春晖[2]！

注释　1. 寸草：小草。2. 三春晖：春天的阳光，此喻指慈母之爱。

怨诗

试妾与君泪，两处滴池水。
看取芙蓉花[1]，今年为谁死。

注释　1. 取：助词，无实义。芙蓉花：即荷花。

登科后[1]

昔日龌龊不足夸[2]，
今朝放荡思无涯[3]。
春风得意马蹄疾，
一日看尽长安花。

注释　1. 登科：指进士及第。2. 龌龊（wò chuò）：此指失意不得志，处境局促。夸：谈论。3. 放荡：自由自在，不受约束。

李 约

李约，字存博，唐宗室。曾官兵部员外郎。其诗语言朴实，感情沉郁。

观祈雨

桑条无叶土生烟，
箫管迎龙水庙前[1]。
朱门几处看歌舞，
犹恐春阴咽管弦[2]。

注释　1. 水庙：即龙王庙，是古时祈雨的场所。2. 咽：使……哽咽，喑哑。

杨巨源

杨巨源（755—?），字景山，河中(今山西永济)人。由秘书郎擢太常博士。出为凤翔少尹，复召授国子司业。其诗格律工致，风调流美。

城东早春

诗家清景在新春，
绿柳才黄半未匀。
若待上林花似锦[1]，
出门俱是看花人。

注释　1. 上林：即上林苑，汉宫苑，故址在今陕西西安。

武元衡

武元衡（758—815），字伯苍，缑氏（今河南偃师南）人。建中年间进士，官至门下侍郎、同中书门下平章事。诗长于五言，多官场酬赠之作。有《武元衡集》。

春　兴

杨柳阴阴细雨晴，
残花落尽见流莺。
春风一夜吹乡梦，
又逐春风到洛城[1]。

注释　1. 洛城：指洛阳。

无名氏

啰唝曲六首[1]（选一）

莫作商人妇，金钗当卜钱。
朝朝江口望，错认几人船。

注释　1. 啰唝曲：相传金陵有啰唝楼，乃陈后主所建。曲由此得名。

崔　护

崔护，生卒年不详，字殷功，郡望博陵（今河北定州）。贞元十二年（796）进士，官至岭南节度使。《全唐诗》存其诗六首。

题都城南庄[1]

去年今日此门中，
人面桃花相映红。
人面不知何处去，
桃花依旧笑春风。

注释　1. 都城：指唐都长安城。

常　建

常建，生卒年不详，长安（今陕西西安）人。开元十五年（727）进士，仕途失意，后隐于鄂州武昌（今属湖北）。其诗多写山林寺观，有隐逸之气，尤擅五言。有《常建集》。

题破山寺后禅院[1]

清晨入古寺，初日照高林。
竹径通幽处，禅房花木深。
山光悦鸟性，潭影空人心[2]。
万籁此俱寂[3]，但余钟磬音。

注释　1. 破山寺：即兴福寺，在今江苏常熟虞山。2. 空：使人心空阔澄净。3. 籁：自然界的声音。

王　建

王建（766?—830?），字仲初，颍川（今河南许昌）人。官终陕州司马，世称王司马。长于乐府，与张籍并称“张王”。诗风细腻含蓄，有较强的现实意义。有《王司马集》。

新嫁娘词三首（选一）

三日入厨下[1]，洗手作羹汤。
未谙姑食性[2]，先遣小姑尝。

注释　1. 三日：古时习俗，女子婚后第三天要下厨做饭，以明其在家中侍奉公婆的职责。2. 谙（ān）：熟悉。姑：婆婆。

雨过山村

雨里鸡鸣一两家，
竹溪村路板桥斜。
妇姑相唤浴蚕去[1]，
闲着中庭栀子花[2]。

注释　1. 妇姑：姑嫂。浴蚕：古时用盐水浸泡蚕卵以选取蚕种。2. 中庭：院子当中。

十五夜望月寄杜郎中[1]

中庭地白树栖鸦[2]，
冷露无声湿桂花。
今夜月明人尽望，
不知秋思落谁家？

注释　1. 十五夜：指中秋之夜。2. 地白：形容庭院中月色皎洁。

宫词一百首（选一）

树头树底觅残红[1]，
一片西飞一片东。
自是桃花贪结子，
错教人恨五更风。

注释　1. 残红：凋零的花。

薛　涛

薛涛（约768—832），字洪度，长安（今陕西西安）人。唐代著名女诗人，与元稹、白居易、张籍、王建等都有唱酬交往，时称“女校书”。其诗不仅以清词丽句见长，还有一些具有思想深度的关怀现实之作。

送友人

水国蒹葭夜有霜[1]，
月寒山色共苍苍。
谁言千里自今夕，
离梦杳如关塞长[2]。

注释　1. 蒹葭：荻苇、芦苇的合称，皆生水边。2. 杳：邈远。

筹边楼[1]

平临云鸟八窗秋[2]，
壮压西川四十州。

注释　1. 筹边楼：唐李德裕建，故址在今四川成都西。2. 平临云鸟：形容楼高与云、鸟齐。

诸将莫贪羌族马[3]，
最高层处见边头。

3. 羌族：指居住于西川的党项羌族。

韩 愈

韩愈（768—824），字退之，河南河阳（今河南孟州）人，郡望昌黎。贞元八年（792）进士，曾任监察御史、刑部侍郎，因谏迎佛骨事，贬潮州刺史。官终吏部侍郎。卒谥文。韩愈倡导了唐代的古文运动，被列为“唐宋八大家”之首。其诗笔力雄健，奇崛峭拔，但有的不免流于险怪。有《韩昌黎先生集》。

山 石

山石荦确行径微[1]，
黄昏到寺蝙蝠飞。
升堂坐阶新雨足，
芭蕉叶大支子肥[2]。
僧言古壁佛画好，
以火来照所见稀。
铺床拂席置羹饭，
疏粝亦足饱我饥[3]。
夜深静卧百虫绝，
清月出岭光入扉。
天明独去无道路[4]，
出入高下穷烟霏。
山红涧碧纷烂漫，
时见松枥皆十围[5]。

注释　1. 荦（luò）确：险峻不平貌。微：狭窄。2. 支子：即栀子，花名。3. 疏粝（lì）：指简单的饭菜。粝，糙米。4. 无道路：因雾霭迷蒙而辨不清道路。5. 枥：同“栎”，即栎树，一种落叶乔木。

当流赤足蹋涧石，
水声激激风吹衣。
人生如此自可乐，
岂必局束为人鞿[6]。
嗟哉吾党二三子[7]，
安得至老不更归[8]！

6. 为人鞿(jī)：被别人所控制。鞿，马缰绳。
7. 吾党：指那些和自己志同道合的朋友。
8. 不更归：不再回去，表现了对山中自然美景的留恋。

雉带箭

原头火烧静兀兀[1]，
野雉畏鹰出复没。
将军欲以巧伏人[2]，
盘马弯弓惜不发[3]。
地形渐窄观者多，
雉惊弓满劲箭加。
冲人决起百余尺[4]，
红翎白镞随倾斜[5]。
将军仰笑军吏贺，
五色离披马前堕[6]。

注释　1. 火：猎火。2. 将军：指张建封。3. 盘马：骑马盘旋不进。4. 决起：突然而起。5. 翎：箭羽。镞：箭锋。6. 五色离披：形容雉羽散乱。

八月十五夜赠张功曹[1]

纤云四卷天无河[2]，
清风吹空月舒波[3]。
沙平水息声影绝，

注释　1. 张功曹：即张署，时与韩愈同被贬官，逢顺宗即位，张又被任命为江陵府功曹参军，韩愈为法曹参军。2. 河：银河。3. 波：喻指月光。

一杯相属君当歌[4]。
君歌声酸辞且苦，
不能听终泪如雨。
洞庭连天九疑高[5]，
蛟龙出没猩鼯号[6]。
十生九死到官所，
幽居默默如藏逃。
下床畏蛇食畏药[7]，
海气湿蛰熏腥臊[8]。
昨者州前捶大鼓[9]，
嗣皇继圣登夔皋[10]。
赦书一日行万里，
罪从大辟皆除死[11]。
迁者追回流者还[12]，
涤瑕荡垢清朝班。
州家申名使家抑[13]，
坎轲只得移荆蛮[14]。
判司卑官不堪说[15]，
未免捶楚尘埃间[16]。
同时辈流多上道[17]，
天路幽险难追攀[18]。
君歌且休听我歌，
我歌今与君殊科[19]。
一年明月今宵多，
人生由命非由他，
有酒不饮奈明何[20]！

4. 属：劝酒。5. 九疑：山名。6. 鼯（wú）：一种野鼠。号（háo）：叫。7. 药：相传西南边地一种用毒蛊制成的毒药。8. 海气：指潮湿之气。湿蛰：蛰伏于潮湿阴暗之处的蛇虫之类。熏腥臊：散发出腥臊难闻之气。9. 捶大鼓：指擂鼓聚众，宣布大赦令。10. 嗣皇：指宪宗李纯。登：进用。夔皋：夔和皋陶，此指贤臣。11. 大辟：死刑。除：免除。12. 迁者：被迁谪贬官的人。流：流放。13. 州家：指郴州刺史李伯康。申名：将姓名申报上去。使家：指湖南道观察使杨凭。抑：抑制，压制。对于韩、张的任命，李伯康认为不公，曾向观察使申名，而杨凭却予以压制。14. 移荆蛮：指调往江陵任职。15. 判司：唐代对州郡诸曹参军的统称。16. 捶楚：唐制，州县的参军等辅佐官有过要受笞杖之刑。17. 上道：指被召回京。18. 天路：进身朝廷的路。19. 殊科：不同类。20. 明：明月。

听颖师弹琴[1]

昵昵儿女语，恩怨相尔汝[2]。
划然变轩昂，勇士赴敌场。
浮云柳絮无根蒂，天地阔远随飞扬。
喧啾百鸟群，忽见孤凤凰。
跻攀分寸不可上[3]，失势一落千丈强。
嗟余有两耳，未省听丝篁[4]。
自闻颖师弹，起坐在一旁。
推手遽止之[5]，湿衣泪滂滂。
颖乎尔诚能，无以冰炭置我肠[6]。

注释　1. 颖师：元和间在长安以弹琴著名的僧人。颖是僧名，师是僧人的统称。2. 昵昵：亲近。尔、汝：都指“你”，关系亲密者之间的称呼。3. 跻攀：指琴音越来越高。4. 省（xǐng）：懂得。丝篁：此以乐器借指音乐。5. 遽（jù）：急忙。6. 冰炭置我肠：形容听琴时复杂激烈的感情变化。

调张籍[1]

李杜文章在[2]，光焰万丈长。
不知群儿愚，那用故谤伤。
蚍蜉撼大树[3]，可笑不自量。
伊我生其后[4]，举颈遥相望。
夜梦多见之，昼思反微茫。
徒观斧凿痕，不瞩治水航[5]。
想当施手时[6]，巨刃磨天扬。
垠崖划崩豁[7]，乾坤摆雷硠[8]。
惟此两夫子，家居率荒凉。
帝欲长吟哦，故遣起且僵[9]。
剪翎送笼中[10]，使看百鸟翔。
平生千万篇，金薤垂琳琅[11]。

注释　1. 调：调侃。2. 李杜：李白和杜甫。3. 蚍蜉（pí fú）：蚂蚁的一种。4. 伊：发语词。5.“徒观”二句：意谓李杜文章如大禹治水，只看到他们遗留的痕迹，却看不到他们运用文字的内在本质。6. 施手：动工。7. 垠崖：高大的山崖。崩豁：崩坏裂开。8. 乾坤：天地。雷硠（láng）：山石崩裂。9.“帝欲”二句：谓上帝欲使诗人不断歌吟，故使他们命运经受波折。起，崛起。僵，仆倒，指受挫折。10. 剪翎：剪掉鸟翅上的羽毛。11. 金薤（xiè）：指金错书和倒薤书两种古文字体，此处用以赞美李杜诗篇。

仙官敕六丁[12]，雷电下取将。
流落人间者，太山一毫芒[13]。
我愿生两翅，捕逐出八荒。
精诚忽交通，百怪入我肠。
刺手拔鲸牙[14]，举瓢酌天浆。
腾身跨汗漫[15]，不著织女襄[16]。
顾语地上友[17]，经营无太忙。
乞君飞霞佩，与我高颉颃[18]。

12. 敕（chì）：诏令。六丁：天神名。13. 太山：即泰山。毫芒：喻细微。14. 刺手：反手、转手。15. 汗漫：广漠无穷之处。一说为仙人名。16. 织女襄：即用织女纺织的布做的衣服。17. 地上友：指张籍。18. 颉颃（xié háng）：上下飞翔貌。

湘　中

猿愁鱼踊水翻波，
自古流传是汨罗[1]。
蘋藻满盘无处奠[2]，
空闻渔父扣舷歌[3]。

注释　1. 汨罗：江名，屈原即投此江。2. 蘋藻：指蘋草与水藻，《诗经·采蘋》中均作为祭物。3. 渔父：渔翁。暗用屈原被放逐后一渔父劝其随波逐流的典故。

春　雪

新年都未有芳华[1]，
二月初惊见草芽。
白雪却嫌春色晚，
故穿庭树作飞花。

注释　1. 芳华：芬芳的鲜花。

晚 春

草树知春不久归，
百般红紫斗芳菲。
杨花榆荚无才思[1]，
惟解漫天作雪飞[2]。

注释 1. 杨花：柳絮。榆荚：即榆钱。2. 惟解：只知道。

左迁至蓝关示侄孙湘[1]

一封朝奏九重天，
夕贬潮州路八千[2]。
欲为圣朝除弊事，
肯将衰朽惜残年[3]！
云横秦岭家何在[4]，
雪拥蓝关马不前。
知汝远来应有意，
好收吾骨瘴江边[5]。

注释 1. 左迁：贬官。蓝关：即蓝田关，在今陕西蓝田南。湘：韩湘，韩愈之侄韩老成的儿子。2.“一封”二句：指韩愈上疏谏迎佛骨被贬官事。潮州：今广东潮州。3. 肯：岂肯。4. 秦岭：横亘于陕西南部的山脉。5. 瘴江：指潮州一带，当时岭南河流多瘴气。

早春呈水部张十八员外二首[1]

（选一）

天街小雨润如酥[2]，
草色遥看近却无。
最是一年春好处，
绝胜烟柳满皇都[3]。

注释 1. 水部张十八员外：即张籍，曾任水部员外郎，十八是其在兄弟间的排行。2. 天街：长安的朱雀门大街。酥：酥油，此形容春雨的润泽。3. 皇都：长安。

张仲素

张仲素（约769—819），字绘之，符离（今安徽宿州）人。宪宗时为翰林学士，官终中书舍人。其诗善写闺情，清婉飘逸，韵致悠远。

燕子楼诗三首[1]（选一）

楼上残灯伴晓霜，
独眠人起合欢床。
相思一夜情多少，
地角天涯未是长。

注释　1. 燕子楼：唐张愔为爱妾关盼盼建的一座楼。张死后，盼盼矢志不嫁，终老楼中。

张　籍

张籍（767?—830），字文昌，原籍吴郡（今江苏苏州），寄居和州（今安徽和县）。曾任太常寺太祝，后历水部员外郎、国子司业等职。长于乐府，多反映现实之作，语言朴素，用意精深。有《张司业集》。

野老歌

老农家贫在山住，
耕种山田三四亩。
苗疏税多不得食，
输入官仓化为土。

岁暮锄犁傍空室，
呼儿登山收橡实[1]。
西江贾客珠百斛[2]，
船中养犬长食肉。

注释　1. 橡实：橡树的果实，荒年可食。2. 西江贾客：指广西做珠宝生意的商人。西江，在今广西境内。斛：古代量器。

节妇吟

君知妾有夫，赠妾双明珠。
感君缠绵意，系在红罗襦[1]。
妾家高楼连苑起，良人执戟明光里[2]。
知君用心如日月，事夫誓拟同生死。
还君明珠双泪垂，恨不相逢未嫁时。

注释　1. 襦（rú）：短袄。2. 良人：古代妇女对丈夫的称呼。执戟明光里：即在朝中供职。明光，汉宫殿名。

秋　思

洛阳城里见秋风，
欲作家书意万重。
复恐匆匆说不尽，
行人临发又开封[1]。

注释　1. 开封：拆开信封。

刘禹锡

刘禹锡（772—842），字梦得，洛阳（今河南洛阳）人。贞元九年（793）进士，官监察御史。永贞革新失败后，贬朗州司马，迁连州、夔州等刺史。后任太子宾客。与柳宗元交厚，诗文齐名，并称“刘柳”。其诗清新自然，明快生动，富于生活气息。有《刘梦得文集》。

始闻秋风

昔看黄菊与君别[1]，
今听玄蝉我却回[2]。
五夜飕飗枕前觉[3]，
一年颜状镜中来。
马思边草拳毛动[4]，
雕眄青云睡眼开[5]。
天地肃清堪四望，
为君扶病上高台[6]。

注释　1. 君：指作者。此是代秋风设辞。2. 我：秋风自称。3. 五夜：五更。飕飗（sōu liú）：风声。4. 拳毛：卷曲的马毛。5. 眄（miǎn）：眷顾。6. 君：指秋风。

西塞山怀古[1]

王濬楼船下益州[2]，
金陵王气黯然收[3]。
千寻铁锁沉江底[4]，
一片降幡出石头[5]。
人世几回伤往事，
山形依旧枕寒流。

注释　1. 西塞山：在今湖北大冶东，是三国吴西部军事要塞。2. 王濬（jùn）：西晋益州刺史，曾率大型船队攻吴，迫使孙皓投降。益州：治所在今四川成都。3. 金陵：今江苏南京，为三国孙吴都城。王气：古代迷信认为帝王所在之地有一种特殊的祥云瑞气。4. 寻：古代长度单位。铁锁：吴人为防御敌船而在江中置铁锁拦截，后为晋军所破。5. 降幡：投降的旗帜。石头：即石头城，故址在今南京西，因三国时孙吴就石壁筑城戍守而得名。

今逢四海为家日[6]，
故垒萧萧芦荻秋[7]。

6. 四海为家：意即四海一家，天下统一。
7. 故垒：曾经的营垒。芦荻：芦苇。

酬乐天扬州初逢席上见赠[1]

巴山楚水凄凉地[2]，
二十三年弃置身[3]。
怀旧空吟闻笛赋[4]，
到乡翻似烂柯人[5]。
沉舟侧畔千帆过，
病树前头万木春。
今日听君歌一曲，
暂凭杯酒长精神[6]。

注释　1. 酬：酬答。乐天：即白居易，字乐天。2. 巴山楚水：泛指刘禹锡被贬谪的四川、湖广一带。3. 二十三年：刘禹锡从贬官至被召还京的时间。4. 闻笛赋：晋向秀因闻人吹笛而怀念亡友，遂作《思旧赋》。5. 烂柯人：相传晋人王质入山砍柴，见二童子下棋，看完后发现斧柄已烂，人间已历百年。6. 长：增长，振作。

竹枝词二首[1]（选一）

杨柳青青江水平，
闻郎江上唱歌声。
东边日出西边雨，
道是无晴却有晴[2]。

注释　1. 竹枝词：巴、渝一带的民歌，多吟咏当地风物和男女爱情。2. 晴：与“情”同音双关，“无晴”“有晴”即“无情”“有情”。

秋词二首

自古逢秋悲寂寥，
我言秋日胜春朝。
晴空一鹤排云上[1]，
便引诗情到碧霄。

注释 1. 排：冲。

山明水净夜来霜，
数树深红出浅黄。
试上高楼清入骨，
岂如春色嗾人狂[1]。

注释 1. 嗾（sǒu）：教唆。

竹枝词九首（选二）

山桃红花满上头[1]，
蜀江春水拍山流。
花红易衰似郎意，
水流无限似侬愁。

注释 1. 上头：山头。

山上层层桃李花，
云间烟火是人家。
银钏金钗来负水[1]，
长刀短笠去烧畲[2]。

注释　1. 银钏金钗：妇女的手镯和头饰，这里代指妇女。2. 长刀短笠：代指男子。烧畲（shē）：用火烧去田中的荆棘野草作为肥料。

杨柳枝词九首（选一）

塞北梅花羌笛吹[1]，
淮南桂树小山词[2]。
请君莫奏前朝曲，
听唱新翻杨柳枝[3]。

注释　1. 梅花：指笛曲《梅花落》。2.“淮南”句：《楚辞》中有淮南小山《招隐士》一篇，为西汉淮南王幕下文人所作，首句是“桂树丛生兮山之幽”。3. 翻：改制、改作。杨柳枝：唐代教坊乐曲。

元和十年自朗州承召至京戏赠看花诸君子[1]

紫陌红尘拂面来[2]，
无人不道看花回。
玄都观里桃千树[3]，
尽是刘郎去后栽[4]。

注释　1. 朗州：治所在今湖南常德。2. 紫陌：指京城的街道。红尘：指车马掀起的尘土。3. 玄都观：长安城南崇业坊内的一座道观。桃千树：喻朝中新贵。4. 刘郎：作者自称。去后：指被贬以后。

再游玄都观

百亩庭中半是苔，
桃花净尽菜花开。
种桃道士归何处[1]，
前度刘郎今又来。

注释 1. 种桃道士：喻指培植党羽迫害革新人士的当权者。

石头城[1]

山围故国周遭在[2]，
潮打空城寂寞回。
淮水东边旧时月[3]，
夜深还过女墙来[4]。

注释 1. 石头城：见前《西塞山怀古》“石头”注。2. 故国：故都，此指石头城。周遭在：指旧时城墙遗迹依然存在。3. 淮水：即秦淮河。4. 女墙：城墙上的墙垛。

乌衣巷[1]

朱雀桥边野草花[2]，
乌衣巷口夕阳斜。
旧时王谢堂前燕[3]，
飞入寻常百姓家。

注释 1. 乌衣巷：在今江苏南京秦淮河南岸，晋时是豪门世族聚居之所。2. 朱雀桥：秦淮河上桥名。3. 王谢：即王导、谢安两家族，是东晋时最有名的世族名门。

和乐天春词

新妆宜面下朱楼[1]，
深锁春光一院愁。
行到中庭数花朵，
蜻蜓飞上玉搔头[2]。

注释　1. 宜面：脂粉很匀称，与容颜相宜。2. 玉搔头：即玉簪。

望洞庭

湖光秋月两相和，
潭面无风镜未磨[1]。
遥望洞庭山水色，
白银盘里一青螺[2]。

注释　1. 镜未磨：古代镜子以铜打磨而成。此喻指湖面无风，水平如镜。2. 白银盘：喻洞庭湖。青螺：指洞庭湖中的君山。

杨柳枝

春江一曲柳千条[1]，
二十年前旧板桥。
曾与美人桥上别，
恨无消息到今朝。

注释　1. 一曲：一湾。

白居易

白居易（772—846），字乐天，晚号香山居士。原籍太原，后迁居下邽（今陕西渭南）。贞元进士，授秘书省校书郎。后贬江州司马，又任杭州刺史，官终刑部尚书。白居易是新乐府运动的主要倡导者，与元稹并称“元白”。诗歌语言浅易自然，有强烈的现实意义和批判精神。有《白氏长庆集》。

观刈麦[1]

田家少闲月，五月人倍忙。
夜来南风起，小麦覆陇黄。
妇姑荷箪食[2]，童稚携壶浆。
相随饷田去[3]，丁壮在南冈。
足蒸暑土气，背灼炎天光[4]。
力尽不知热，但惜夏日长。
复有贫妇人，抱子在其旁。
右手秉遗穗[5]，左臂悬敝筐。
听其相顾言，闻者为悲伤。
家田输税尽[6]，拾此充饥肠。
今我何功德，曾不事农桑。
吏禄三百石，岁晏有余粮[7]。
念此私自愧，尽日不能忘。

注释　1. 刈（yì）：割。2. 荷（hè）：挑，担。箪（dān）：盛食物用的圆形竹器。3. 饷（xiǎng）田：给在田里劳作的人送饭。4. 灼：烘，烤。5. 秉遗穗：捡拾收割后遗留在田里的麦穗。6. 输税：缴纳租税。7. 岁晏：岁末，年终。

轻　肥[1]

意气骄满路，鞍马光照尘。
借问何为者，人称是内臣[2]。
朱绂皆大夫，紫绶或将军[3]。
夸赴军中宴，走马去如云。
樽罍溢九酝，水陆罗八珍[4]。
果擘洞庭橘[5]，脍切天池鳞[6]。
食饱心自若，酒酣气益振。
是岁江南旱[7]，衢州人食人[8]。

注释　1. 轻肥：即轻裘肥马。《论语·雍也》："乘肥马，衣轻裘。"此指达官显贵及其豪奢生活。2. 内臣：指宦官。3. "朱绂"二句：朱、紫是标志身份和官阶的颜色。绂、绶是系印的丝带。4. "樽罍（zūn léi）"二句：樽、罍都是酒具。九酝：指最醇美的酒。八珍：泛指各种美食。5. 擘：剖开。6. 脍（kuài）：切细的鱼肉。7. 是岁：这一年。8. 衢（qú）州：今浙江衢州一带。

买　花

帝城春欲暮，喧喧车马度。
共道牡丹时，相随买花去。
贵贱无常价，酬直看花数[1]。
灼灼百朵红，戋戋五束素[2]。
上张幄幕庇，旁织巴篱护。
水洒复泥封，移来色如故。
家家习为俗，人人迷不悟。
有一田舍翁[3]，偶来买花处。
低头独长叹，此叹无人喻[4]。
一丛深色花，十户中人赋[5]。

注释　1. 酬直：即价钱。2. 戋戋（jiān jiān）：众多貌。素：精白的绢。3. 田舍翁：老农夫。4. 喻：理解，明白。5. 中人赋：即中等人家缴纳的赋税。

上阳白发人[1]

上阳人，红颜暗老白发新。绿衣监使守宫门[2]，一闭上阳多少春。玄宗末岁初选入，入时十六今六十。同时采择百余人，零落年深残此身[3]。忆昔吞悲别亲族，扶入车中不教哭。皆云入内便承恩，脸似芙蓉胸似玉。未容君王得见面，已被杨妃遥侧目[4]。妒令潜配上阳宫[5]，一生遂向空房宿。宿空房，秋夜长，夜长无寐天不明。耿耿残灯背壁影[6]，萧萧暗雨打窗声。春日迟，日迟独坐天难暮。宫莺百啭愁厌闻，梁燕双栖老休妒。莺归燕去长悄然，春往秋来不记年。唯向深宫望明月，东西四五百回圆。今日宫中年最老，大家遥赐尚书号[7]。小头鞋履窄衣裳，青黛点眉眉细长。外人不见见应笑，天宝末年时世妆[8]。上阳人，苦最多。少亦苦，老亦苦，少苦老苦两如何。君不见昔时吕向美人赋[9]，又不见今日上阳白发歌。

注释　1. 上阳：即上阳宫，在唐东都洛阳皇城西南，唐高宗上元年间所建。2. 绿衣监使：指管理宫闱事务的太监。3. 残：残余，剩下。4. 侧目：斜着眼睛看，此指嫉恨。5. 潜配：暗中打发安置。6. 耿耿：微明貌。7. 大家：皇帝，宫中口语。尚书：宫中女官名。8. 时世妆：流行的妆饰。9. "君不见"句：作者自注云："天宝末，有密采艳色者，当时号花鸟使。吕向献《美人赋》以讽之。"

杜陵叟[1]

杜陵叟，杜陵居，岁种薄田一顷余。三月无雨旱风起，麦苗不秀多黄死[2]。九月降霜秋早寒，禾穗未熟皆青干。长吏明知不申破[3]，急敛暴征求考课[4]。典桑卖地纳官租，明年衣食将何如？剥我身上帛，夺我口中粟。虐人害物即豺狼，何必钩爪锯牙食人肉？不知何人奏皇帝，帝心恻隐知人弊[5]。白麻纸上书德音[6]，京畿尽放今年税[7]。昨日里胥方到门[8]，手持敕牒榜乡村[9]。十家租税九家毕，虚受吾君蠲免恩[10]。

注释　1. 杜陵：在今陕西西安东南。2. 秀：麦苗抽穗扬花。3. 申破：此指据实上报。4. 考课：即考察官员的政绩。5. 知人弊：知道人民的痛苦。弊，劳瘁困乏。6. 白麻纸：唐中书省发布重要公文的纸。7. 京畿（jī）：都城附近的地区。放：免。8. 里胥：即里正，唐时乡间的小吏。9. 敕牒：指免租的公文。榜：张贴。10. 蠲（juān）：免除。

缭　绫[1]

缭绫缭绫何所似？不似罗绡与纨绮[2]。应似天台山上月明前[3]，四十五尺瀑布泉。中有文章又奇绝[4]，地铺白烟花簇雪[5]。织者何人衣者谁？越溪寒女汉宫姬[6]。去年中使宣口敕[7]，天上取样人间织[8]。

注释　1. 缭（liáo）绫：一种精美的丝织品，产自越州（今浙江绍兴一带）。2. 罗绡、纨绮：皆丝织品名。3. 天台山：在今浙江天台北。4. 文章：花纹图案。5. 地：底子。6. 越溪：越地的溪水，此处指织缭绫的女工所在地。汉宫姬：汉宫的妃嫔。这里是托汉喻唐。7. 中使：太监。宣口敕：宣布皇帝的口头命令。8. 天上：指皇宫。人间：民间。

织为云外秋雁行，染作江南春水色。广裁衫袖长制裙，金斗熨波刀剪纹[9]。异彩奇文相隐映，转侧看花花不定。昭阳舞人恩正深[10]，春衣一对直千金。汗沾粉污不再著，曳土踏泥无惜心[11]。缭绫织成费功绩，莫比寻常缯与帛[12]。丝细缫多女手疼[13]，扎扎千声不盈尺[14]。昭阳殿里歌舞人，若见织时应也惜。

9. “金斗”句：用金属熨斗熨出波纹，用剪刀裁剪出来。10. 昭阳舞人：原指赵飞燕，此处借指唐宫中得到皇帝宠幸的妃嫔。昭阳，汉宫殿名。11. 曳土：拖引泥上。12. 缯、帛：都是丝织品的总称。13. 缫（sāo）：抽茧出丝。14. 扎扎：机杼声。盈：满。

卖炭翁

卖炭翁，伐薪烧炭南山中[1]。满面尘灰烟火色，两鬓苍苍十指黑。卖炭得钱何所营，身上衣裳口中食。可怜身上衣正单，心忧炭贱愿天寒。夜来城外一尺雪，晓驾炭车辗冰辙。牛困人饥日已高，市南门外泥中歇。翩翩两骑来是谁[2]，黄衣使者白衫儿[3]。手把文书口称敕[4]，回车叱牛牵向北[5]。一车炭，千余斤，宫使驱将惜不得。半匹红纱一丈绫，系向牛头充炭直[6]。

注释　1. 南山：指终南山，在今陕西西安南。2. 骑（jì）：一人一马。3. 黄衣使者白衫儿：指出宫采办物资的宦官。4. 敕：皇帝的命令。5. 牵向北：唐皇城在长安城北。6. 直：同“值”。

夜 雪

已讶衾枕冷[1]，复见窗户明。
夜深知雪重，时闻折竹声。

注释 1. 衾：被子。

长恨歌

汉皇重色思倾国[1]，
御宇多年求不得。
杨家有女初长成，
养在深闺人未识。
天生丽质难自弃，
一朝选在君王侧。
回眸一笑百媚生，
六宫粉黛无颜色[2]。
春寒赐浴华清池[3]，
温泉水滑洗凝脂。
侍儿扶起娇无力，
始是新承恩泽时。
云鬓花颜金步摇[4]，
芙蓉帐暖度春宵。
春宵苦短日高起，
从此君王不早朝。
承欢侍宴无闲暇，
春从春游夜专夜。

注释 1. 汉皇：此指唐玄宗李隆基。倾国：美色，美人。2. 粉黛：此借指宫中的妃嫔。3. 华清池：在今陕西临潼东南骊山上。4. 步摇：一种垂缀珠玉的头钗。

后宫佳丽三千人，
三千宠爱在一身。
金屋妆成娇侍夜[5]，
玉楼宴罢醉和春。
姊妹弟兄皆列土[6]，
可怜光彩生门户[7]。
遂令天下父母心，
不重生男重生女。
骊宫高处入青云，
仙乐风飘处处闻。
缓歌慢舞凝丝竹，
尽日君王看不足。
渔阳鞞鼓动地来[8]，
惊破霓裳羽衣曲[9]。
九重城阙烟尘生，
千乘万骑西南行。
翠华摇摇行复止[10]，
西出都门百余里。
六军不发无奈何[11]，
宛转蛾眉马前死。
花钿委地无人收，
翠翘金雀玉搔头[12]。
君王掩面救不得，
回看血泪相和流。
黄埃散漫风萧索，
云栈萦纡登剑阁[13]。

5. 金屋：汉武帝少时曾说“若得阿娇为妇，当以金屋贮之”。此借指杨玉环之得宠。6. 列土：分封土地。7. 可怜：可爱。8.“渔阳”句：指安禄山起兵叛乱。渔阳：泛指安禄山叛军起兵的范阳地区。鞞鼓：军中所用小鼓。9. 霓裳羽衣曲：西域乐舞的一种，传说杨贵妃擅长此舞。10. 翠华：皇帝的车驾。11. 六军：指护卫皇帝的羽林军。12.“花钿”二句：各种精美名贵的首饰都委弃于地。花钿、翠翘、金雀、玉搔头都是女子所佩首饰。13. 云栈：高入云霄的栈道。剑阁：在今四川剑阁北。

峨嵋山下少人行，
旌旗无光日色薄。
蜀江水碧蜀山青，
圣主朝朝暮暮情。
行宫见月伤心色，
夜雨闻铃肠断声。
天旋日转回龙驭[14]，
到此踌躇不能去。
马嵬坡下泥土中，
不见玉颜空死处。
君臣相顾尽沾衣，
东望都门信马归。
归来池苑皆依旧，
太液芙蓉未央柳[15]。
芙蓉如面柳如眉，
对此如何不泪垂。
春风桃李花开夜，
秋雨梧桐叶落时。
西宫南苑多秋草[16]，
宫叶满阶红不扫。
梨园弟子白发新[17]，
椒房阿监青娥老[18]。
夕殿萤飞思悄然，
孤灯挑尽未成眠。
迟迟钟鼓初长夜，
耿耿星河欲曙天。

14.“天旋”句：谓时局转变，唐中央政府军收复了长安等地。15. 太液：池名，在长安城东北的大明宫内。未央：未央宫，故址在今西安西北。16. 西宫：指太极宫。南苑：指兴庆宫。17. 梨园弟子：宫内的演艺人员。唐玄宗曾挑选教坊艺人，亲自在梨园教习。18. 椒房：指后妃所居宫殿。阿监：宫中女官。

鸳鸯瓦冷霜华重[19]，
翡翠衾寒谁与共。
悠悠生死别经年，
魂魄不曾来入梦。
临邛道士鸿都客[20]，
能以精诚致魂魄。
为感君王辗转思，
遂教方士殷勤觅。
排空驭气奔如电，
升天入地求之遍。
上穷碧落下黄泉[21]，
两处茫茫皆不见。
忽闻海上有仙山，
山在虚无缥缈间。
楼阁玲珑五云起，
其中绰约多仙子。
中有一人字太真[22]，
雪肤花貌参差是[23]。
金阙西厢叩玉扃[24]，
转教小玉报双成[25]。
闻道汉家天子使，
九华帐里梦魂惊。
揽衣推枕起徘徊，
珠箔银屏逦迤开[26]。
云鬓半偏新睡觉[27]，
花冠不整下堂来。

19. 鸳鸯瓦：两片嵌合在一起的瓦。20. 临邛（qióng）：今四川邛崃。鸿都客：指客游长安的临邛道士。21. 碧落：道家对天界的称呼。22. 太真：杨玉环被度为道士时的道号。23. 参差：仿佛。24. 金阙：金碧辉煌的宫阙。玉扃（jiōng）：玉质的门。25. 小玉：吴王夫差的女儿。双成：西王母的侍女。此均借指侍婢。26. 珠箔（bó）：珠帘。逦迤：连绵不断貌。27. 睡觉（jué）：睡醒。

风吹仙袂飘飖举，
犹似霓裳羽衣舞。
玉容寂寞泪阑干[28]，
梨花一枝春带雨。
含情凝睇谢君王[29]，
一别音容两渺茫。
昭阳殿里恩爱绝[30]，
蓬莱宫中日月长[31]。
回头下望人寰处，
不见长安见尘雾。
唯将旧物表深情，
钿合金钗寄将去。
钗留一股合一扇，
钗擘黄金合分钿[32]。
但教心似金钿坚，
天上人间会相见。
临别殷勤重寄词，
词中有誓两心知。
七月七日长生殿[33]，
夜半无人私语时。
在天愿作比翼鸟，
在地愿为连理枝。
天长地久有时尽，
此恨绵绵无绝期。

28. 阑干：纵横貌。29. 凝睇（dì）：凝视。谢：致词。30. 昭阳殿：汉殿名，此借指杨贵妃生前所居宫殿。31. 蓬莱宫：传说中海上仙山蓬莱山上的宫殿，此借指杨贵妃所居仙宫。32. "钗留"二句：将金钗、钿合一半留给自己，一半寄给对方。擘：分开。33. 长生殿：唐殿名，在骊山华清宫内。

琵琶行

浔阳江头夜送客[1]，
枫叶荻花秋瑟瑟。
主人下马客在船，
举酒欲饮无管弦。
醉不成欢惨将别，
别时茫茫江浸月。
忽闻水上琵琶声，
主人忘归客不发。
寻声暗问弹者谁，
琵琶声停欲语迟。
移船相近邀相见，
添酒回灯重开宴。
千呼万唤始出来，
犹抱琵琶半遮面。
转轴拨弦三两声，
未成曲调先有情。
弦弦掩抑声声思[2]，
似诉平生不得志。
低眉信手续续弹，
说尽心中无限事。
轻拢慢捻抹复挑[3]，
初为霓裳后六幺[4]。
大弦嘈嘈如急雨，
小弦切切如私语。

注释　1. 浔阳江：长江流经浔阳的一段，在今江西九江北。2. 掩抑：低沉压抑。3. 拢、捻、抹、挑：均是弹奏琵琶的指法。4. 霓裳：即《霓裳羽衣曲》。六幺：当时京城流行的曲调名。

嘈嘈切切错杂弹，
大珠小珠落玉盘。
间关莺语花底滑，
幽咽泉流冰下难。
冰泉冷涩弦凝绝，
凝绝不通声暂歇。
别有幽愁暗恨生，
此时无声胜有声。
银瓶乍破水浆迸，
铁骑突出刀枪鸣。
曲终收拨当心画[5]，
四弦一声如裂帛。
东舟西舫悄无言，
唯见江心秋月白。
沉吟放拨插弦中，
整顿衣裳起敛容[6]。
自言本是京城女，
家在虾蟆陵下住[7]。
十三学得琵琶成，
名属教坊第一部[8]。
曲罢曾教善才伏[9]，
妆成每被秋娘妒[10]。
五陵年少争缠头[11]，
一曲红绡不知数。
钿头云篦击节碎[12]，
血色罗裙翻酒污。

5. 拨：弹奏琵琶所用的拨子。6. 敛容：矜持恭敬貌。7. 虾蟆陵：在长安城东南曲江附近，是当时有名的游乐区。8. 教坊：唐代管理宫廷俗乐的机构。第一部：即技艺最高。9. 善才：教坊中向人传授技艺者。10. 秋娘：泛指貌美的歌伎。11. 五陵年少：指富贵人家的子弟。缠头：歌舞伎演奏完毕，宾客以锦帛等为赠。12. 钿头云篦（bì）：镶嵌着花钿的发饰。击节碎：因为歌舞打拍子而被敲碎。

今年欢笑复明年，
秋月春风等闲度。
弟走从军阿姨死[13]，
暮去朝来颜色故。
门前冷落鞍马稀，
老大嫁作商人妇。
商人重利轻别离，
前月浮梁买茶去[14]。
去来江口守空船，
绕船月明江水寒。
夜深忽梦少年事，
梦啼妆泪红阑干[15]。
我闻琵琶已叹息，
又闻此语重唧唧[16]。
同是天涯沦落人，
相逢何必曾相识。
我从去年辞帝京，
谪居卧病浔阳城。
浔阳地僻无音乐，
终岁不闻丝竹声。
住近湓江地低湿，
黄芦苦竹绕宅生。
其间旦暮闻何物，
杜鹃啼血猿哀鸣。
春江花朝秋月夜，
往往取酒还独倾。

13. 弟：女伴。阿姨：教坊中管理生活的年长女性。14. 浮梁：今江西景德镇一带，是唐代重要的茶叶贸易地。15. 红阑干：泪水与脂粉一起流下。16. 唧唧：叹息声。

岂无山歌与村笛，
呕哑嘲哳难为听[17]。
今夜闻君琵琶语，
如听仙乐耳暂明。
莫辞更坐弹一曲，
为君翻作琵琶行[18]。
感我此言良久立，
却坐促弦弦转急。
凄凄不似向前声，
满座重闻皆掩泣。
座中泣下谁最多？
江州司马青衫湿[19]。

17. 呕哑嘲哳（zhā）：声音噪杂难听。18. 翻作：按照曲调配制歌词。19. 青衫：唐代八、九品官员的官服是青色，白居易当时为从九品，所以着青衫。

花非花[1]

花非花，雾非雾。夜半来，天明去。来如春梦几多时，去似朝云无觅处。

注释　1. 花非花：此诗取前三字为题，近乎无题诗。

赋得古原草送别

离离原上草[1]，一岁一枯荣。
野火烧不尽，春风吹又生。

注释　1. 离离：野草繁茂貌。

远芳侵古道[2]，晴翠接荒城[3]。
又送王孙去，萋萋满别情[4]。

2. 远芳：绵延无际的芳草。3. 晴翠：阳光照耀下碧绿的野草。4.“又送”二句：化用《楚辞·招隐士》中“王孙游兮不归，春草生兮萋萋”句意。王孙：本指贵族后代，此指远行的人。

自河南经乱，关内阻饥，兄弟离散，各在一处。因望月有感，聊书所怀，寄上浮梁大兄、於潜七兄、乌江十五兄，兼示符离及下邽弟妹[1]

时难年饥世业空[2]，
弟兄羁旅各西东。
田园寥落干戈后[3]，
骨肉流离道路中。
吊影分为千里雁[4]，
辞根散作九秋蓬[5]。
共看明月应垂泪，
一夜乡心五处同[6]。

注释　1. 河南经乱：贞元十五年（799）春，宣武（治所在今河南开封）节度使部下及彰义（治所在今河南汝南）节度使吴少诚相继举兵叛乱，河南一带陷入战乱。浮梁大兄：白居易长兄白幼文，曾任浮梁（今江西景德镇附近）主簿。於潜七兄：白居易堂兄，为於潜（今浙江临安附近）县尉。乌江十五兄：白居易堂兄，曾为乌江（今安徽和县）主簿。符离：今安徽宿州。下邽：在今陕西渭南。2. 时难（nàn）：即战争和饥荒。世业：祖传的家业。3. 干戈：指战争。4. 吊影：形影相吊，孤单。5. 九秋：秋季三个月。蓬：草名，秋季干枯后常随风飘转。6. 五处同：即分散在五处的兄妹同胞都有同样的思乡之心。

惜牡丹花二首（选一）

惆怅阶前红牡丹，
晚来唯有两枝残[1]。
明朝风起应吹尽，
夜惜衰红把火看。

注释　1. 残：剩余。

村　夜

霜草苍苍虫切切[1]，
村南村北行人绝。
独出前门望野田，
月明荞麦花如雪[2]。

注释　1. 切切：虫叫声。2. 荞麦：一年生草本植物，籽磨成面粉可食用。

放言五首[1]（选一）

赠君一法决狐疑[2]，
不用钻龟与祝蓍[3]。
试玉要烧三日满，
辨材须待七年期。
周公恐惧流言后[4]，
王莽谦恭未篡时[5]。
向使当初身便死，
一生真伪复谁知。

注释　1. 放言：畅所欲言，不受约束。2. 狐疑：犹豫不决。3. 钻龟与祝蓍（shī）：古代两种占卜方法。4. 周公：名旦，周成王幼时摄政，管叔等散布流言说其欲篡位，周公为之避居于东，后成王迎周公归，周王朝得以大治。5. 王莽：据《汉书 · 王莽传》，王莽篡位前“爵位愈尊，节操愈谦”。

大林寺桃花[1]

人间四月芳菲尽，
山寺桃花始盛开。

注释　1. 大林寺：在今江西庐山大林峰南，相传为晋代僧人昙诜（shēn）所建。

长恨春归无觅处，
不知转入此中来。

问刘十九[1]

绿蚁新醅酒[2]，红泥小火炉。
晚来天欲雪，能饮一杯无[3]？

注释 1. 刘十九：作者友人。2. 绿蚁：未过滤的酒上的浮渣，颜色微绿，细小如蚁，故称。醅（pēi）：未过滤的酒。3. 无：同“否”。

南浦别[1]

南浦凄凄别，西风袅袅秋[2]。
一看肠一断，好去莫回头。

注释 1. 南浦：南面的水滨。2. 袅袅：微风吹拂的样子。

后宫词

泪湿罗巾梦不成，
夜深前殿按歌声[1]。
红颜未老恩先断，
斜倚熏笼坐到明[2]。

注释 1. 按歌声：按着节拍而歌唱。2. 熏笼：香炉上罩的竹笼。

暮江吟

一道残阳铺水中，
半江瑟瑟半江红[1]。
可怜九月初三夜[2]，
露似真珠月似弓[3]。

注释　1. 瑟瑟：此指碧色。2. 可怜：可爱。3. 真珠：即珍珠。

寒闺怨

寒月沉沉洞房静[1]，
真珠帘外梧桐影。
秋霜欲下手先知，
灯底裁缝剪刀冷。

注释　1. 洞房：深邃的房屋。

钱塘湖春行[1]

孤山寺北贾亭西[2]，
水面初平云脚低[3]。
几处早莺争暖树，
谁家新燕啄春泥。
乱花渐欲迷人眼，
浅草才能没马蹄[4]。
最爱湖东行不足，
绿杨阴里白沙堤[5]。

注释　1. 钱塘湖：即今浙江杭州西湖。2. 孤山寺：位于西湖孤山上，南朝陈时建。贾亭：唐贞元中杭州刺史贾全所建。3. 云脚：指出现在雨前或雨后的临近地面的云气。4. 才：刚刚，正好。5. 白沙堤：即白堤，又称断桥堤。

杭州春望

望海楼明照曙霞，
护江堤白踏晴沙。
涛声夜入伍员庙[1]，
柳色春藏苏小家[2]。
红袖织绫夸柿蒂[3]，
青旗沽酒趁梨花[4]。
谁开湖寺西南路[5]，
草绿裙腰一道斜[6]。

注释　1. 伍员：伍子胥。春秋时楚国人，因父兄被楚王杀害，投奔吴国，帮助吴王称霸，后被吴王杀害。2. 苏小：指南齐时钱塘名妓苏小小。3. 红袖：指织绫女子。柿蒂：绫的花纹。4. 青旗：即酒幌。梨花：酒名。相传杭州人常趁梨花开时酿酒。5. 湖寺：指孤山寺。6. 草绿裙腰：孤山寺在湖洲中，草绿时，望如裙腰。

与梦得沽酒闲饮且约后期[1]

少时犹不忧生计，
老后谁能惜酒钱？
共把十千沽一斗[2]，
相看七十欠三年。
闲征雅令穷经史[3]，
醉听清吟胜管弦。
更待菊黄家酝熟[4]，
共君一醉一陶然[5]。

注释　1. 梦得：刘禹锡的字。沽酒：买酒。2. 十千：即十千钱，形容酒的名贵。斗：古代酒的量器。3. 雅令：典雅的酒令。穷：穷尽。4. 家酝：自家酿造的酒。5. 陶然：醉乐貌。

李 绅

李绅（772—846），字公垂，亳州（今安徽亳州）人。元和进士。武宗时官拜宰相，出为淮南节度使。与元稹、白居易等交往较多，是新乐府运动的重要参与者。

悯农二首

春种一粒粟[1]，秋收万颗子。
四海无闲田，农夫犹饿死。

锄禾日当午，汗滴禾下土。
谁知盘中餐，粒粒皆辛苦。

注释 1. 粟：即谷子。

柳宗元

柳宗元（773—819），字子厚，河东（今山西永济）人。贞元九年（793）进士。官拜监察御史。永贞革新失败后，贬永州司马、柳州刺史。柳宗元诗文皆工，与韩愈同为唐代古文运动的主要倡导者，并称“韩柳”，是“唐宋八大家”之一。其诗幽峭明净，韵味深厚，自成一家。有《柳河东集》。

与浩初上人同看山寄京华亲故[1]

海畔尖山似剑铓[2]，
秋来处处割愁肠。

注释 1. 上人：佛教中对有道德之人的称呼，后代称僧人。京华：指京都长安。2. 剑铓（máng）：剑锋。

若为化得身千亿[3]，
散上峰头望故乡。

3. 若为：怎能。

登柳州城楼寄漳汀封连四州刺史[1]

城上高楼接大荒[2]，
海天愁思正茫茫。
惊风乱飐芙蓉水[3]，
密雨斜侵薜荔墙[4]。
岭树重遮千里目，
江流曲似九回肠。
共来百越文身地[5]，
犹自音书滞一乡[6]。

注释　1. 四州刺史：指漳州（治所在今福建漳州）刺史韩泰，汀州（治所在今福建长汀）刺史韩晔，封州（治所在今广东封开县）刺史陈谏，连州（治所在今广东连州）刺史刘禹锡。2. 大荒：泛指偏僻荒远之地。3. 飐（zhǎn）：吹动。4. 薜荔（bì lì）：一种常绿蔓生植物，可附墙壁生长。5. 百越：泛指五岭以南的少数民族。6. 滞：阻隔。即同在百越之地，却各处一方，音讯隔绝。

别舍弟宗一[1]

零落残红倍黯然[2]，
双垂别泪越江边[3]。
一身去国六千里[4]，
万死投荒十二年[5]。
桂岭瘴来云似墨[6]，
洞庭春尽水如天[7]。
欲知此后相思梦，
长在荆门郢树烟[8]。

注释　1. 宗一：柳宗一，柳宗元从弟。2. 黯然：伤感貌。3. 越江：此指柳江。4. 去国：离开国都长安。5. 十二年：指作者写此诗时距永贞元年（805）被贬恰好十二年。6. 桂岭：此泛指柳州附近的山岭。瘴：瘴气，指南方山林中的湿热之气。7. 洞庭：洞庭湖，是柳宗一赴江陵的必经之地。8. 荆门：在今湖北宜都西北。郢（yǐng）：春秋时楚国都城，在今湖北江陵附近。

酬曹侍御过象县见寄[1]

破额山前碧玉流[2]，
骚人遥驻木兰舟[3]。
春风无限潇湘意，
欲采蘋花不自由[4]。

注释 1. 酬：酬和。侍御：官名，唐人对殿中侍御史及监察御史的简称。象县：在今广西象州。见寄：以诗相赠。2. 破额山：当在柳州州界，详未考。3. 骚人：诗人，此指曹侍御。木兰舟：船的美称。4. 蘋：即田字草，多年生水生植物。

南涧中题[1]

秋气集南涧，独游亭午时[2]。
回风一萧瑟[3]，林影久参差[4]。
始至若有得，稍深遂忘疲。
羁禽响幽谷[5]，寒藻舞沦漪[6]。
去国魂已游，怀人泪空垂。
孤生易为感，失路少所宜[7]。
索寞竟何事，徘徊只自知。
谁为后来者，当与此心期[8]。

注释 1. 南涧：在今湖南永州。2. 亭午：正午。3. 回风：即旋风。萧瑟：树木被风吹拂发出的声音。4. 参差：高下不齐貌。5. 羁禽：漂泊在外的鸟儿。6. 沦漪（yī）：涟漪。7. 失路：喻不得志，身在困境。8. 期：约定。引申为理解、契合。

溪　居[1]

久为簪组累[2]，幸此南夷谪[3]。
闲依农圃邻，偶似山林客。
晓耕翻露草，夜榜响溪石[4]。
来往不逢人，长歌楚天碧[5]。

注释 1. 溪：指愚溪，在今湖南永州。2. 簪（zān）组：古代官吏的冠饰。3. 南夷：南方少数民族，此指柳宗元所谪居的永州。谪：贬谪。4. 夜榜（bàng）：夜里航船。榜，划船工具。5. 楚天：永州在古楚国境内，故云。

江　雪

千山鸟飞绝[1]，万径人踪灭。
孤舟蓑笠翁[2]，独钓寒江雪。

注释　1. 绝：尽。2. 蓑（suō）笠翁：身穿蓑衣头戴笠帽的渔翁。

渔　翁

渔翁夜傍西岩宿[1]，
晓汲清湘燃楚竹[2]。
烟销日出不见人，
欸乃一声山水绿[3]。
回看天际下中流，
岩上无心云相逐。

注释　1. 西岩：疑即永州西山，在今湖南零陵西。2. 汲：打水。清湘：清澈的湘水。楚竹：永州属古楚国，故云。3. 欸（ǎi）乃：象声词，摇橹声。一说指渔歌。

卢　仝

卢仝（约775?-835），自号玉川子。范阳（今河北涿州）人。年轻时隐居少室山。性格狷介，朝廷曾两度起用他为谏议大夫，均不就。其诗作对当时腐败的朝政与民生疾苦均有所反映，风格奇特，近似散文。有《玉川子诗集》。

走笔谢孟谏议寄新茶[1]

日高丈五睡正浓[2]，军将打门惊周公[3]。口云谏议送书信，白绢斜封三道印。开缄宛见谏议面[4]，手阅月团三百片[5]。闻道新年入山里，蛰虫惊动春风起[6]。天子须尝阳羡茶[7]，百草不敢先开花。仁风暗结珠琲瓃[8]，先春抽出黄金芽[9]。摘鲜焙芳旋封裹[10]，至精至好且不奢[11]。至尊之余合王公，何事便到山人家[12]。柴门反关无俗客，纱帽笼头自煎吃。碧云引风吹不断[13]，白花浮光凝碗面[14]。一碗喉吻润[15]，两碗破孤闷。三碗搜枯肠[16]，唯有文字五千卷。四碗发轻汗，平生不平事，尽向毛孔散。五碗肌骨清，六碗通仙灵。七碗吃不得也，唯觉两腋习习清风生。蓬莱山[17]，在何处？玉川子，乘此清风欲归去。山上群仙司下土[18]，地位清高隔风雨。

注释　1. 走笔：疾书。孟谏议：即孟简，官至谏议大夫。2. 日高丈五：指天已大亮。3. 军将：低级武官。惊周公：惊起睡梦。4. 缄：书信。5. 手阅：亲手收检。月团：即茶饼。6. 蛰虫：藏在泥土中过冬的虫。7. 阳羡茶：产于江苏宜兴。8. 仁风：温和的风，即春风。琲瓃：即蓓蕾，这里指茶芽。9. 黄金芽：最早发出的一些茶芽，颜色微黄。10. 焙芳：烘焙茶叶。封裹：把焙干的茶叶包裹起来。11. 不奢：指茶叶数量不多。12. 山人：卢仝自称。13. 碧云：形容汤色碧绿。14. 白花：指茶汤的沫饽。15. 喉吻润：喉中感到滋润。16. 枯肠：比喻才思枯窘。17. 蓬莱山：古代传说中的三神山之一。18. 司：掌管。下土：大地，指人间。

安得知百万亿苍生命，堕在巅崖受辛苦！便为谏议问苍生，到头还得苏息否[19]？

19. 苏息：困乏后得到休息。

李　涉

李涉，生卒年不详，自号清溪子，洛阳（今河南洛阳）人。宪宗时任太子通事舍人，不久被贬。文宗大和中，任国子博士。擅长七言，通俗晓畅。有《李涉诗》。

润州听暮角[1]

江城吹角水茫茫，
曲引边声怨思长。
惊起暮天沙上雁，
海门斜去两三行[2]。

注释　1. 润州：今江苏镇江。角：军中乐器。2. 海门：镇江焦山东北有两岛对峙，谓之海门。

施肩吾

施肩吾（780—861），字东斋，自号栖真子。睦州分水（今浙江建德）人。长庆中，隐于洪州西山（今江西新建）学仙修道，诗奇丽。

幼女词

幼女才六岁，未知巧与拙。
向夜在堂前，学人拜新月[1]。

注释　1. 拜新月：古代妇女有七夕拜月乞巧的习俗。

元 稹

元稹（779—831），字微之，洛阳（今河南洛阳）人，世居京兆（今陕西西安）。官中书舍人、翰林承旨学士、同中书门下平章事等职。卒于武昌节度使任。与白居易同是新乐府运动的倡导者，并称“元白”。元诗众体兼备，尤以乐府最为警策，其悼亡诗流传甚广。有《元氏长庆集》。

遣悲怀三首

谢公最小偏怜女[1]，
嫁与黔娄百事乖[2]。
顾我无衣搜荩箧[3]，
泥他沽酒拔金钗[4]。
野蔬充膳甘长藿[5]，
落叶添薪仰古槐[6]。
今日俸钱过十万，
与君营奠复营斋[7]。

注释　1. 谢公：指东晋宰相谢安。谢安最喜欢她的侄女谢道韫。此比元稹之妻韦丛受到父亲韦夏卿的特别钟爱。最小：韦丛是韦夏卿的小女儿。偏怜：偏爱。2. 黔娄：春秋时齐国的贫士，此为元稹自指。乖：不顺利。3. 荩箧（jìn qiè）：竹草编的衣箱。4. 泥（nì）：即软语相求。5. 甘：吃得很香甜。藿：豆叶。6. 落叶添薪：意谓备炊烧火依赖于古槐的落叶。7. 奠：祭品。斋：此指延请僧道超度灵魂。

昔日戏言身后意[1]，
今朝皆到眼前来。
衣裳已施行看尽[2]，
针线犹存未忍开。
尚想旧情怜婢仆[3]，
也曾因梦送钱财。
诚知此恨人人有，
贫贱夫妻百事哀。

注释　1. 身后：死后。2. 行看尽：眼看快完了。3. 婢仆：此指侍奉过韦氏的仆人。

闲坐悲君亦自悲，
百年都是几多时。
邓攸无子寻知命[1]，
潘岳悼亡犹费词[2]。
同穴窅冥何所望[3]，
他生缘会更难期。
唯将终夜长开眼，
报答平生未展眉[4]。

注释　1. 邓攸：西晋人，战乱中舍子保侄，后终生无子。元稹和韦氏婚后亦无子。2. 潘岳：西晋人，中年丧妻，有《悼亡诗》三首。3. 窅（yǎo）冥：幽深貌。4. 未展眉：指韦氏生前一直过着清贫的生活。

行　宫[1]

寥落古行宫，宫花寂寞红。
白头宫女在，闲坐说玄宗。

注释　1. 行宫：皇帝外出巡行时暂住的宫殿。

菊　花

秋丛绕舍似陶家[1]，
遍绕篱边日渐斜。
不是花中偏爱菊，
此花开尽更无花。

注释　1. 秋丛：一丛一丛的秋菊。似陶家：像陶渊明的家。陶一生爱菊。

闻乐天授江州司马[1]

残灯无焰影幢幢[2]，
此夕闻君谪九江。
垂死病中惊坐起，
暗风吹雨入寒窗。

注释　1. 乐天：白居易的字。江州：今江西九江。2. 幢幢(chuáng)：灯影昏暗摇曳之状。

重赠乐天

休遣玲珑唱我诗[1]，
我诗多是别君词。
明朝又向江头别，
月落潮平是去时。

注释　1. 玲珑：乐人名。

连昌宫词[1]

连昌宫中满宫竹，
岁久无人森似束[2]。
又有墙头千叶桃，
风动落花红蔌蔌。
宫边老翁为余泣，
小年进食曾因入[3]。
上皇正在望仙楼[4]，

注释　1. 连昌宫：在河南郡寿安县(今河南宜阳)西，唐高宗时建。2. 森似束：竹丛高且密貌。3. 小年：少年。4. 上皇：指唐玄宗李隆基。望仙楼：在骊山华清宫。

太真同凭阑干立[5]。
楼上楼前尽珠翠，
炫转荧煌照天地。
归来如梦复如痴，
何暇备言宫里事。
初过寒食一百六[6]，
店舍无烟宫树绿。
夜半月高弦索鸣，
贺老琵琶定场屋[7]。
力士传呼觅念奴[8]，
念奴潜伴诸郎宿[9]。
须臾觅得又连催，
特敕街中许燃烛。
春娇满眼睡红绡，
掠削云鬟旋装束。
飞上九天歌一声[10]，
二十五郎吹管逐[11]。
逡巡大遍凉州彻[12]，
色色龟兹轰录续[13]。
李谟压笛傍宫墙[14]，
偷得新翻数般曲。
平明大驾发行宫，
万人歌舞途路中。
百官队仗避岐薛[15]，
杨氏诸姨车斗风[16]。
明年十月东都破[17]，

5. 太真：杨贵妃做女道士时的名字。6. 寒食：冬至后的一百零五天为寒食节，唐俗在此前后三天禁火。7. 贺老：贺怀智，玄宗时以善弹琵琶而著名的艺人。定场屋：即压场。8. 力士：高力士，玄宗宠信的宦官。念奴：天宝中名娼，善歌。9. 诸郎：年轻贵族。10. 九天：此指宫禁。11. 二十五郎：指邠王李承宁，排行二十五，善吹笛。12. 逡巡：节奏舒缓。大遍：指成套的乐曲。凉州：唐流行乐曲名。彻：完。13. 色色：各种各样。龟兹（qiū cí）：西域古国名，在今新疆库车一带。轰录续：此指热闹地连续演奏。14. 李谟：善吹笛，相传曾在宫外桥上听到玄宗新曲，即记谱奏出。压笛：即按笛。15. 岐薛：指玄宗弟岐王李范、薛王李业。二人皆卒于开元间，此作者误用。16. 杨氏诸姨：指杨贵妃的三个姐姐。斗风：形容车行轻快。17.“明年”句：指安禄山攻陷洛阳事。

御路犹存禄山过。
驱令供顿不敢藏[18]，
万姓无声泪潜堕。
两京定后六七年[19]，
却寻家舍行宫前。
庄园烧尽有枯井，
行宫门闭树宛然。
尔后相传六皇帝[20]，
不到离宫门久闭。
往来年少说长安，
玄武楼成花萼废[21]。
去年敕使因斫竹[22]，
偶值门开暂相逐[23]。
荆榛栉比塞池塘[24]，
狐兔骄痴缘树木[25]。
舞榭攲倾基尚在[26]，
文窗窈窕纱犹绿[27]。
尘埋粉壁旧花钿[28]，
乌啄风筝碎珠玉[29]。
上皇偏爱临砌花，
依然御榻临阶斜。
蛇出燕巢盘斗栱[30]，
菌生香案正当衙[31]。
寝殿相连端正楼[32]，
太真梳洗楼上头。
晨光未出帘影黑，

18. 供顿：供应食宿。19. 两京：西京长安和东都洛阳。20. 六皇帝：指玄宗之后的肃宗、代宗、德宗、顺宗和宪宗，实为五个皇帝。21. 玄武楼：在大明宫北面，德宗时建。花萼：花萼楼，在兴庆宫西南隅，玄宗时所建。22. 斫：砍。23. 相逐：跟着进去。24. 栉比：像梳齿那样密集排列着。25. 缘：爬上。26. 攲（qī）倾：歪倒倾斜。27. 窈窕：幽深貌。28. 花钿：妇女的发饰。29. 风筝：悬在屋檐下的铃铎。碎珠玉：此形容发出的声音。30. 斗、栱：均为我国木结构建筑中的支承构件。31. 衙：正门。32. 端正楼：楼名，在骊山华清宫。

至今反挂珊瑚钩。
指似旁人因恸哭[33]，
却出宫门泪相续。
自从此后还闭门，
夜夜狐狸上门屋。
我闻此语心骨悲，
太平谁致乱者谁？
翁言野父何分别，
耳闻眼见为君说。
姚崇宋璟作相公[34]，
劝谏上皇言语切。
燮理阴阳禾黍丰[35]，
调和中外无兵戎。
长官清平太守好，
拣选皆言由相公。
开元之末姚宋死，
朝廷渐渐由妃子。
禄山宫里养作儿[36]，
虢国门前闹如市[37]。
弄权宰相不记名，
依稀忆得杨与李[38]。
庙谟颠倒四海摇[39]，
五十年来作疮痏[40]。
今皇神圣丞相明[41]，
诏书才下吴蜀平[42]。
官军又取淮西贼[43]，

33. 指似：同“指示”。34. 姚崇、宋璟：姚崇和宋璟均是开元时比较贤明的宰相。相公，对宰相的尊称。35. 燮（xiè）理阴阳：即辅佐皇帝治理好国家。燮理，调和。36.“禄山”句：指杨贵妃收安禄山为养子事。37. 虢国：即虢国夫人，杨贵妃的姐姐。38. 杨与李：指杨国忠和李林甫。39. 庙谟：国家的重要决策。40. 疮痏（wěi）：此指安史乱后国家的残破局面。41.“今皇”句：指唐宪宗及丞相裴度等奋力平乱，治理国家。42. 吴蜀平：指平定江南东道节度使李锜和西川节度使刘辟乱事。43. 淮西贼：指叛乱的淮西节度使吴元济。

此贼亦除天下宁。
年年耕种宫前道，
今年不遣子孙耕。
老翁此意深望幸[44]，
努力庙谟休用兵。

44. 深望幸：希望皇帝临幸东都。

离思五首（选一）

曾经沧海难为水，
除却巫山不是云[1]。
取次花丛懒回顾[2]，
半缘修道半缘君[3]。

注释　1. 除却：除去。巫山：在今四川境内。此用宋玉《高唐赋》中巫山云雨的典故。2. 取次：经过，接近。花丛：喻美人。3. 缘：因为。君：指所爱之人。

杨敬之

杨敬之，字茂孝，虢州弘农（今河南灵宝）人。元和进士。文宗时累迁屯田、户部二郎中，贬连州刺史，后官至国子祭酒。《全唐诗》存其诗二首。

赠项斯[1]

几度见诗诗总好，
及观标格过于诗[2]。

注释　1. 项斯：字子迁，晚唐诗人。2. 标格：人格，风采。

平生不解藏人善，
到处逢人说项斯。

贾岛

贾岛（779—843），字浪仙（一作阆仙），范阳（今河北涿州）人。早年出家为僧，后还俗。屡应进士举不第。曾任长江主簿。其诗多写冷僻枯寂之境，为寒苦之词，注重炼字，与孟郊有“郊寒岛瘦”之称。有《长江集》。

剑客

十年磨一剑，霜刃未曾试。
今日把似君[1]，谁为不平事？

注释 1. 把似：持与，拿给。

题李凝幽居

闲居少邻并[1]，草径入荒园。
鸟宿池边树，僧敲月下门。
过桥分野色，移石动云根[2]。
暂去还来此，幽期不负言[3]。

注释 1. 邻并：一起居住的邻居。2. 云根：古人认为云生于山石间。3. 幽期：一起隐居的约定。

忆江上吴处士[1]

闽国扬帆去[2]，蟾蜍亏复团[3]。
秋风生渭水，落叶满长安。
此地聚会夕，当时雷雨寒。
兰桡殊未返[4]，消息海云端。

注释　1. 处士：隐居的人。2. 闽国：闽地，今福建及浙江南部一带。3. 蟾蜍：传说月中有蟾蜍，此借指月亮。4. 兰桡（ráo）：木兰做的桨，此代指船。

暮过山村

数里闻寒水，山家少四邻。
怪禽啼旷野，落日恐行人。
初月未终夕，边烽不过秦[1]。
萧条桑柘外，烟火渐相亲。

注释　1. 边烽：边境的烽火。

寻隐者不遇

松下问童子，言师采药去。
只在此山中，云深不知处。

李德裕

李德裕（787—850），字文饶，赵郡（今河北赵县）人。武宗时拜太尉，封卫国公，颇有政绩。后因牛李党争，贬潮州司马，再贬崖州司户参军，卒于任所。有《会昌一品集》。

登崖州城作[1]

独上高楼望帝京，
鸟飞犹是半年程。
青山似欲留人住，
百匝千遭绕郡城[2]。

注释　1. 崖州：今海南琼山南。2. 百匝千遭：即峰峦叠嶂，重重叠叠。

许　浑

许浑（788—860），字用晦，润州丹阳（今江苏丹阳）人。所居近丁卯桥，人称“许丁卯”。大和进士，任监察御史，后出为睦、郢二州刺史。存诗皆近体，又以律诗为最多，用词圆妥，对仗工整。有《丁卯集》。

秋日赴阙题潼关驿楼[1]

红叶晚萧萧，长亭酒一瓢[2]。
残云归太华[3]，疏雨过中条[4]。
树色随关迥[5]，河声入海遥。
帝乡明日到[6]，犹自梦渔樵。

注释　1. 阙：长安。潼关：在今陕西潼关境内。2. 长亭：古时道路每十里设长亭，供行旅停息。3. 太华：华山。4. 中条：中条山，在今山西永济东南。5. 迥：远。6. 帝乡：指长安。

金陵怀古[1]

玉树歌残王气终[2]，
景阳兵合戍楼空[3]。
松楸远近千官冢[4]，
禾黍高低六代宫[5]。
石燕拂云晴亦雨[6]，
江豚吹浪夜还风。
英雄一去豪华尽，
唯有青山似洛中[7]。

注释　1. 金陵：即今江苏南京。2. 玉树：即《玉树后庭花》，被认为是亡国之音。3. 景阳：指陈后主所建景阳宫。4. 松楸（qiū）：指坟墓上栽的树。5. 禾黍：周大夫行经周宗庙宫室故地，见满目禾黍，感伤王朝颠覆而作《黍离》。此指对六朝兴衰更替的感慨。6. 石燕：传说零陵有石燕，遇风雨则飞翔，风雨止则还为石。7. 洛中：洛阳。洛阳与金陵都有群山环绕。

咸阳城西楼晚眺[1]

一上高城万里愁，
蒹葭杨柳似汀洲[2]。
溪云初起日沉阁[3]，
山雨欲来风满楼。
鸟下绿芜秦苑夕[4]，
蝉鸣黄叶汉宫秋。
行人莫问当年事，
故国东来渭水流。

注释　1. 咸阳：秦都城，唐时隔渭河与长安城相望。故址在今陕西咸阳东。2. 蒹葭（jiān jiā）：芦苇一类的水草。汀洲：水边的小洲。3.“溪云”句：作者自注：“（咸阳城）南近磻溪，西对慈福寺阁。”4. 芜：杂草丛生。

谢亭送别[1]

劳歌一曲解行舟[2]，
红叶青山水急流。
日暮酒醉人已远，
满天风雨下西楼[3]。

注释　1. 谢亭：故址在今安徽宣城，是著名的送别之地。2. 劳歌：送别时唱的歌。3. 西楼：指谢亭。

客有卜居不遂薄游汧陇因题[1]

海燕西飞白日斜，
天门遥望五侯家[2]。
楼台深锁无人到，
落尽东风第一花。

注释　1. 薄：聊且。汧陇：汧水和陇州，指今陕西西部、甘肃东部一带。2. 天门：喻京城。五侯：东汉桓帝同日封宦官五人为侯，时称五侯。

李　贺

李贺（790—816），字长吉，福昌昌谷（今河南宜阳）人。因避父讳，未得应进士科考。曾为奉礼郎，郁郁不得志，年仅二十七而卒。其诗善于熔铸词采，驰骋想象，意境新奇诡谲，极富浪漫色彩。有《李长吉歌诗》。

李凭箜篌引[1]

吴丝蜀桐张高秋[2]，

注释　1. 李凭：唐著名箜篌演奏艺人。箜篌引：乐府相和歌旧题。2. 吴丝：吴地出产的蚕丝。蜀桐：蜀地的梧桐。二者都是制造乐器的优质材料。张：弹奏。

空山凝云颓不流[3]。
江娥啼竹素女愁[4]，
李凭中国弹箜篌[5]。
昆山玉碎凤凰叫[6]，
芙蓉泣露香兰笑。
十二门前融冷光[7]，
二十三弦动紫皇[8]。
女娲炼石补天处[9]，
石破天惊逗秋雨[10]。
梦入神山教神妪[11]，
老鱼跳波瘦蛟舞。
吴质不眠倚桂树[12]，
露脚斜飞湿寒兔[13]。

3. 颓不流：停住不动。4. 江娥啼竹：传说帝舜死后，二妃痛哭不已，泪洒青竹成斑竹。素女：传说中的霜神，会弹瑟，其音甚悲。5. 中国：即国中，此指唐都长安。6. 昆山：昆仑山，出产美玉。7. 十二门：指唐长安城。古长安城共十二门。8. 二十三弦：此以弦数指箜篌。紫皇：道教中称天上至尊之神。此代指皇帝。9. "女娲"句：传说女娲曾炼五色石修补苍天。10. 逗：引。11. 神妪：据《搜神记》载，有神妪能弹箜篌，闻人弦歌辄起舞。妪，老年妇女的通称。12. 吴质：即吴刚，神话传说中在月中砍桂树的人。13. 寒兔：传说月中捣药的玉兔，此指月亮。

雁门太守行[1]

黑云压城城欲摧，
甲光向日金鳞开[2]。
角声满天秋色里[3]，
塞上燕脂凝夜紫[4]。
半卷红旗临易水[5]，
霜重鼓寒声不起。
报君黄金台上意[6]，
提携玉龙为君死[7]。

注释　1. 雁门：在今山西西北部。2. 甲光：铠甲在阳光照射下，像鱼鳞一样闪着光芒。3. 角：古代军中的号角。4. 凝夜紫：据说边塞土呈紫色。5. 易水：在今河北易县。6. 黄金台：战国时燕昭王为招揽贤士所筑的高台。7. 提携：拿着。玉龙：指宝剑。

苏小小墓[1]

幽兰露，如啼眼。无物结同心，烟花不堪剪。草如茵，松如盖。风为裳，水为佩。油壁车[2]，夕相待。冷翠烛[3]，劳光彩。西陵下[4]，风吹雨。

注释 1. 苏小小：南朝时钱塘名妓。2. 油壁车：用青色油布蒙着车厢的车子。3. 翠烛：即俗称的鬼火。4. 西陵：在钱塘江之西，今杭州孤山西泠桥一带。

梦 天

老兔寒蟾泣天色[1]，
云楼半开壁斜白。
玉轮轧露湿团光[2]，
鸾佩相逢桂香陌[3]。
黄尘清水三山下[4]，
更变千年如走马。
遥望齐州九点烟[5]，
一泓海水杯中泻。

注释 1.“老兔”句：意谓秋月凄清。传说月中有兔和蟾蜍，此均指月亮。2. 玉轮：即月亮。轧：碾。3. 鸾佩：雕着鸾凤的玉佩，此借以指仙女。陌：道路。4. 黄尘：指陆地。清水：指海洋。三山：神话传说海上有蓬莱、方丈、瀛洲三仙山。5. 齐州：即中州，此泛指九州，即中国。

天上谣

天河夜转漂回星[1]，
银浦流云学水声[2]。

注释 1. 回：转动。2. 银浦：即天河。

玉宫桂树花未落[3]，
仙妾采香垂佩缨[4]。
秦妃卷帘北窗晓[5]，
窗前植桐青凤小。
王子吹笙鹅管长[6]，
呼龙耕烟种瑶草[7]。
粉霞红绶藕丝裙[8]，
青洲步拾兰苕春[9]。
东指羲和能走马[10]，
海尘新生石山下[11]。

3. 玉宫：月宫。桂树：传说月宫中有桂树。4. 仙妾：仙女。5. 秦妃：指秦穆公女儿弄玉，善吹箫，相传后驾凤飞去。6. 王子：王子乔，好吹笙。鹅管：笙上的玉管。7. 烟：烟云。瑶草：仙草。8. 粉霞：粉红的丝衣。绶：带子。9. 青洲：此指神仙所居之地。兰苕：泛指各种香草。10. 羲和：传说中驾日车的神。11. 海尘：大海和陆地。

浩 歌[1]

南风吹山作平地，
帝遣天吴移海水[2]。
王母桃花千遍红[3]，
彭祖巫咸几回死[4]？
青毛骢马参差钱[5]，
娇春杨柳含细烟。
筝人劝我金屈卮[6]，
神血未凝身问谁[7]？
不须浪饮丁都护[8]，
世上英雄本无主。
买丝绣作平原君[9]，
有酒惟浇赵州土。

注释 1. 浩歌：放歌，高歌。2. 天吴：传说中的水神。3. 王母：神话中的西王母，传说她的仙桃三千年开一次花。4. 彭祖：传说中的长寿者。巫咸：传说中的神巫。5. 骢马：毛色青白相间的马。参差钱：马毛色青白相杂，像许多铜钱参差交错在一起。6. 金屈卮（zhī）：一种有曲柄的金属酒杯。7. 神血未凝：形神分离貌。8. 浪饮：纵酒。丁都护：刘宋高祖时的勇士丁旿，官都护。一说当时人。9. 平原君：战国时赵国公子，以好客和礼贤下士著称。

漏催水咽玉蟾蜍[10]，
卫娘发薄不胜梳[11]。
看见秋眉换新绿[12]，
二十男儿那刺促[13]。

10. 漏：古代的计时装置。催：催促。玉蟾蜍：刻漏装置中以蟾蜍张口来作为承接滴水的受水口。11. 卫娘：汉武帝的皇后卫子夫，以发美得宠。不胜梳：意即年老发衰。12. 秋眉：衰眉。新绿：形容年轻人的眉毛。13. 那刺促：即青年人应奋发进取，不能受役于人。

秋　来

桐风惊心壮士苦，
衰灯络纬啼寒素[1]。
谁看青简一编书[2]，
不遣花虫粉空蠹？
思牵今夜肠应直，
雨冷香魂吊书客[3]。
秋坟鬼唱鲍家诗[4]，
恨血千年土中碧[5]。

注释　1. 络纬：蟋蟀。2. 青简：青竹简。简，古代用来写字的竹片。3. 香魂吊书客：此泛指前代诗人的魂魄来慰问自己。书客：诗人自指。4. 鲍家诗：指南朝宋鲍照的诗。5. “恨血”句：典出《庄子》：“苌弘死于蜀，藏其血，三年化为碧。”

秦王饮酒[1]

秦王骑虎游八极，
剑光照空天自碧。
羲和敲日玻璃声[2]，
劫灰飞尽古今平[3]。
龙头泻酒邀酒星[4]，
金槽琵琶夜枨枨[5]。

注释　1. 秦王：本指秦始皇，但篇中并未涉及秦代故事。故一说借指唐德宗李适。2. 羲和：传说中为太阳驾车的神。3. 劫：佛教中的历时性概念，指宇宙间毁灭和再生的漫长周期。4. 龙头：铜铸的龙形酒器。酒星：一名酒旗星，传说主管宴饮。5. 枨枨（chéng）：形容琵琶声。

洞庭雨脚来吹笙[6]，
酒酣喝月使倒行。
银云栉栉瑶殿明[7]，
宫门掌事报一更[8]。
花楼玉凤声娇狞[9]，
海绡红文香浅清[10]，
黄鹅跌舞千年觥[11]。
仙人烛树蜡烟轻，
清琴醉眼泪泓泓[12]。

6. 雨脚：密集的雨点。7. 栉栉：云朵层层排列的样子。瑶殿：宫殿的美称。8. 宫门掌事：看守宫门的官员。9. 花楼玉凤：指歌女。娇狞：形容歌声娇柔而有穿透力。10. 海绡：鲛绡纱，相传是南海鲛人所织。红文：红色花纹。11. 黄鹅跌舞：疑为舞名，或舞者形姿。千年觥：举杯祝寿千岁。12. 清琴：即青琴，传说中的神女。这里指宫女。

南园十三首[1]（选二）

男儿何不带吴钩[2]，
收取关山五十州[3]。
请君暂上凌烟阁[4]，
若个书生万户侯[5]？

注释　1. 南园：李贺在家乡的读书之处。2. 吴钩：吴地出产的弯刀，此泛指宝刀。3. 五十州：指当时因藩镇割据不受朝廷控制的州郡。4. 凌烟阁：唐悬挂功臣画像的地方。5. 若个：哪个。

寻章摘句老雕虫[1]，
晓月当帘挂玉弓。
不见年年辽海上[2]，
文章何处哭秋风[3]？

注释　1.“寻章”句：生命在一天天的苦读和赋作中流逝。雕虫，即赋诗作文，语出扬雄《法言》。2. 辽海：辽东地区，唐时此地战争频繁。3. 哭秋风：即悲秋，战国宋玉的《九辩》是悲秋的名篇，此借以指文才出众。

金铜仙人辞汉歌[1]

茂陵刘郎秋风客[2]，
夜闻马嘶晓无迹。
画栏桂树悬秋香，
三十六宫土花碧[3]。
魏官牵车指千里，
东关酸风射眸子[4]。
空将汉月出宫门[5]，
忆君清泪如铅水。
衰兰送客咸阳道[6]，
天若有情天亦老。
携盘独出月荒凉，
渭城已远波声小[7]。

注释　1. 金铜仙人：汉武帝曾在长安建章宫前铸铜仙人，手托承露盘，以求仙露。2. 茂陵刘郎：指汉武帝刘彻。茂陵，是汉武帝陵墓所在地。3. 三十六宫：泛指汉长安宫殿。土花：苔藓。4. 酸风：凄楚的冷风。5. 将：共。6. 客：即铜人。咸阳：秦都城，位于渭水北岸。7. 渭城：在今咸阳城东，此借指长安。波声：指渭水波声。

马诗二十三首（选一）

大漠沙如雪，燕山月似钩。
何当金络脑[1]，快走踏清秋。

注释　1. 络脑：即马络头。

老夫采玉歌

采玉采玉须水碧[1]，
琢作步摇徒好色[2]。
老夫饥寒龙为愁，
蓝溪水气无清白[3]。
夜雨冈头食蓁子[4]，
杜鹃口血老夫泪[5]。
蓝溪之水厌生人，
身死千年恨溪水。
斜山柏风雨如啸，
泉脚挂绳青袅袅。
村寒白屋念娇婴[6]，
古台石磴悬肠草[7]。

注释　1. 水碧：碧玉名。2. 步摇：妇女的首饰。3. 蓝溪：在今陕西蓝田，以产玉著称。4. 蓁子：即榛子，可食。5. 杜鹃口血：传说杜鹃为蜀望帝杜宇所化，啼血哀鸣。6. 白屋：穷人住的简陋的房屋。7. 石磴：石台阶。悬肠草：又名思子蔓、离别草等，这里用作生死离别的象征和见证。

致酒行

零落栖迟一杯酒[1]，主人奉觞客长寿[2]。主父西游困不归[3]，家人折断门前柳。吾闻马周昔作新丰客，天荒地老无人识。空将笺上两行书，直犯龙颜请恩泽[4]。我有迷魂招不得[5]，雄鸡一声天下白。少年心事当拿云[6]，谁念幽寒坐呜呃[7]。

注释　1. 零落栖迟：潦倒游息。2. 奉觞：举杯敬酒。客长寿：敬酒时的祝词。3. 主父：主父偃，汉武帝时人。北游燕赵，西至长安，久不得用。后为武帝所信任，官至齐相。4. “吾闻”四句：马周为唐太宗时人，少孤，家贫。曾客新丰（在临潼附近），受到旅店主人冷淡的待遇。后客中郎将常何家，代其上书，为太宗激赏，拜官封爵。5. 迷魂招不得：指失意远游。6. 拿云：喻高昂的志趣。7. 幽寒：比喻处境困厄。坐：徒然，空。呜呃（è）：悲哀气短貌。

杨生青花紫石砚歌

端州石工巧如神[1]，
踏天磨刀割紫云[2]。
傭刓抱水含满唇[3]，
暗洒苌弘冷血痕[4]。
纱帷昼暖墨花春，
轻沤漂沫松麝薰[5]。
干腻薄重立脚匀[6]，
数寸光秋无日昏。
圆毫促点声静新[7]，
孔砚宽顽何足云[8]！

注释　1. 端州：今广东肇庆，以产砚著称。2. 割紫云：相传最高处的端石呈紫色。3. 傭：把石块磨治整齐。刓（wán）：在石面上雕刻成型。唇：砚唇，盛水处。4. 苌弘：周灵王时大夫，传说其死后血化为碧。5. 轻沤漂沫：谓蘸少许水磨墨。沤、沫，水中的细泡。6. 干：不渗水。腻：细润。薄：砚体平扁。重：坚实。立脚匀：指磨墨时砚台不侧不倾。7. 圆毫：笔。促点：稍沾即起。8. 孔砚：孔子所用的砚。宽顽：古朴粗大。

苦昼短

飞光飞光[1]，劝尔一杯酒。吾不识青天高，黄地厚。唯见月寒日暖，来煎人寿[2]。食熊则肥，食蛙则瘦。神君何在，太一安有[3]？天东有若木[4]，下置衔烛龙[5]。吾将斩龙足，嚼龙肉，使之朝不得回，夜不得伏。自然老者不死，少者不哭。何为服黄金，吞白玉[6]？谁似任公子[7]，云中骑碧驴？刘彻茂陵多滞骨[8]，嬴政梓棺费鲍鱼[9]。

注释　1. 飞光：时光。2. 煎人寿：消损人的寿命。3. 神君、太一：神灵名。4. 若木：古代神话传说西方日落处有若木。5. 烛龙：传说天之西北有幽冥无日之国，有龙衔烛以照明。6. 服黄金、吞白玉：相传服金者寿如金，服玉者寿如玉。7. 任公子：传说中骑驴升天的仙人。8. 刘彻：汉武帝，信神仙，求长生。死后葬茂陵。9. 嬴政：秦始皇。据《史记》载，秦始皇死于巡游途中，李斯等秘不发丧，棺中装鲍鱼以掩盖尸体的腐臭。

将进酒

琉璃钟[1]，琥珀浓，小槽酒滴真珠红[2]。烹龙炮凤玉脂泣[3]，罗帏绣幕围香风。吹龙笛，击鼍鼓[4]；皓齿歌，细腰舞。况是青春日将暮，桃花乱落如红雨。劝君终日酩酊醉，酒不到刘伶坟上土[5]！

注释 1. 琉璃钟：形容名贵的酒杯。2. 琥珀浓、真珠红：皆喻酒色。3. 烹龙炮凤：指珍稀的菜肴。4. 鼍（tuó）鼓：以鼍龙的皮蒙的鼓。鼍，鼍龙，即扬子鳄。5. 刘伶：晋名士，以不拘礼法、放达纵酒闻名。

张 祜

张祜（785?—849?），字承吉，南阳（今河南邓州）人。元和、长庆间以诗名重于时，然为权贵所抑，后隐居以终。以宫词著名，诗风略近杜牧而骨力不逮。有《张处士诗集》。

宫词二首（选一）

故国三千里[1]，深宫二十年。
一声何满子[2]，双泪落君前。

注释 1. 故国：故乡。2. 何满子：唐教坊曲名。

赠内人[1]

禁门宫树月痕过[2]，
媚眼唯看宿鹭窠。
斜拔玉钗灯影畔，
剔开红焰救飞蛾[3]。

注释　1. 内人：指宫女。2. 禁门：宫门。3. 红焰：指灯芯。

集灵台二首[1]（选一）

虢国夫人承主恩[2]，
平明骑马入宫门[3]。
却嫌脂粉污颜色，
淡扫蛾眉朝至尊。

注释　1. 集灵台：即骊山华清宫内的长生殿。2. 虢国夫人：杨贵妃的姐姐。3. 平明：天亮时。

题金陵渡[1]

金陵津渡小山楼，
一宿行人自可愁。
潮落夜江斜月里，
两三星火是瓜州[2]。

注释　1. 金陵渡：在今江苏镇江附近。2. 瓜州：在长江北岸，与镇江隔江相对。

刘 皂

刘皂，生卒年不详。咸阳（今陕西咸阳）人，久客并州。《全唐诗》存其诗五首。

长门怨三首[1]（选一）

宫殿沉沉月欲分[2]，
昭阳更漏不堪闻[3]。
珊瑚枕上千行泪，
不是思君是恨君。

注释　1. 长门：汉武帝的陈皇后失宠后所居处。2. 沉沉：深邃貌。3. 昭阳：即昭阳殿，汉宫殿名。此指后妃寝宫。

旅次朔方[1]

客舍并州已十霜[2]，
归心日夜忆咸阳。
无端更渡桑干水[3]，
却望并州是故乡。

注释　1. 朔方：北方。2. 舍：居住。并州：在今山西太原一带。十霜：即十年。3. 桑干：桑干河，即今永定河。

皇甫松

皇甫松（800—888），字子奇，自号檀栾子，睦州新安（今浙江淳安）人。散文家皇甫湜（shí）之子，工诗词。

采莲子（选一）

船动湖光滟滟秋[1]，
贪看年少信船流[2]。
无端隔水抛莲子，
遥被人知半日羞。

注释 1. 滟滟（yàn）：水光摇曳晃动貌。2. 信船流：任船随波逐流。

韩 琮

韩琮，生卒年不详。字成封，长庆进士。宣宗时为湖南观察使。有诗名，多清新之制。

暮春浐水送别[1]

绿暗红稀出凤城[2]，
暮云楼阁古今情。
行人莫听宫前水，
流尽年光是此声。

注释 1. 浐水：源出蓝田西南秦岭，与灞水合流绕大明宫而过，入渭河。2. 凤城：京城。

朱庆馀

朱庆馀，生卒年不详。名可久，以字行，越州（今浙江绍兴）人。宝历进士，授秘书省校书郎，迁协律郎。绝句清丽婉约，情致细腻。有《朱庆馀诗》。

宫　词

寂寂花时闭院门，
美人相并立琼轩[1]。
含情欲说宫中事，
鹦鹉前头不敢言。

注释　1. 琼轩：廊台的美称。

闺意献张水部[1]

洞房昨夜停红烛[2]，
待晓堂前拜舅姑[3]。
妆罢低声问夫婿，
画眉深浅入时无？

注释　1. 张水部：指张籍，曾任水部员外郎。2. 停红烛：停放着红烛，即燃着红烛。3. 舅姑：即公公和婆婆。

刘　叉

刘叉，生卒年不详。自号彭城子，元和时人。刚直任侠，曾为韩愈门客。其诗风格峻怪，才气纵横，多悲慨不平之声，但也有险怪晦涩之弊。有《刘叉诗集》。

冰　柱

师干久不息[1]，农为兵兮民重嗟。骚然县宇[2]，土崩水溃，畹中无熟谷[3]，垄上无桑麻。王春判序[4]，百卉茁甲含葩[5]。有客避兵奔游僻，跋履险阨至三巴[6]。貂裘蒙茸已敝缕，鬓发蓬舥[7]。雀惊鼠伏，宁遑安处，独卧旅舍无好梦，更堪走风沙！天人一夜剪瑛球[8]，诘旦都成六出花[9]。南亩未盈尺，纤片乱舞空纷拿[10]。旋落旋逐朝暾化[11]，檐间冰柱若削出交加。或低或昂，小大莹洁，随势无等差。始疑玉龙下界来人世，齐向茅檐布爪牙。又疑汉高帝，西方来斩蛇[12]。人不识，谁为当风杖莫邪[13]。铿锵冰有韵，的皪玉无瑕[14]。不为四时雨，徒于道路成泥柤[15]。不为九江浪，徒为汩没天之涯[16]。不为双井水，满瓯泛泛烹春茶[17]。不为中山

注释　1. 师干：军队。2. 县宇：指全国。3. 畹：古代地积单位。4. 序：时序，季节。5. 甲：种子萌芽后所戴的种壳。6. 险阨：险要阻塞之地。7. 舥（pā）：联舟为桥。此形容鬓发蓬乱状。8. 瑛球：玉。9. 诘旦：清晨。10. 纷拿：繁多而纷乱貌。11. 朝暾（tūn）：刚出的太阳。12. "又疑"二句：相传汉高祖刘邦斩白蛇起兵。13. 莫邪：宝剑名。14. 的皪（lì）：鲜明的样子。15. 柤（zhā）：木栏杆。16. 汩没：湮没。17. 瓯：杯。

浆[18]，清新馥鼻盈百车。不为池与沼，养鱼种芰成霪霪[19]。不为醴泉与甘露[20]，使名异瑞世俗夸[21]。特禀朝沏气[22]，洁然自许靡间其迩遐[23]。森然气结一千里，滴沥声沉十万家。明也虽小，暗之大不可遮。勿被曲瓦，直下不能抑群邪。奈何时逼，不得时在我目中，倏然漂去无余步[24]。自是成毁任天理，天于此物岂宜有忒赊[25]。反令井蛙壁虫变容易，背人缩首竞呀呀。我愿天子回造化，藏之韫椟玩之生光华[26]。

18. 中山浆：传说古时中山人狄希能造千日酒，饮后千日始醒。19. 芰：菱。20. 醴泉：又名甘泉。泉水略有淡酒味。21. "使名异瑞"句：使这些特异的祥瑞征兆为世俗夸赞。22. 沏气：清澈之气。23. 迩遐：远近。24. 步：同"些"，少。25. 忒赊：此指特加恩泽。26. 韫椟（yùn dú）：藏在柜子里。

偶　书

日出扶桑一丈高[1]，
人间万事细如毛[2]。
野夫怒见不平处[3]，
磨损胸中万古刀。

注释　1. 扶桑：传说中的神树名。2. 细如毛：不值一提，不屑一顾。3. 野夫：作者自称。

徐 凝

徐凝，生卒年不详，睦州（今浙江建德）人。与白居易、元稹均有交往，后归隐睦州，以布衣终。《全唐诗》存其诗一卷。

忆扬州

萧娘脸薄难胜泪[1]，
桃叶眉长易得愁[2]。
天下三分明月夜，
二分无赖是扬州[3]。

注释　1. 萧娘：对所恋女子的泛称。2. 桃叶：晋王献之爱妾。此指所思念的人。3. 无赖：爱怜之极的昵称。

杜 牧

杜牧（803—853），字牧之，京兆万年（今陕西西安）人。大和间进士，曾任司勋员外郎，终中书舍人。杜牧工诗赋及古文，以诗的成就最高，尤长七律及绝句，与李商隐并称“小李杜”。艺术上不务奇丽，风格豪健俊爽，骨气遒劲，流丽而有远致。有《樊川文集》。

河 湟[1]

元载相公曾借箸[2]，
宪宗皇帝亦留神[3]。

注释　1. 河湟：湟水与黄河交汇处，指安史乱后被吐蕃侵占的河西、陇右地区。2. 元载相公：即唐代宗时的宰相元载。借箸：筹划，典出《史记·留侯世家》，张良曾借用刘邦的筷子比画，为之说明道理。3. 宪宗：即唐宪宗李纯，在位时常有收复河湟之志。

旋见衣冠就东市[4]，
忽遗弓剑不西巡[5]。
牧羊驱马虽戎服，
白发丹心尽汉臣。
唯有凉州歌舞曲[6]，
流传天下乐闲人。

4.“旋见”句：指元载被赐死事。衣冠就东市：用东汉晁错就刑时还穿着朝服的典故。东市，此指刑场。5. 遗弓剑：此指宪宗的死亡。6. 凉州歌舞曲：指从河湟地区传来的歌舞。

过勤政楼[1]

千秋佳节名空在[2]，
承露丝囊世已无[3]。
唯有紫苔偏称意，
年年因雨上金铺[4]。

注释　1. 勤政楼：唐玄宗开元前期所建，是处理政务、举行重大典礼的地方。2. 千秋佳节：八月五日为玄宗生日，时定这一天为千秋节。3. 承露丝囊：千秋节时士庶间互赠的礼品。4. 金铺：宫门上安装门环的金属底托。

念昔游三首（选一）

十载飘然绳检外[1]，
樽前自献自为酬[2]。
秋山春雨闲吟处，
倚遍江南寺寺楼。

注释　1. 飘然：不受束缚。绳检：规范。2. 自献自为酬：自斟自饮。

过华清宫绝句三首[1]（选二）

长安回望绣成堆[2]，
山顶千门次第开。
一骑红尘妃子笑[3]，
无人知是荔枝来。

注释　1. 华清宫：故址在今陕西临潼东南骊山上。2. 绣成堆：谓从长安至骊山一带山川秀美，望去宛如锦绣。3. 一骑（jì）红尘：形容快马奔驰，尘土飞起。

新丰绿树起黄埃[1]，
数骑渔阳探使回[2]。
霓裳一曲千峰上[3]，
舞破中原始下来。

注释　1. 新丰：在今陕西临潼东北。2.“数骑”句：指唐玄宗曾派璆琳打探安禄山是否有反意，璆琳受安重贿，回来盛赞安忠心。3. 霓裳：即《霓裳羽衣曲》。

沈下贤[1]

斯人清唱何人和[2]，
草径苔芜不可寻。
一夕小敷山下梦[3]，
水如环佩月如襟。

注释　1. 沈下贤：即中唐著名文人沈亚之，字下贤。2. 清唱：指沈的诗歌。3. 小敷山：在今浙江湖州，是沈的旧居。

长安秋望

楼倚霜树外，镜天无一毫[1]。
南山与秋色[2]，气势两相高。

注释　1.“镜天”句：秋空清澄如镜，纤尘不生。2. 南山：即终南山，在长安城南。

将赴吴兴登乐游原一绝[1]

清时有味是无能[2]，
闲爱孤云静爱僧。
欲把一麾江海去[3]，
乐游原上望昭陵[4]。

注释　1. 吴兴：郡名，在今浙江湖州。乐游原：在唐长安城南。2. 清时：清明有为之时。3. 把：持。麾(huī)：旌旗之类。此指赴任湖州刺史。4. 昭陵：唐太宗陵墓，在今陕西礼泉九嵕山。

润州二首[1]（选一）

向吴亭东千里秋[2]，
放歌曾作昔年游。
青苔寺里无马迹，
绿水桥边多酒楼。
大抵南朝皆旷达，
可怜东晋最风流[3]！
月明更想桓伊在[4]，
一笛闻吹出塞愁。

注释　1. 润州：今江苏镇江。2. 向吴亭：在丹阳南。3. 可怜：可羡。风流：指不拘礼法，不同流俗。4. 桓伊：东晋时人，官至刺史，善吹笛，时称“江南第一”。

题扬州禅智寺

雨过一蝉噪，飘萧松桂秋。
青苔满阶砌，白鸟故迟留。
暮霭生深树，斜阳下小楼。
谁知竹西路[1]，歌吹是扬州。

注释　1. 竹西路：扬州在禅智寺西南方向，故云。

江南春绝句

千里莺啼绿映红，
水村山郭酒旗风。
南朝四百八十寺[1]，
多少楼台烟雨中。

注释　1.“南朝”句：南朝皇帝及贵族崇信佛教，在金陵（今南京）广建佛寺。此句以约数写其多。

题宣州开元寺水阁，阁下宛溪，夹溪居人[1]

六朝文物草连空[2]，
天淡云闲今古同。
鸟去鸟来山色里，
人歌人哭水声中[3]。
深秋帘幕千家雨，
落日楼台一笛风。

注释　1. 宣州：在今安徽宣城。开元寺：始建于东晋，唐更名为开元寺。宛溪：在宣州城东。夹溪：溪的两岸。2. 文物：历史文化遗迹。3. 人歌人哭：意谓人们世代居住于此。语本《礼记·檀弓下》：“歌于斯，哭于斯，聚国族于斯。”

惆怅无因见范蠡[4]，
参差烟树五湖东[5]。

4. 范蠡（lǐ）：春秋时越国大夫，辅佐越王勾践灭吴复国后泛舟五湖隐退。5. 五湖：指太湖。

九日齐山登高[1]

江涵秋影雁初飞，
与客携壶上翠微[2]。
尘世难逢开口笑[3]，
菊花须插满头归[4]。
但将酩酊酬佳节[5]，
不用登临恨落晖。
古往今来只如此，
牛山何必独沾衣[6]？

注释　1. 九日：重阳节。齐山：今安徽贵池东南。2. 翠微：指青翠掩映的山腰深处。3.“尘世”句：典出《庄子》：“人上寿百岁，中寿八十，下寿六十，除病瘦死丧忧患，其中开口而笑者，一月之中不过四五日而已矣。”4.“菊花”句：重阳节有赏菊饮酒的习俗。5. 酩酊：大醉。6. 牛山：在今山东临淄。相传齐景公游至牛山，面对其国城而流涕。

齐安郡中偶题二首[1]（选一）

两竿落日溪桥上，
半缕轻烟柳影中。
多少绿荷相倚恨，
一时回首背西风。

注释　1. 齐安郡：治所在今湖北武汉新洲区。

齐安郡后池绝句

菱透浮萍绿锦池，
夏莺千啭弄蔷薇[1]。
尽日无人看微雨，
鸳鸯相对浴红衣[2]。

注释　1. 啭：婉转地叫。2. 红衣：指鸳鸯的羽毛。

早　雁

金河秋半虏弦开[1]，
云外惊飞四散哀。
仙掌月明孤影过[2]，
长门灯暗数声来[3]。
须知胡骑纷纷在，
岂逐春风一一回。
莫厌潇湘少人处[4]，
水多菰米岸莓苔[5]。

注释　1. 金河：水名，在今内蒙古呼和浩特南。虏弦开：指北方少数民族向中原地区侵扰。2. 仙掌：西汉时长安建章宫铸铜仙人伸掌托承露盘，此代指唐长安宫殿。3. 长门：汉宫名，此代指唐长安宫殿。4. 潇湘：泛指湖南一带。5. 菰（gū）米：一种水生草本植物的果实。莓苔：一种水边植物。菰米和莓苔籽都是雁的食物。

赤　壁[1]

折戟沉沙铁未销[2]，
自将磨洗认前朝。
东风不与周郎便[3]，
铜雀春深锁二乔[4]。

注释　1. 赤壁：在今湖北蒲圻西北长江南岸，相传是三国吴蜀联军火烧魏军处。2. 戟：古代一种兵器。3. 周郎：即周瑜。4. 铜雀：铜雀台，曹操所建。二乔：东吴乔公的两个女儿，皆有国色。大乔嫁与孙策，小乔嫁与周瑜。

泊秦淮[1]

烟笼寒水月笼沙，
夜泊秦淮近酒家。
商女不知亡国恨[2]，
隔江犹唱后庭花[3]。

注释 1. 秦淮：即秦淮河，经金陵（今江苏南京）入长江。2. 商女：乐妓。3. 后庭花：即《玉树后庭花》，南朝陈后主所制乐曲，被认为是亡国之音。

题桃花夫人庙[1]

细腰宫里露桃新[2]，
脉脉无言几度春[3]。
至竟息亡缘底事[4]？
可怜金谷坠楼人[5]。

注释 1. 桃花夫人：春秋时息国国君夫人息妫。据传楚王闻其美貌而出兵灭息。2. 细腰宫：指楚宫，传楚王好细腰。3. 脉脉（mò）：即默默。指息妫到楚宫后一直不与楚王说话。4. 至竟：究竟。缘：因为。底事：什么事。5. 金谷坠楼人：用晋石崇宠妾绿珠在石获罪后坠楼殉情的典故。

题乌江亭[1]

胜败兵家事不期，
包羞忍耻是男儿。
江东子弟多才俊[2]，
卷土重来未可知。

注释 1. 乌江亭：在今安徽和县东北的乌江浦，旧传是项羽兵败自刎处。2. 江东子弟：此指跟随项羽作战的将士。

寄扬州韩绰判官[1]

青山隐隐水迢迢，
秋尽江南草未凋。
二十四桥明月夜[2]，
玉人何处教吹箫？

注释　1. 判官：唐时节度使、观察使的属官。2. 二十四桥：扬州名胜，相传古有二十四美人吹箫于此。

题木兰庙

弯弓征战作男儿，
梦里曾经与画眉。
几度思归还把酒，
拂云堆上祝明妃[1]。

注释　1. 拂云堆：在今内蒙古包头西北，堆上有明妃祠。明妃：即王昭君。

赠别二首

娉娉袅袅十三余[1]，
豆蔻梢头二月初[2]。
春风十里扬州路，
卷上珠帘总不如。

注释　1. 娉娉袅袅：形容女子体态轻盈美好。2. 豆蔻：植物名，其花含苞待放者，又称“含胎花”，常比喻处女。

多情却似总无情，
唯觉樽前笑不成。

蜡烛有心还惜别，
替人垂泪到天明。

南陵道中[1]

南陵水面漫悠悠，
风紧云轻欲变秋。
正是客心孤迥处[2]，
谁家红袖凭江楼[3]？

注释　1.南陵：县名，今属安徽。2.孤迥：孤独、凄清。3.红袖：代指女子。

遣　怀

落魄江湖载酒行[1]，
楚腰纤细掌中轻[2]。
十年一觉扬州梦，
赢得青楼薄幸名[3]。

注释　1.落魄：指仕宦不得意。2.楚腰：细腰美女。相传楚灵王好细腰，国中多饿人。掌中轻：传说汉成帝皇后赵飞燕体轻，能为掌上舞。3.青楼：旧指精美华丽的楼房，也指妓女居处。薄幸：薄情。

叹　花

自是寻春去校迟[1]，
不须惆怅怨芳时。
狂风落尽深红色，
绿叶成阴子满枝。

注释　1.校：同“较”。

山　行

远上寒山石径斜，
白云生处有人家。
停车坐爱枫林晚[1]，
霜叶红于二月花。

注释　1. 坐：因为，由于。

秋　夕

银烛秋光冷画屏，
轻罗小扇扑流萤。
天阶夜色凉如水[1]，
坐看牵牛织女星。

注释　1. 天阶：指皇宫中的石阶。

金谷园[1]

繁华事散逐香尘[2]，
流水无情草自春。
日暮东风怨啼鸟，
落花犹似堕楼人[3]。

注释　1. 金谷园：西晋豪富石崇的别墅，故址在今河南洛阳西北。2. 香尘：相传石崇曾将沉香碾为粉末撒于象牙床上，让歌伎踩踏。3. 堕楼人：指石崇宠姬绿珠。孙秀求绿珠不得，矫诏杀石崇，绿珠则自堕楼而亡。

陈 陶

陈陶（803?—879?），字嵩伯，江北人。举进士不第，漫游江南、岭南。后隐居洪州西山。诗工乐府。有《陈嵩伯诗集》。

陇西行四首[1]（选一）

誓扫匈奴不顾身，
五千貂锦丧胡尘[2]。
可怜无定河边骨[3]，
犹是春闺梦里人。

注释　1. 陇西：今甘肃、宁夏陇山以西一带。2. 貂锦：汉代御林军穿貂裘锦衣，此借指唐军将士。3. 无定河：黄河中游支流，在今陕西北部。

赵 嘏

赵嘏（806?—852），字承祐，山阳（今江苏淮阴）人。会昌四年（844）登进士第，官渭南尉。工七律，笔法清圆熟练，时有警句。有《渭南集》。

长安秋望

云物凄凉拂曙流[1]，
汉家宫阙动高秋[2]。
残星几点雁横塞，
长笛一声人倚楼。

注释　1. 云物：即云雾一类。拂曙：拂晓。2. 汉家宫阙：此借指唐宫。

紫艳半开篱菊静[3]，
红衣落尽渚莲愁[4]。
鲈鱼正美不归去[5]，
空戴南冠学楚囚[6]。

3. 紫艳：篱菊的色泽。4. 红衣：红莲的花瓣。渚：水中的小块陆地。5.“鲈鱼”句：西晋张翰于秋风中想起故乡鲈鱼莼羹的美味，便辞官回家。6. 南冠：楚人戴的帽子。《左传·成公九年》：“晋侯观于军府，见钟仪，问之曰：‘南冠而絷者谁也？’有司对曰：‘郑人所献楚囚也。’”后以“南冠”称囚犯。

雍　陶

雍陶，生卒年不详。字国钧，成都（今四川成都）人。大和进士，历任监察御史、简州刺史等。诗多纪游之作，清新明丽，独具风韵。

题君山[1]

风波不动影沉沉，
碧色全无翠色深[2]。
应是水仙梳洗处[3]，
一螺青黛镜中心[4]。

注释　1. 君山：又名湘山或洞庭山，在今湖南洞庭湖中。2. 碧色：指水色。翠色：指山色。3. 水仙：水中仙子，此指湘君姊妹。4. 青黛：女子画眉用的深青色材料。

温庭筠

温庭筠（812—870?），本名岐，字飞卿，太原祁（今山西祁县）人。性放浪不羁，屡举进士不第。咸通时为国子助教。辞藻华丽，诗词并工。词与韦庄并称“温韦”；诗与李商隐齐名，号“温李”。长于吊古感今之作，体物工细，感慨良深。有《温庭筠诗集》。

过陈琳墓[1]

曾于青史见遗文，
今日飘蓬过此坟。
词客有灵应识我[2]，
霸才无主始怜君[3]。
石麟埋没藏春草[4]，
铜雀荒凉对暮云[5]。
莫怪临风倍惆怅，
欲将书剑学从军。

注释　1. 陈琳：汉末广陵人，“建安七子”之一。曾在曹操幕中任职，军国文书多出其手。墓在今江苏邳州。2. 词客：此指陈琳。3. 霸才：盖世卓绝的才能，此兼指陈琳和自己。4. 石麟：墓前石雕的麒麟。5. 铜雀：即铜雀台，是曹操宴饮聚会之地。

经五丈原[1]

铁马云雕共绝尘[2]，
柳阴高压汉营春[3]。
天清杀气屯关右[4]，
夜半妖星照渭滨[5]。
下国卧龙空寤主[6]，
中原得鹿不由人[7]。

注释　1. 五丈原：在今陕西岐山西南。诸葛亮率兵伐魏，病死于此。2. 云雕：画有虎熊及鹰隼等的旗帜。绝尘：行军迅速貌。3. 汉营：指汉将周亚夫驻军的细柳营。此亦喻指诸葛亮的营垒。4. 关右：泛指函谷关或潼关以西地区。5. 妖星：犹灾星，古人多指彗星或流星。相传诸葛亮临死之夜，有大星坠于渭水之南。6. 下国：蜀国。卧龙：即诸葛亮。寤主：开导辅佐君主。7. 中原得鹿：即争夺中原取得最后胜利。

象床宝帐无言语[8]，
从此谯周是老臣[9]。

8. 象床宝帐：诸葛亮祠庙中神龛里的陈设。9. 谯周：诸葛亮死后，力主投降的谯周得后主宠信，并得到魏国的信任和封赏。

瑶瑟怨

冰簟银床梦不成[1]，
碧天如水夜云轻。
雁声远过潇湘去[2]，
十二楼中月自明。

注释　1. 冰簟（diàn）：冰凉的竹席。2. 潇湘：水名，在今湖南境内。

碧涧驿晓思

香灯伴残梦，楚国在天涯。
月落子规歇[1]，满庭山杏花。

注释　1. 子规：杜鹃鸟。

商山早行[1]

晨起动征铎[2]，客行悲故乡。
鸡声茅店月，人迹板桥霜。
槲叶落山路[3]，枳花明驿墙[4]。
因思杜陵梦[5]，凫雁满回塘[6]。

注释　1. 商山：在今陕西商州东南。2. 征铎：悬挂在车马上的铃铎。3. 槲(hú)：一种落叶乔木。4. 枳（zhǐ）：即枳壳树，灌木或小乔木。春季开白花。明：耀眼。5. 杜陵：在长安城南，汉宣帝陵墓所在地。温庭筠在长安时曾寓居于此。6. 凫：野鸭。回塘：堤岸曲折的池塘。

送人东归

荒戍落黄叶[1]，浩然离故关。
高风汉阳渡[2]，初日郢门山[3]。
江上几人在，天涯孤棹还。
何当重相见，樽酒慰离颜。

注释　1. 戍：边防的营垒、城堡。2. 汉阳渡：在今湖北汉阳。3. 郢门山：在今湖北江陵。

苏武庙[1]

苏武魂销汉使前[2]，
古祠高树两茫然。
云边雁断胡天月[3]，
陇上羊归塞草烟。
回日楼台非甲帐[4]，
去时冠剑是丁年[5]。
茂陵不见封侯印[6]，
空向秋波哭逝川[7]。

注释　1. 苏武：汉武帝时出使匈奴，被扣留十九年，至昭帝时才得以返回长安。2. 魂销：心情激动得仿佛要失去知觉。汉使：汉昭帝时派至匈奴的使者。3. 雁断：音讯断绝。4. 甲帐：汉武帝曾聚天下珍宝设甲帐，为神居处。5. 丁年：即壮年。6. 茂陵：汉武帝陵，此代指汉武帝。封侯印：汉宣帝时苏武受封关内侯。7. 逝川：流逝的时间。典出《论语 · 子罕》："子在川上曰：'逝者如斯夫！'"

李商隐

李商隐（812—858），字义山，号玉谿生。怀州河内（今河南沁阳）人。开成间进士。曾入泾原节度使王茂元幕。因受牛李党争影响，仕途困顿失意，抑郁而终。诗与杜牧齐名，合称“小李杜”。擅长七言律绝，音韵和谐，深情绵邈，温婉含蓄，秾丽精工。有《李义山诗集》。

锦　瑟[1]

锦瑟无端五十弦，
一弦一柱思华年[2]。
庄生晓梦迷蝴蝶[3]，
望帝春心托杜鹃[4]。
沧海月明珠有泪[5]，
蓝田日暖玉生烟[6]。
此情可待成追忆，
只是当时已惘然[7]。

注释　1. 锦瑟：装饰得非常华美的瑟。瑟，古代一种弦乐器。2. 柱：系弦的支柱。华年：青少年时期。3. 庄生：即庄周。曾梦中化蝶，不知是自己梦为蝴蝶，还是蝴蝶梦为自己。4. 望帝：即古蜀国国君杜宇，传说死后魂魄化为杜鹃，悲鸣不已。5. 珠有泪：相传南海有鲛人，其眼能泣珠。6. 蓝田：山名，在今陕西蓝田，出产美玉。7. 惘然：怅惘失意。

重过圣女祠

白石岩扉碧藓滋[1]，
上清沦谪得归迟[2]。
一春梦雨常飘瓦，
尽日灵风不满旗[3]。
萼绿华来无定所，
杜兰香去未移时[4]。
玉郎会此通仙籍[5]，
忆向天阶问紫芝[6]。

注释　1. 白石岩扉：指圣女祠的门。2. 上清：道教传说中神仙所居的最高天界。3. 不满旗：谓灵风轻微，不能把旗全部吹展。4. 萼绿华、杜兰香：皆仙女名。5. 玉郎：天上掌管神仙名册的仙官。通仙籍：取得登仙界的资格。此指入仕。6. 问：求取。紫芝：道教中的仙草。此喻指朝中官职。

霜　月[1]

初闻征雁已无蝉，
百尺楼高水接天。
青女素娥俱耐冷[2]，
月中霜里斗婵娟[3]。

注释　1. 霜月：深秋的月亮。2. 青女：主霜雪的女神。素娥：即嫦娥。3. 婵娟：美好的姿态。

蝉

本以高难饱[1]，徒劳恨费声。
五更疏欲断[2]，一树碧无情。
薄宦梗犹泛[3]，故园芜已平。
烦君最相警[4]，我亦举家清。

注释　1. 高：高洁。2. 疏欲断：指蝉鸣力竭声疏，几欲断绝。3. 薄宦：意谓自己官职卑微。梗犹泛：像水中四处飘荡的桃梗一样。典出《战国策 · 齐策》。4. 君：指蝉。警：警告，提醒。

乐游原[1]

向晚意不适[2]，驱车登古原。
夕阳无限好，只是近黄昏。

注释　1. 乐游原：在长安城南，地势甚高，是唐代登临游览胜地。2. 向晚：傍晚。意不适：心情不舒畅。

北齐二首

一笑相倾国便亡[1]，

注释　1.“一笑”句：指北齐后主高纬沉迷声色，荒淫亡国。一笑：暗用周幽王为博褒姒一笑而烽火戏诸侯亡国事。

何劳荆棘始堪伤[2]。
小怜玉体横陈夜[3]，
已报周师入晋阳[4]。

2. 何劳荆棘：据《晋书·索靖传》，靖知天下将乱，指洛阳宫门铜驼叹道："会见汝在荆棘中耳。" 3. 小怜：高纬宠妃冯淑妃，名小怜。横陈：横卧。4. 晋阳：今山西太原，为北齐军事中心。

巧笑知堪敌万机[1]，
倾城最在著戎衣[2]。
晋阳已陷休回顾，
更请君王猎一围[3]。

注释　1. 巧笑：《诗经·卫风·硕人》："巧笑倩兮，美目盼兮。" 万机：君主每日处理的繁复政事。2. "倾城"句：意谓冯淑妃的倾城之美尤在着戎装之时。3. "更请"句：据《北齐书》载，北齐军情告急，后主将返，淑妃还请再猎一围。

夜雨寄北

君问归期未有期，
巴山夜雨涨秋池[1]。
何当共剪西窗烛[2]，
却话巴山夜雨时。

注释　1. 巴山：此泛指巴蜀一带的山。2. 何当：何时。剪：剪去烛花，使烛光更明亮。

宿骆氏亭寄怀崔雍崔衮[1]

竹坞无尘水槛清[2]，
相思迢递隔重城[3]。
秋阴不散霜飞晚[4]，
留得枯荷听雨声。

注释　1. 骆氏亭：或指灞陵附近姓骆的处士所筑池亭。崔雍、崔衮（gǔn）：李商隐曾受知于二崔之父。2. 竹坞（wù）：长满绿竹的水边高地。水槛（jiàn）：临水的栏杆。3. 迢递：遥远貌。4. "秋阴"句：因秋雨连绵，连降霜的日子都迟了些。

风　雨

凄凉宝剑篇[1]，羁泊欲穷年[2]。
黄叶仍风雨，青楼自管弦。
新知遭薄俗[3]，旧好隔良缘。
心断新丰酒[4]，销愁斗几千？

注释　1. 宝剑篇：初唐郭震曾向武则天呈《宝剑篇》抒怀才不遇之情。2. 羁泊：羁旅漂泊。穷年：终生。3. 薄俗：浇薄的风俗。4. 新丰：旧址在今陕西临潼东北，产美酒。

哭刘蕡[1]

上帝深宫闭九阍[2]，
巫咸不下问衔冤[3]。
黄陵别后春涛隔[4]，
湓浦书来秋雨翻[5]。
只有安仁能作诔[6]，
何曾宋玉解招魂[7]？
平生风义兼师友[8]，
不敢同君哭寝门[9]。

注释　1. 刘蕡（fěn）：李商隐同时人，因正直敢言遭宦官忌恨，贬柳州司户，后病故。2. 九阍：九重宫门。3. 巫咸：传说中的神巫。4. 黄陵：山名，在今湖南湘阴。5. 湓浦：在今江西九江。书：书信。此指告知刘蕡死讯的信函。6. 安仁：西晋作家潘岳，长于作哀诔。诔（lěi）：祭文的一种。7. 招魂：战国宋玉作有《招魂》一篇。8. 风义：即风谊，情谊。9. 哭寝门：典出《礼记 · 檀弓上》："师，吾哭诸寝；朋友，吾哭诸寝门之外。" 此指不敢只把刘蕡当作朋友，还把他当作老师。寝门，内室的门。

杜司勋[1]

高楼风雨感斯文[2]，
短翼差池不及群[3]。
刻意伤春复伤别[4]，
人间惟有杜司勋。

注释　1. 杜司勋：即杜牧，曾任司勋员外郎。2. 风雨：兼指自然界的风雨及政治黑暗。3. 差池：犹参差，指尾翼参差不齐。不及群：不如同辈。此句是作者自谦语。4. 伤春、伤别：指杜牧所写《惜春》《赠别》等诗。

隋 宫[1]

紫泉宫殿锁烟霞[2]，
欲取芜城作帝家[3]。
玉玺不缘归日角[4]，
锦帆应是到天涯[5]。
于今腐草无萤火[6]，
终古垂杨有暮鸦[7]。
地下若逢陈后主[8]，
岂宜重问后庭花[9]？

注释　1. 隋宫：指隋炀帝在江都（今江苏扬州）等地所建行宫。2. 紫泉：此指长安。3. 芜城：扬州，因鲍照《芜城赋》而得名。4. 玉玺：皇帝玉印。日角：指人的额骨饱满突出，此指李渊。5. 锦帆：指杨广的游船。6.“于今”句：古人认为腐草会化为萤火虫。隋炀帝曾命人大量搜集萤火虫，夜间游玩时放出。7. 垂杨：隋炀帝曾在大运河两旁广植杨柳。8. 陈后主：即南朝陈亡国之君陈叔宝。9. 后庭花：相传隋炀帝在江都曾梦中与陈后主相遇，令后主妃张丽华舞《玉树后庭花》。

筹笔驿[1]

猿鸟犹疑畏简书[2]，
风云长为护储胥[3]。
徒令上将挥神笔[4]，
终见降王走传车[5]。
管乐有才真不忝[6]，
关张无命欲何如[7]？
他年锦里经祠庙[8]，
梁父吟成恨有余[9]。

注释　1. 筹笔驿：旧址在今四川广元北。诸葛亮出师，曾在此驻军筹划。2. 简书：此指诸葛亮军中的文书。3. 储胥：军营。4. 上将：指诸葛亮。5. 降王：指蜀后主刘禅。传车：古时驿站备用的长途运载车辆。刘禅降魏后，全家迁到魏都洛阳。6. 管乐：管仲和乐毅。管仲辅佐齐桓公成为春秋五霸之一；乐毅是战国时燕国的统帅。不忝：无愧，不逊色。7. 关张无命：关羽守荆州，被孙权所杀；张飞则被部下谋害。无命：不能长寿。8. 他年：往年。锦里：今成都，有武侯祠。9. 梁父吟：本为挽歌，传诸葛亮隐居时好吟。

无题二首（选一）

昨夜星辰昨夜风，
画楼西畔桂堂东[1]。
身无彩凤双飞翼，
心有灵犀一点通[2]。
隔座送钩春酒暖[3]，
分曹射覆蜡灯红[4]。
嗟余听鼓应官去，
走马兰台类转蓬[5]。

注释　1. 画楼、桂堂：皆富贵人家的屋舍楼阁。2. 灵犀：旧说犀角中有白纹如线直通两头，感应灵敏。此喻两心相通。3. 送钩：古时宴席上一种游戏。4. 分曹：分组。射覆：古时一种游戏，将东西覆盖于器皿之下令对方猜。5. 兰台：即秘书省。蓬：蓬草。

无题四首（选二）

来是空言去绝踪，
月斜楼上五更钟。
梦为远别啼难唤，
书被催成墨未浓。
蜡照半笼金翡翠[1]，
麝熏微度绣芙蓉[2]。
刘郎已恨蓬山远[3]，
更隔蓬山一万重。

注释　1. 金翡翠：用金线绣成的翡翠鸟图案。2. 麝熏：麝香的芳香。3. 刘郎：相传东汉刘晨、阮肇在天台山采药而遇仙女，居留半载。后再入天台，仙女已不复相见。

飒飒东风细雨来，
芙蓉塘外有轻雷。
金蟾啮锁烧香入[1]，
玉虎牵丝汲井回[2]。
贾氏窥帘韩掾少[3]，
宓妃留枕魏王才[4]。
春心莫共花争发，
一寸相思一寸灰。

注释　1. 金蟾（chán）：一种蟾蜍状香炉。啮（niè）：咬。锁：香炉的鼻钮，可以开闭以放香料。2. 玉虎：玉饰虎状辘轳。丝：绳索。3. 贾氏窥帘：《世说新语》载，贾充女偶于帘后窥见其父僚属韩寿，爱其俊美，遂至私通，后被贾充发觉，遂以女妻之。掾（yuàn）：僚属。4. 宓妃留枕：相传曹植曾求甄氏为妃，曹操却将其许给曹丕。甄氏死后，曹丕将她的遗物玉带金镂枕送给曹植。后植过洛水，梦见甄氏对他说本欲托心。宓妃，传说中的洛神，诗中借指甄氏。

落　花

高阁客竟去，小园花乱飞。
参差连曲陌[1]，迢递送斜晖[2]。
肠断未忍扫，眼穿仍欲稀。
芳心向春尽，所得是沾衣[3]。

注释　1. 参差：花瓣乱飞的样子。曲陌：曲折小路。2. 迢递：遥远的样子。3. 沾衣：既指花零落飘飞沾人衣，又指惜花人观落花伤感而泪落沾衣。

为　有

为有云屏无限娇[1]，
凤城寒尽怕春宵[2]。
无端嫁得金龟婿[3]，
辜负香衾事早朝[4]。

注释　1. 云屏：用云母石做装饰的屏风。2. 凤城：京城。3. 金龟婿：指显贵的夫婿。唐代三品以上的官员佩金饰的龟袋。4. 衾：被子。

无题

相见时难别亦难，
东风无力百花残。
春蚕到死丝方尽[1]，
蜡炬成灰泪始干[2]。
晓镜但愁云鬓改[3]，
夜吟应觉月光寒。
蓬山此去无多路[4]，
青鸟殷勤为探看[5]。

注释　1. 丝：谐音“思”。2. 蜡炬：蜡烛。3. 晓镜：晨起揽镜梳妆。云鬓改：意谓青春逐渐逝去。云鬓，形容妇女浓密如云的秀发。4. 蓬山：即蓬莱山，相传为海外三仙山之一，此指对方居处。5. 青鸟：传说中为西王母传递信息的神鸟。

咏史

北湖南埭水漫漫[1]，
一片降旗百尺竿[2]。
三百年间同晓梦，
钟山何处有龙盘[3]？

注释　1. 北湖：今南京玄武湖。南埭：水上之闸。北湖南埭，统指玄武湖。2. 一片降旗：指东吴孙皓降晋。3. 钟山：今紫金山。龙盘：旧传钟山有龙盘，指有帝王之气。

日射

日射纱窗风撼扉，
香罗拭手春事违[1]。
回廊四合掩寂寞[2]，
碧鹦鹉对红蔷薇。

注释　1. 香罗：指罗帕。春事违：错过春景，喻青春虚掷。2. 四合：四面围拢。

齐宫词

永寿兵来夜不扃[1]，
金莲无复印中庭[2]。
梁台歌管三更罢[3]，
犹自风摇九子铃[4]。

注释　1. 永寿：永寿宫，齐废帝为潘妃所建。此代指齐宫。夜不扃（jiōng）：夜里未关宫门。2. 金莲：传齐废帝凿金为莲花以贴地，令潘妃行其上。3. 梁台：指萧梁宫禁之地，即齐宫旧址。4. 九子铃：据传齐废帝曾剥取庄严寺九子铃装饰潘妃宫殿。

南　朝

地险悠悠天险长，
金陵王气应瑶光。
休夸此地分天下，
只得徐妃半面妆[1]。

注释　1. 徐妃：指梁元帝的皇妃徐昭佩。半面妆：徐妃因为梁元帝一眼有疾，每次只梳妆半面脸，帝见则大怒而出。

马嵬二首[1]（选一）

海外徒闻更九州[2]，
他生未卜此生休。
空闻虎旅传宵柝[3]，
无复鸡人报晓筹[4]。
此日六军同驻马，
当时七夕笑牵牛。

注释　1. 马嵬：即唐马嵬驿，在今陕西兴平西，是杨贵妃被缢死处。2. 更九州：相传除中国之外还有九州。此借指仙境。3. 虎旅：护卫玄宗入蜀的军队。宵柝（tuò）：夜间巡逻用以敲击的铜器。4. 鸡人：宫中掌管报时的人。筹：更筹。

如何四纪为天子[5]，
不及卢家有莫愁[6]。

5. 四纪：古人以十二年为一纪，唐玄宗在位四十五年，约为四纪。6. 莫愁：古洛阳女子，嫁与卢家为妇。此借指普通女子。

代赠二首（选一）

楼上黄昏欲望休，
玉梯横绝月如钩[1]。
芭蕉不展丁香结[2]，
同向春风各自愁。

注释　1. 横绝：横断。2. 丁香结：指丁香的花蕾丛生如结。

瑶　池

瑶池阿母绮窗开[1]，
黄竹歌声动地哀[2]。
八骏日行三万里[3]，
穆王何事不重来[4]？

注释　1. 瑶池：传说中西王母居处。阿母：即西王母。绮（qǐ）窗：饰有花纹的窗户。2. 黄竹：地名。传说穆王游黄竹之丘，遇风雪，见路有冻人，作诗三章哀之。3. 八骏：传说中穆王所乘的八匹骏马。4. 重来：传说西王母曾宴周穆王于瑶池，临别时相约三年后再来。

韩冬郎即席为诗相送，一座尽惊。他日余方追吟“连宵侍坐徘徊久”之句，有老成之风，因成二绝寄酬，兼呈畏之员外[1]（选一）

十岁裁诗走马成[2]，
冷灰残烛动离情[3]。
桐花万里丹山路[4]，
雏凤清于老凤声[5]。

注释　1. 韩冬郎：即诗人韩偓，小名冬郎。畏之员外：即韩偓之父韩瞻。2. 裁诗：作诗。走马成：形容才思敏捷，犹如跑马一样迅畅。3. 冷灰：烛芯的灰烬。4. 桐：梧桐，传说中凤凰所栖之树。丹山：即丹穴山，传说中产凤凰之地。5. 雏凤：此借指韩偓。老凤：指韩瞻。

板桥晓别[1]

回望高城落晓河[2]，
长亭窗户压微波。
水仙欲上鲤鱼去[3]，
一夜芙蓉红泪多[4]。

注释　1. 板桥：指唐代汴州（治所在今河南开封）城西的板桥店。2. 晓河：破晓时分的银河。3. “水仙”句：用琴高乘赤鲤入水的典故，喻行者将去。4. 红泪：暗用薛灵芸与父母离别赴魏宫，途中泣红泪事。

夕阳楼[1]

花明柳暗绕天愁，
上尽重城更上楼。

注释　1. 夕阳楼：位于唐荥阳（今河南郑州）。

欲问孤鸿向何处，
不知身世自悠悠。

春　雨

怅卧新春白袷衣[1]，
白门寥落意多违[2]。
红楼隔雨相望冷[3]，
珠箔飘灯独自归[4]。
远路应悲春晼晚[5]，
残宵犹得梦依稀。
玉珰缄札何由达[6]，
万里云罗一雁飞[7]。

注释　1. 白袷（jiá）衣：白布夹衫。2. 白门：在今江苏南京，常代指男女欢会之所。3. 红楼：华美的楼房，多指女子的住处。4. 珠箔：珠帘。5. 晼（wǎn）晚：暮春时景色暗淡的样子。6. 玉珰：玉制的耳坠。缄札：书信。7. 云罗：像丝织品纹样般的云。

晚　晴

深居俯夹城[1]，春去夏犹清。
天意怜幽草，人间重晚晴。
并添高阁迥[2]，微注小窗明[3]。
越鸟巢干后[4]，归飞体更轻。

注释　1. 深居：幽居。此指作者在桂林的居所。夹城：两重城墙中间的通道。2. 并：更。迥：远。3. 注：指夕阳照射。4. 越鸟：作者所在的桂林属古百越之地，因称鸟为越鸟。

安定城楼[1]

迢递高城百尺楼[2]，
绿杨枝外尽汀洲。
贾生年少虚垂泪[3]，
王粲春来更远游[4]。
永忆江湖归白发，
欲回天地入扁舟[5]。
不知腐鼠成滋味，
猜意鹓雏竟未休[6]。

注释　1. 安定：唐郡名，即泾州，在今甘肃泾川北。2. 迢递：楼高貌。3. 贾生：即贾谊，曾上书汉文帝，指出时政“可为痛哭者一，可为流涕者二，可为长太息者六”。后终未得重用。4. 王粲：东汉末人，因不得用，曾于春日登当阳城楼，作《登楼赋》以抒其怀。5. 回天地：此指建立大功业。扁（piān）舟：小船，此用范蠡乘扁舟归隐典。6.“不知”二句：此处用《庄子》中的寓言，魏相惠施猜疑庄子想取代自己的相位，庄子以鹓雏自比，而以鸱（猫头鹰）比惠施，以腐鼠比魏相位，以表明自己的志向。鹓（yuān）雏：凤凰一类的鸟。

天　涯

春日在天涯，天涯日又斜。
莺啼如有泪，为湿最高花。

龙　池[1]

龙池赐酒敞云屏，
羯鼓声高众乐停[2]。
夜半宴归宫漏永[3]，
薛王沉醉寿王醒[4]。

注释　1. 龙池：在兴庆宫内，是玄宗和诸王、后妃游宴的场所。2. 羯鼓：出自羯族的一种乐器，相传唐玄宗特爱羯鼓。3. 宫漏：宫中的计时器。4. 薛王：指玄宗弟之子李瑁。寿王：玄宗子李瑁。杨玉环本为寿王妃，后为玄宗所夺。

泪

永巷长年怨绮罗[1]，
离情终日思风波。
湘江竹上痕无限[2]，
岘首碑前洒几多[3]。
人去紫台秋入塞[4]，
兵残楚帐夜闻歌[5]。
朝来灞水桥边问[6]，
未抵青袍送玉珂[7]。

注释　1. 永巷：汉宫幽闭有罪宫嫔之地。2. 湘江竹上痕：指娥皇、女英二妃因舜死而恸哭于湘水边，泪水沾竹成斑。3. 岘首碑：指晋羊祜碑。羊祜守襄阳，有政绩，死后百姓建碑于岘山，望者莫不流涕。4. 紫台：即宫阙。此用昭君出塞典故。5.“兵残”句：指项羽被围垓下，夜闻汉军四面皆楚歌，于是悲歌泣下。6. 灞水桥：在长安东灞水上，唐人常以此为饯行之地。7. 青袍：指寒士。玉珂：马鞍上的玉石类饰物，此代指达官贵人。

流　莺

流莺漂荡复参差[1]，
渡陌临流不自持[2]。
巧啭岂能无本意[3]？
良辰未必有佳期。
风朝露夜阴晴里，
万户千门开闭时。
曾苦伤春不忍听，
凤城何处有花枝[4]。

注释　1. 参差：不整齐貌。此写莺飞之状态。2. 渡陌：飞过田野。不自持：不能自主。3. 啭：鸟婉转的叫声。4. 凤城：此指京城长安。

嫦 娥

云母屏风烛影深[1]，
长河渐落晓星沉。
嫦娥应悔偷灵药[2]，
碧海青天夜夜心。

注释 1. 云母屏风：以云母石饰制的屏风。2. 偷灵药：传说后羿求不死之药于西王母，嫦娥偷食以奔月。

无题二首

凤尾香罗薄几重[1]，
碧文圆顶夜深缝[2]。
扇裁月魄羞难掩[3]，
车走雷声语未通。
曾是寂寥金烬暗，
断无消息石榴红。
斑骓只系垂杨岸[4]，
何处西南待好风[5]。

注释 1. 凤尾香罗：一种织有凤纹的薄罗。2. 碧文圆顶：指有青碧花纹的圆顶罗帐。3. 扇裁：指以团扇掩面。月魄：月亮。4. 斑骓：毛色青白相杂的骏马。这里用乐府《神弦歌·明下童曲》“陆郎乘斑骓……望门不欲归”句意，指意中人离自己并不远。5.“何处”句：化用曹植《七哀诗》中“愿为西南风，长逝入君怀”的诗意。

重帏深下莫愁堂[1]，
卧后清宵细细长[2]。
神女生涯原是梦[3]，
小姑居处本无郎[4]。
风波不信菱枝弱，
月露谁教桂叶香。

注释 1. 重帏：重重幕帐。莫愁：泛指少女。2. 卧后：醒后。清宵：寂静的夜晚。3.“神女”句：用楚王梦遇巫山神女事。4.“小姑”句：南朝乐府民歌《神弦歌·清溪小姑曲》：“小姑所居，独处无郎。”

直道相思了无益[5]，
未妨惆怅是清狂[6]。

5. 直道：即使。了：完全。6. 清狂：痴情。

贾　生[1]

宣室求贤访逐臣[2]，
贾生才调更无伦。
可怜夜半虚前席，
不问苍生问鬼神[3]。

注释　1. 贾生：即贾谊，西汉著名政治家、文学家。曾多次上书直陈朝弊，因谗被贬长沙王太傅。2. 宣室：西汉未央宫前殿正室。逐臣：指贾谊。贾谊曾被贬至长沙，数年后方被召回。3.“可怜”二句：据《史记·屈原贾生列传》，汉文帝向贾谊“问鬼神之本。贾生因具道所以然之状。至夜半，文帝前席”。可怜：可惜。虚：徒然。前席：听话入神时，不自觉地在坐席上挪动，以接近谈话者。苍生：百姓。

谒　山[1]

从来系日乏长绳[2]，
水去云回恨不胜[3]。
欲就麻姑买沧海，
一杯春露冷如冰[4]。

注释　1. 谒：谒见，拜见。2. 系：捆。3. 胜：承受。4.“欲就”二句：诗人欲“买沧海”留住时光，却忽然见沧海又变成一杯冰冷的春露。麻姑：女仙名，自称曾在短时间内三见沧海变为桑田。

李群玉

李群玉（约813—约860），字文山，澧州（今湖南澧县）人。应进士举不第。后游长安，进诗于宣宗，授弘文馆校书郎。不久弃官回乡。其诗风格清丽，含思深婉。有《李群玉诗集》。

黄陵庙[1]

小姑洲北浦云边，
二女啼妆自俨然[2]。
野庙向江春寂寂，
古碑无字草芊芊。
风回日暮吹芳芷[3]，
月落山深哭杜鹃。
犹似含颦望巡狩[4]，
九疑如黛隔湘川[5]。

注释　1. 黄陵庙：在今湖南湘阴北洞庭湖畔。古人曾在这里为舜的妃子娥皇、女英修建祠庙。2. 啼妆：古代妇女的一种妆容，似悲啼。3. 芷：白芷，香草名。4. 含颦：愁眉不展。巡狩：皇帝出外巡行。此指帝舜。5. 九疑：山名，亦名苍梧山，传说是舜死之地。黛：古代女子用来画眉的青黑色的颜料。

放　鱼

早觅为龙去[1]，江湖莫漫游。
须知香饵下[2]，触口是铦钩[3]！

注释　1.“早觅”句：相传鲤鱼跃过龙门则化为龙。2. 香饵：诱鱼上钩的食物。3. 铦：锋利。

无 可

无可，生卒年不详，唐代诗僧，范阳（今河北涿州）人。贾岛从弟。工诗，多为五言，亦擅书法。

秋寄从兄贾岛

暝虫喧暮色，默思坐西林[1]。
听雨寒更彻，开门落叶深。
昔因京邑病，并起洞庭心[2]。
亦是吾兄事[3]，迟回共至今。

注释　1. 西林：即西林寺，无可曾居于此。2. 洞庭心：指泛舟归隐之心。3. 吾兄事：指贾岛执迷宦海之事。

崔 珏

崔珏，生卒年不详，字梦之，清河（今属河北）人。大中进士，由幕府拜秘书郎，为淇县令，官至侍御。其诗构思奇巧，笔意酣畅，华美异常。

和友人鸳鸯之什[1]（选一）

翠鬣红毛舞夕晖[2]，
水禽情似此禽稀。
暂分烟岛犹回首，
只渡寒塘亦共飞。

注释　1. 什：即诗篇。《诗经》雅、颂十篇为一什。2. 鬣（liè）：毛。

映雾乍迷珠殿瓦，
逐梭齐上玉人机[3]。
采莲无限兰桡女[4]，
笑指中流羡尔归。

3. 梭：织布的梭子。4. 兰桡：小舟的美称。

薛　逢

薛逢，生卒年不详，字陶臣，蒲州（今山西永济）人。会昌进士。历官侍御史、尚书郎等职，官终秘书监。长于七律，吊古伤时，写景抒情，呈晚唐衰飒气象。

宫　词

十二楼中尽晓妆[1]，
望仙楼上望君王[2]。
锁衔金兽连环冷，
水滴铜龙昼漏长[3]。
云髻罢梳还对镜[4]，
罗衣欲换更添香。
遥窥正殿帘开处，
袍袴宫人扫御床[5]。

注释　1. 十二楼：仙人所居之楼，此处泛指宫中华丽的宫殿。2. 望仙楼：唐武宗会昌五年（845）所建。3. 水滴铜龙：龙形的铜壶滴漏，为古代计时装置。4. 罢梳：梳罢。5. 袍袴宫人：指穿短袍绣袴的宫女。

马 戴

马戴，生卒年不详，字虞臣，曲阳（今江苏东海）人。会昌进士。在太原幕府任掌书记，因直言获罪，贬龙阳尉。后得赦回京，官终太学博士。诗擅长五律，内容多身世之叹。

落日怅望

孤云与归鸟，千里片时间[1]。
念我何留滞，辞家久未还。
微阳下乔木，远烧入秋山[2]。
临水不敢照，恐惊平昔颜。

注释　1. 片时：顷刻，形容鸟飞之快。2. 远烧：形容夕阳像野火在远处燃烧。

楚江怀古三首[1]（选一）

露气寒光集，微阳下楚丘[2]。
猿啼洞庭树，人在木兰舟[3]。
广泽生明月[4]，苍山夹乱流。
云中君不见[5]，竟夕自悲秋[6]。

注释　1. 楚江：这里是指湘江。2. 微阳：微弱的阳光，这里指夕阳。楚丘：泛指湘江一带的山丘。3. 木兰舟：用木兰做的小船，形容舟之华美。4. 广泽：广阔的水泽，当指洞庭湖。5. 云中君：云神。屈原《九歌》中有《云中君》一篇，此亦指屈原。6. 竟夕：整夜。

崔橹

崔橹，荆南（今湖北荆州一带）人。大中进士，一说广明进士，曾官棣州司马。有《无机集》。

三月晦日送客[1]

野酌乱无巡[2]，送君兼送春。
明年春色至，莫作未归人。

注释　1. 晦日：阴历每月的最后一天。2. 野酌：郊外宴饮。乱无巡：指随意喝，没有次序。

华清宫三首[1]（选一）

门横金锁悄无人，
落日秋声渭水滨。
红叶下山寒寂寂[2]，
湿云如梦雨如尘。

注释　1. 华清宫：唐宫殿，在今陕西临潼东南骊山上。2. 下山：指红叶飘落山下。

曹　邺

曹邺，字邺之，桂州阳朔（今属广西）人。大中进士。曾官太常博士、祠部郎中等职。诗多古体，笔法简净质朴，通俗生动。有《曹祠部集》。

官仓鼠

官仓老鼠大如斗，
见人开仓亦不走。
健儿无粮百姓饥[1]，
谁遣朝朝入君口[2]？

注释　1. 健儿：指兵士。2. 君：指官仓鼠。

高　骈

高骈（821—887），字千里，幽州（今北京）人。家世为禁卫。历任安南都护、荆南节度使、盐铁转运使等职。后拥兵扬州，割据一方，终为部将所杀。

山亭夏日

绿树阴浓夏日长，
楼台倒影入池塘。
水精帘动微风起[1]，
满架蔷薇一院香。

注释　1. 水精帘：形容质地精细而色泽莹澈的珠帘。

于 濆

于濆（832—？），字子漪，籍贯不详。咸通进士，终泗州判官。与刘驾、曹邺等为友，皆不满拘守声律和轻浮艳丽的诗风。其诗颇多反映当时社会矛盾之作。有《于濆诗集》。

古宴曲

雉扇合蓬莱[1]，朝车回紫陌[2]。
重门集嘶马[3]，言宴金张宅[4]。
燕娥奉卮酒[5]，低鬟若无力。
十户手胼胝[6]，凤凰钗一只。
高楼齐下视，日照罗衣色。
笑指负薪人，不信生中国[7]。

注释　1. 雉扇：野鸡毛制成的宫扇。合：掩映。蓬莱：唐宫殿名。2. 朝车：上朝时所乘的车。紫陌：指京城的道路。3. 重门：指贵族的住宅。4. 言：语助词。金张：汉朝著名的官僚世族的姓氏，后常借指贵族豪门。5. 燕娥：燕地美女。6. 手胼胝：过久的劳累使得手上长了厚茧。7. 中国：即国中。

罗 隐

罗隐（833—910），字昭谏，杭州新城（今浙江富阳）人。屡举进士不第，曾入镇海节度使钱镠幕，后任司勋郎中等职。后梁开平二年（908），钱镠表授吴越国给事中。罗隐工诗善文，尤精小品，多讽刺现实之作。有《罗昭谏集》。

偶 题

钟陵醉别十余春[1]，
重见云英掌上身[2]。

注释　1. 钟陵：地名，今江西进贤。2. 云英：钟陵妓名。掌上身：相传汉代赵飞燕身轻，能作掌上舞。后形容女子体态轻盈美妙。

我未成名君未嫁，
可能俱是不如人？

西　施

家国兴亡自有时[1]，
吴人何苦怨西施。
西施若解倾吴国，
越国亡来又是谁？

注释　1. 时：时运，时会。

自　遣

得即高歌失即休[1]，
多愁多恨亦悠悠[2]。
今朝有酒今朝醉，
明日愁来明日愁。

注释　1. 休：作罢，算了。2. 悠悠：安闲自在的样子。

鹦　鹉

莫恨雕笼翠羽残[1]，
江南地暖陇西寒[2]。
劝君不用分明语，
语得分明出转难[3]。

注释　1. 翠羽残：指笼中鹦鹉的翅膀已被剪掉。2.“江南”句：旧传鹦鹉本生活于气候较寒冷的陇西一带。3. 出转难：反而难以说出。

蜂

不论平地与山尖，
无限风光尽被占。
采得百花成蜜后，
为谁辛苦为谁甜？

皮日休

皮日休（834?—883?），字袭美，一字逸少，竟陵（今湖北天门）人。尝隐居鹿门山，自号鹿门子、醉吟先生。官著作郎，迁太常博士。黄巢军入长安，任翰林学士。工诗文，与陆龟蒙齐名，并称“皮陆”。多讽刺小品，笔锋犀利，发人深省。有《皮子文薮》。

橡媪叹[1]

秋深橡子熟，散落榛芜冈[2]。
伛伛黄发媪[3]，拾之践晨霜。
移时始盈掬，尽日方满筐。
几曝复几蒸，用作三冬粮。
山前有熟稻，紫穗袭人香。
细获又精舂，粒粒如玉珰[4]。
持之纳于官，私室无仓箱。
如何一石余，只作五斗量。
狡吏不畏刑，贪官不避赃。

注释　1. 橡媪（ǎo）：捡拾橡子充饥的老妇人。2. 榛芜冈：草木杂生的山冈。3. 伛伛（yǔ）：腰弯背驼的样子。黄发：老年人。4. 玉珰：玉耳饰，此形容米粒的饱满晶莹。

农时作私债[5]，农毕归官仓。
自冬及于春，橡实诳饥肠。
吾闻田成子，诈仁犹自王[6]。
吁嗟逢橡媪，不觉泪沾裳。

5. 作私债：即放私债，指贪官狡吏们把官仓的粮食作为私债借出，以中饱私囊。
6.“吾闻”二句：春秋时齐相田成子，粮食以大斗借出，小斗收进，收买人心，后终于夺取了齐国王位。

春夕酒醒

四弦才罢醉蛮奴[1]，
酃醁余香在翠炉[2]。
夜半醒来红蜡短，
一枝寒泪作珊瑚。

注释 1. 蛮奴：诗人自称。皮日休为襄阳人，属古楚地，称“荆蛮”。2. 酃醁（líng lù）：酒名，相传酃湖之水能酿美酒。

陆龟蒙

陆龟蒙（?—881?），字鲁望，自号江湖散人、甫里先生等。苏州吴县（今属江苏）人。咸通中举进士不第，遂隐居甫里，以处士终。诗文与皮日休齐名，并称“皮陆”。其诗以写景为多。有《笠泽丛书》。

和袭美春夕酒醒

几年无事傍江湖，
醉倒黄公旧酒垆[1]。
觉后不知明月上[2]，
满身花影倩人扶[3]。

注释 1. 黄公旧酒垆：原为晋竹林七贤饮酒处，此指作者与皮日休放达纵饮。2. 觉：睡醒。3. 倩：请，央求。

白　莲

素花多蒙别艳欺[1]，
此花端合在瑶池[2]。
还应有恨无人觉，
月晓风清欲堕时。

注释　1. 素花：白色的花。别艳：其他颜色艳丽的花。2. 端合：真应该。瑶池：传说中西王母居处。

新　沙[1]

渤澥声中涨小堤[2]，
官家知后海鸥知。
蓬莱有路教人到[3]，
应亦年年税紫芝[4]。

注释　1. 新沙：海水涨潮后新出现的沙洲。2. 渤澥（xiè）：渤海的别称。3. 蓬莱：传说中的海上三仙山之一。4. 紫芝：灵芝的一种，传说仙人种紫芝为食。

怀宛陵旧游[1]

陵阳佳地昔年游[2]，
谢朓青山李白楼[3]。
唯有日斜溪上思，
酒旗风影落春流。

注释　1. 宛陵：今安徽省宣城。旧游：这里指旧日游览之地。2. 陵阳：山名，在今宣城城北。3. 谢朓：南齐诗人，为宣城太守。李白游宣城时，有“谁念北楼上，临风怀谢公”句。

韦 庄

韦庄（836?—910），字端己，京兆杜陵（今陕西西安）人。乾宁进士，授校书郎、右补阙等。后入蜀为西川节度使王建掌书记。前蜀建国，官至吏部侍郎兼平章事。工于诗词，多怀古伤世、离情感旧之作。词与温庭筠齐名，并称“温韦”。七绝清新秀朗，情致深婉。有《浣花集》。

金陵图[1]

谁谓伤心画不成，
画人心逐世人情。
君看六幅南朝事，
老木寒云满故城。

注释　1. 金陵：即今江苏南京，东吴、东晋、宋、齐、梁、陈六朝先后在此建都。

台　城[1]

江雨霏霏江草齐，
六朝如梦鸟空啼。
无情最是台城柳，
依旧烟笼十里堤。

注释　1. 台城：故址在今南京北玄武湖边，是六朝皇宫所在地。

秦妇吟

中和癸卯春三月[1]，
洛阳城外花如雪。

注释　1. 中和癸卯：即唐僖宗中和三年（883）。

东西南北路人绝，
绿杨悄悄香尘灭。
路旁忽见如花人，
独向绿杨阴下歇。
凤侧鸾欹鬓角斜[2]，
红攒黛敛眉心折。
借问女郎何处来？
含嚬欲语声先咽[3]。
回头敛袂谢行人[4]，
丧乱漂沦何堪说！
三年陷贼留秦地，
依稀记得秦中事。
君能为妾解金鞍，
妾亦与君停玉趾[5]。
前年庚子腊月五[6]，
正闭金笼教鹦鹉。
斜开鸾镜懒梳头，
闲凭雕栏慵不语。
忽看门外起红尘，
已见街中擂金鼓。
居人走出半仓惶，
朝士归来尚疑误。
是时西面官军入，
拟向潼关为警急；
皆言博野自相持[7]，
尽道贼军来未及。

2. 凤侧鸾欹：形容簪钗散乱。3. 嚬：同“颦”，皱眉。4. 敛袂：整理衣袖。5. 玉趾：对人脚步的敬称。6. 庚子：即广明元年（880），十二月五日僖宗出奔，黄巢入长安。7. 博野：县名，在今河北中部。

须臾主父乘奔至[8]，
下马入门痴似醉。
适逢紫盖去蒙尘[9]，
已见白旗来匝地[10]。
扶羸携幼竞相呼，
上屋缘墙不知次，
南邻走入北邻藏，
东邻走向西邻避；
北邻诸妇咸相凑[11]，
户外崩腾如走兽。
轰轰昆昆乾坤动，
万马雷声从地涌。
火迸金星上九天，
十二官街烟烘焖[12]。
日轮西下寒光白，
上帝无言空脉脉[13]。
阴云晕气若重围[14]，
宦者流星如血色[15]。
紫气潜随帝座移[16]，
妖光暗射台星拆[17]。
家家流血如泉沸，
处处冤声声动地。
舞伎歌姬尽暗捐[18]，
婴儿稚女皆生弃。
东邻有女眉新画，
倾国倾城不知价；

8. 主父：此为妻对夫的敬称。9. 紫盖：指帝王车驾。10. 白旗：黄巢军的旗帜。匝地：遍地。11. 相凑：相聚集。12. 烘焖：火盛貌。13. 上帝：指天帝。14. 晕：日月周围的光圈。15. 宦者：官星名。16. 紫气：指帝王、圣贤出现时的祥瑞之气。帝座：古星名。17. 台星：即三台六星，官星名。18. 捐：消散。

长戈拥得上戎车，
回首香闺泪盈把[19]。
旋抽金线学缝旗，
才上雕鞍教走马。
有时马上见良人[20]，
不敢回眸空泪下。
西邻有女真仙子，
一寸横波剪秋水，
妆成只对镜中春，
年幼不知门外事。
一夫跳跃上金阶，
斜袒半肩欲相耻[21]。
牵衣不肯出朱门，
红粉香脂刀下死。
南邻有女不记姓，
昨日良媒新纳聘。
琉璃阶上不闻行[22]，
翡翠帘间空见影。
忽看庭际刀刃鸣，
身首支离在俄顷。
仰天掩面哭一声，
女弟女兄同入井[23]。
北邻少妇行相促，
旋拆云鬟拭眉绿[24]。
已闻击托坏高门[25]，
不觉攀缘上重屋。

19. 盈把：满手。20. 良人：古代女子对丈夫的称呼。21. 相耻：加以侮辱。22. 琉璃：此为对台阶的美称。23. 女弟女兄：即妹妹和姐姐。24. 眉绿：画眉毛的青黛色。25. 击托：敲打。

须臾四面火光来，
欲下回梯梯又摧。
烟中大叫犹求救，
梁上悬尸已作灰。
妾身幸得全刀锯[26]，
不敢踟蹰久回顾。
旋梳蝉鬓逐军行，
强展蛾眉出门去。
万里从兹不得归，
六亲自此无寻处。
一从陷贼经三载，
终日惊忧心胆碎。
夜卧千重剑戟围，
朝餐一味人肝脍[27]。
鸳帏纵入岂成欢？
宝货虽多非所爱。
蓬头垢面犹眉赤[28]，
几转横波看不得。
衣裳颠倒言语异，
面上夸功雕作字。
柏台多士尽狐精[29]，
兰省诸郎皆鼠魅[30]。
还将短发戴华簪，
不脱朝衣缠绣被；
翻持象笏作三公[31]，
倒佩金鱼为两史[32]。

26. 全刀锯：从刀锯之下保全了生命。27. 脍：细切的肉。泛指切割。《庄子·盗跖》："脍人肝而餔之。" 28. 眉赤：西汉末有赤眉军起义。此指黄巢军。29. 柏台：御史台，御史大夫的公署。30. 兰省：秘书省，有校书郎等郎官。31. 象笏：象牙做的朝板。三公：古代中央三种最高官衔的合称。32. 金鱼：唐三品以上官员佩戴金鱼袋。两史：御史大夫与御史中丞。

朝闻奏对入朝堂，
暮见喧呼来酒市。
一朝五鼓人惊起，
呼啸喧争如窃语。
夜来探马入皇城，
昨日官军收赤水；
赤水去城一百里，
朝若来兮暮应至。
凶徒马上暗吞声，
女伴闺中潜生喜。
皆言冤愤此时销，
必谓妖徒今日死，
逡巡走马传声急，
又道官军全阵入；
大彭小彭相顾忧[33]，
二郎四郎抱鞍泣[34]。
沉沉数日无消息，
必谓军前已衔璧[35]；
簸旗掉剑却来归，
又道官军悉败绩。
四面从兹多厄束[36]，
一斗黄金一升粟。
尚让厨中食木皮[37]，
黄巢机上刲人肉[38]。
东南断绝无粮道，
沟壑渐平人渐少。

33. 大彭：时溥。小彭：秦彦。二人都是彭城（今徐州）人，黄巢的部下。34. 二郎：即黄巢，因为他排行第二。四郎：黄巢的弟弟黄揆。35. 军：指官军。衔璧：帝王兵败投降，向胜利者衔璧请罪。36. 厄束：艰难窘迫。37. 尚让：黄巢的宰相。38. 机：几案。刲：割肉。

六军门外倚僵尸[39]，
七架营中填饿殍[40]。
长安寂寂今何有？
废市荒街麦苗秀[41]。
采樵斫尽杏园花，
修寨诛残御沟柳。
华轩绣毂皆销散[42]，
甲第朱门无一半。
含元殿上狐兔行，
花萼楼前荆棘满[43]。
昔时繁盛皆埋没，
举目凄凉无故物。
内库烧为锦绣灰[44]，
天街踏尽公卿骨[45]。
来时晓出城东陌，
城外风烟如塞色。
路旁时见游奕军[46]，
坡下寂无迎送客。
霸陵东望人烟绝，
树锁骊山金翠灭。
大道俱成棘子林，
行人夜宿墙匡月[47]。
明朝晓至三峰路[48]，
百万人家无一户。
破落田园但有蒿，
催残竹树皆无主。

39. 六军：保卫京师的禁军。40. 七架：未详。《长安志》有七架亭，在禁苑中，去宫城十三里。恐不是此诗所云七架营。饿殍：饿死者。41. 秀：作物抽穗开花。42. 华轩绣毂：指富贵者所乘的华美车子。43. 含元殿、花萼楼：皆唐宫建筑。44. 内库：内藏库，唐太宗在禁城内置库，后世皇帝以之为私有库藏。45. 天街：禁城内的街道。46. 游奕军：游弋巡逻之兵。47. 墙匡：围墙，墙垣。48. 三峰：即华山。三峰路，即去华山的大路。

路旁试问金天神[49]，
金天无语愁于人。
庙前古柏有残枿[50]，
殿上金炉生暗尘。
一从狂寇陷中国，
天地晦冥风雨黑；
案前神水咒不成，
壁上阴兵驱不得[51]。
闲日徒歆奠飨思[52]，
危时不助神通力。
我今愧恧拙为神[53]，
且向山中深避匿；
寰中箫管不曾闻[54]，
筵上牺牲无处觅[55]。
旋教魇鬼傍乡村[56]，
诛剥生灵过朝夕。
妾闻此语愁更愁，
天遣时灾非自由。
神在山中犹避难，
何须责望东诸侯！
前年又出杨震关[57]，
举头云际见荆山[58]。
如从地府到人间，
顿觉时清天地闲。
陕州主帅忠且贞[59]，
不动干戈唯守城。

49. 金天神：华山之神。50. 枿（niè）：树木砍去后留下的树桩子。51. 阴兵：神兵鬼兵。52. 歆：享用。奠飨：置酒食以祭祀。53. 愧恧（nǜ）：惭愧。54. 寰中：宇内，天下。55. 牺牲：用于祭祀的牛、羊等物。56. 魇鬼：迷信中幽隐暗昧、阴阳不分之气，乘睡魇人，名为魇鬼。57. 杨震关：即潼关。58. 荆山：在今河南灵宝境内。59. 陕州主帅：指陕虢观察使王重盈。

蒲津主帅能戢兵[60]，
千里晏然无戈声[61]。
朝携宝货无人问，
夜插金钗唯独行。
明朝又过新安东[62]，
路上乞浆逢一翁。
苍苍面带苔藓色，
隐隐身藏蓬荻中。
问翁本是何乡曲[63]？
底事寒天霜露宿[64]？
老翁暂起欲陈辞[65]，
却坐支颐仰天哭[66]。
乡园本贯东畿县[67]，
岁岁耕桑临近甸[68]；
岁种良田二百廛[69]，
年输户税三千万。
小姑惯织褐絁袍[70]，
中妇能炊红黍饭[71]。
千间仓兮万丝箱，
黄巢过后犹残半。
自从洛下屯师旅，
日夜巡兵入村坞；
匣中秋水拔青蛇[72]，
旗上高风吹白虎[73]。
入门下马若旋风，
罄室倾囊如卷土[74]。

60. 蒲津主帅：指河中节度使王重荣。戢兵：藏兵。61. 晏然：安宁，安定。62. 新安：地名，今河南新安。63. 乡曲：乡里。64. 底事：何事，为什么。65. 蹔：同“暂”。66. 却坐：退坐。支颐：用手托下巴。67. 东畿：畿是京都四周的地区。怀、郑、汝、陕四州为东畿。68. 甸：天子五百里内田。69. 廛：古代城市平民的房地。70. 褐：粗布。絁：较粗的丝绸。71. 中妇：指妻子。72. 秋水：比喻剑光冷峻清澈。青蛇：宝剑名。73. 白虎：指旗上的图案。74. 罄室：倾家。

家财既尽骨肉离，
今日垂年一身苦[75]。
一身苦兮何足嗟，
山中更有千万家，
朝饥山上寻蓬子，
夜宿霜中卧荻花！
妾闻此父伤心语，
竟日阑干泪如雨。
出门惟见乱枭鸣，
更欲东奔何处所？
仍闻汴路舟车绝[76]，
又道彭门自相杀[77]；
野色徒销战士魂，
河津半是冤人血。
适闻有客金陵至，
见说江南风景异。
自从大寇犯中原，
戎马不曾生四鄙[78]；
诛锄窃盗若神功，
惠爱生灵如赤子。
城壕固护教金汤[79]，
赋税如云送军垒。
奈何四海尽滔滔，
湛然一境平如砥[80]。
避难徒为阙下人[81]，
怀安却羡江南鬼。

75. 垂年：垂老。76. 汴路：到开封去的路。77. 彭门：即徐州。78. 四鄙：周边地区。79. 金汤：金城汤池，比喻坚固的城池。80. 湛然：平静。砥：细的磨刀石，喻平直。81. 阙下：指京城。

愿君举棹东复东，
咏此长歌献相公[82]。

82. 相公：指镇海节度使同平章事周宝。周驻守润州，保持了江南的太平。

黄　巢

黄巢（?—884），曹州冤句（今山东菏泽）人。乾符二年（875）领导农民起义，后在长安建大齐政权，年号金统。公元884年，兵败自刎。《全唐诗》录其诗三首。

题菊花

飒飒西风满院栽，
蕊寒香冷蝶难来。
他年我若为青帝[1]，
报与桃花一处开。

注释　1. 青帝：传说中的司春之神。

不第后赋菊

待到秋来九月八[1]，
我花开后百花杀[2]。
冲天香阵透长安，
满城尽带黄金甲[3]。

注释　1. 九月八：此泛指秋菊盛开的时节。2. 杀：凋谢。3. 黄金甲：此谓黄色的菊花就像是穿着金色铠甲的兵士一样。

聂夷中

聂夷中，生卒年不详，字坦之，河南中都（今河南沁阳）人。懿宗咸通十二年（871）登进士第，授华阴尉。诗作多伤俗悯时，朴质深刻，富于现实主义特征。《全唐诗》存其诗一卷。

伤田家

二月卖新丝，五月粜新谷[1]。
医得眼前疮，剜却心头肉[2]。
我愿君王心，化作光明烛。
不照绮罗筵[3]，只照逃亡屋。

注释　1. 粜(tiào)：出卖粮食。2. 剜却：用刀挖去。3. 绮罗筵：豪华精美的筵席。

司空图

司空图（837—908），字表圣，自号知非子，河中虞乡（今山西永济）人。官至知制诰、中书舍人。其诗多表现闲适生活情趣，有《司空表圣诗集》。旧传《二十四诗品》系其所撰，今人多非之。

退居漫题七首（选二）

花缺伤难缀[1]，莺喧奈细听。
惜春春已晚，珍重草青青。

注释　1. 缀：连接。

燕语曾来客，花催欲别人。
莫愁春又过，看著又新春。

钱 珝

钱珝，生卒年不详，字瑞文，吴兴（今浙江湖州）人。钱起的曾孙。乾宁初官中书舍人，后贬为抚州司马。工诗，尤擅绝句。

未展芭蕉

冷烛无烟绿蜡干[1]，
芳心犹卷怯春寒[2]。
一缄书札藏何事[3]，
会被东风暗拆看。

注释　1.“冷烛”句：尚未抽叶的芭蕉茎干直立，像碧绿的蜡烛。2. 芳心：指卷在蕉叶最里层的蕉心。3. 一缄：一封。书札：书信。

张 乔

张乔，生卒年不详，字伯迁，池州青阳（今属安徽）人。咸通进士，与许棠、郑谷等东南才子称“咸通十哲”。后在九华山隐居。诗清雅巧思，风格似贾岛。

书边事

调角断清秋[1]，征人倚戍楼。
春风对青冢[2]，白日落梁州[3]。
大漠无兵阻，穷边有客游。
蕃情似此水[4]，长愿向南流。

注释　1. 调角：犹吹角。2. 青冢：指王昭君墓。3. 梁州：当指凉州，在今甘肃境内。4. 蕃情：指吐蕃族人民的心愿。

高 蟾

高蟾，生卒年不详，河朔（今河北一带）人。约唐僖宗中和初前后在世。性倜傥，尚气节，官至御史中丞。工诗，气势雄伟。

下第后上永崇高侍郎[1]

天上碧桃和露种，
日边红杏倚云栽[2]。
芙蓉生在秋江上，
不向东风怨未开。

注释　1. 下第：指科举考试没有考中。永崇：长安坊名。高侍郎：指高湜，咸通十二年（871）为礼部侍郎。2. 天上碧桃、日边红杏：均喻新中进士者。

章 碣

章碣，生卒年不详，睦州桐庐（今浙江桐庐）人，诗人章孝标之子。屡举进士不第，后流落江湖，不知所终。其诗多七律，颇有愤激之音。《全唐诗》存其诗一卷。

焚书坑[1]

竹帛烟销帝业虚[2]，
关河空锁祖龙居[3]。
坑灰未冷山东乱[4]，
刘项元来不读书[5]。

注释 1. 焚书坑：在今陕西临潼骊山，相传是秦始皇当年焚书坑儒之地。2. 竹帛：古人所用书写材料，此借指书籍。3. 关河：函谷关及黄河等险固地势。祖龙：指秦始皇。4. 山东：殽函以东，即战国时秦以外六国故地。5. 刘项：刘邦和项羽。元来：即原来。

薛 媛

薛媛，生卒年不详，晚唐濠梁（今安徽凤阳）人，南楚材妻。

写真寄夫[1]

欲下丹青笔，先拈宝镜寒。
已惊颜索寞[2]，渐觉鬓凋残。
泪眼描将易，愁肠写出难。
恐君浑忘却[3]，时展画图看。

注释 1. 写真：画像。2. 索寞：寂寥、无生气的样子。3. 浑：全。

曹 松

曹松，生卒年不详，字梦徵，舒州（今安徽潜山）人。曾依建州刺史李频，七十余岁中进士，授校书郎。诗学贾岛，取境深幽，工于铸炼。

己亥岁二首[1]（选一）

泽国江山入战图[2]，
生民何计乐樵苏[3]。
凭君莫话封侯事，
一将功成万骨枯。

注释　1. 己亥岁：即唐僖宗乾符六年（879）。2. 泽国：泛指长江以南地区。3. 乐樵苏：以打柴割草平安度日为快乐。樵，打柴。苏，割草。

崔道融

崔道融（?—约907），荆州（今湖北江陵）人。曾任永嘉令，累官右补阙。避地入闽。其诗风格多样，尤擅五绝。有《东浮集》。

溪居即事

篱外谁家不系船，
春风吹入钓鱼湾。
小童疑是有村客，
急向柴门去却关[1]。

注释　1. 却关：打开门闩。

韩 偓

韩偓（842—914?），字致尧（一作致光），自号玉山樵人，京兆万年（今陕西西安）人。官翰林学士、中书舍人、兵部侍郎等，后寓居南安而终。诗以香艳著，称“香奁体”。后期诗歌感时伤乱，托兴深远。有《玉山樵人集》行世。

故 都[1]

故都遥想草萋萋，
上帝深疑亦自迷。
塞雁已侵池籞宿[2]，
宫鸦犹恋女墙啼[3]。
天涯烈士空垂涕[4]，
地下强魂必噬脐[5]。
掩鼻计成终不觉，
冯驩无路学鸣鸡[6]。

注释　1. 故都：指唐京城长安。2. 池籞（yù）：宫苑池塘上编竹条，牵以成网，使禽鸟不能出入。3. 女墙：宫城上的墙垛。4. 烈士：此为作者自指。5. 地下强魂：指被朱温利用并杀害的宰相崔胤。噬脐：以人不能咬到自己的肚脐比喻追悔不及。6.“掩鼻”二句：意谓朱温篡唐的阴谋已经部署完成，自己无法出奇计使昭宗脱险。掩鼻计：楚王有新宠，夫人郑袖骗其掩鼻见王，又进谗言说美人厌恶楚王体味，终使其失宠。学鸣鸡：战国齐孟尝君夜不得过函谷关，一门客学鸣鸡骗开关门助其脱险。冯驩，名又作冯谖，孟尝君的门客，此作者自比。

自沙县抵龙溪县，值泉州军过后，村落皆空，因有一绝[1]

水自潺湲日自斜，
尽无鸡犬有鸣鸦。
千村万落如寒食[2]，
不见人烟空见花。

注释　1. 沙县、龙溪、泉州：俱在今福建境内。泉州军：指割据福建中部的藩镇武装。2. 如寒食：像寒食节禁烟火那样不见炊烟。

惜 花

皱白离情高处切，
腻红愁态静中深[1]。
眼随片片沿流去，
恨满枝枝被雨淋。
总得苔遮犹慰意[2]，
若教泥污更伤心。
临轩一盏悲春酒，
明日池塘是绿阴[3]。

注释　1. 皱白、腻红：指代花朵。2. 犹慰意：稍稍慰藉人意。3. "明日"句：明日残红去尽，只剩下绿阴映入池塘。

春 尽

惜春连日醉昏昏，
醒后衣裳见酒痕。
细水浮花归别涧，
断云含雨入孤村。
人闲易有芳时恨[1]，
地迥难招自古魂[2]。
惭愧流莺相厚意[3]，
清晨犹为到西园。

注释　1. 芳时恨：指春归引起的怅恨。2. 迥：偏远。3. 相厚意：指殷勤相顾。

已　凉

碧阑干外绣帘垂，
猩色屏风画折枝[1]。
八尺龙须方锦褥[2]，
已凉天气未寒时。

注释　1. 猩色：猩红色。画折枝：指花鸟画中画花卉只画连枝折下的部分。2. 龙须：草名，可以织席。

寒食夜

恻恻轻寒剪剪风[1]，
小梅飘雪杏花红。
夜深斜搭秋千索[2]，
楼阁朦胧细雨中。

注释　1. 恻恻：凄恻。剪剪：形容风轻微而带寒意。2. 秋千索：秋千的绳索。古时寒食节，女子有荡秋千的习俗。

吴　融

吴融（?—903），字子华，越州山阴(今浙江绍兴)人。昭宗龙纪进士。曾任侍御史、左补阙、中书舍人等职。官终翰林承旨。其诗多流连光景、酬答吟唱之作。

金桥感事[1]

太行和雪叠晴空，
二月春郊尚朔风。

注释　1. 金桥：在今山西长治。

饮马早闻临渭北[2]，
射雕今欲过山东[3]。
百年徒有伊川叹[4]，
五利宁无魏绛功[5]？
日暮长亭正愁绝，
哀笳一曲戍烟中[6]。

2. 饮马：晋楚战争中，楚军曾扬言“饮马于河（黄河）而归”。这里比喻反叛藩将李克用的军事野心。3. 射雕：北齐斛律光曾射落雕鸟，这里喻李克用实力强大。山东：太行山以东地区。4.“百年”句：周平王迁都洛阳时，大夫辛有在伊水附近看到一个披发的人在野外祭祀，于是预言这地方必将沦为戎人居住，后果应验。5. 魏绛：春秋时晋悼公的大夫，认为“和戎”有“五利”。晋悼公采用了他的主张，国家大治。6. 笳：胡笳。戍烟：戍楼的烽烟。

途中见杏花

一枝红艳出墙头，
墙外行人正独愁。
长得看来犹有恨，
可堪逢处更难留。
林空色暝莺先到，
春浅香寒蝶未游。
更忆帝乡千万树[1]，
淡烟笼日暗神州[2]。

注释　1. 帝乡：指京城长安。2. 暗神州：弥漫神州大地。

金昌绪

金昌绪，生卒年不详。余杭（今浙江杭州）人，大中以前在世。《全唐诗》存《春怨》一首。

春 怨

打起黄莺儿，莫教枝上啼。
啼时惊妾梦，不得到辽西[1]。

注释 1. 辽西：辽河以西，即今辽宁西部，唐时东北边陲重地。

鱼玄机

鱼玄机（860—874），初名幼微，字蕙兰，长安（今陕西西安）人。本为李亿妾，后在长安咸宜观出家为女道士。工诗，与许多文士交往甚密。后因妒杀侍婢被处死。有《唐女郎鱼玄机诗》。

江陵愁望寄子安[1]

枫叶千枝复万枝，
江桥掩映暮帆迟。
忆君心似西江水[2]，
日夜东流无歇时。

注释 1. 江陵：唐代府名，治所在今湖北江陵。子安：李亿的字。2. 西江：指长江。

赠邻女

羞日遮罗袖，愁春懒起妆。
易求无价宝，难得有心郎。
枕上潜垂泪，花间暗断肠。
自能窥宋玉[1]，何必恨王昌[2]。

注释　1. 宋玉：宋玉《登徒子好色赋》谓有邻女在墙头偷看他三年。2. 王昌：魏晋时人，风神俊美，为时人所赏。

杜荀鹤

杜荀鹤（846—904），字彦之，号九华山人，池州石埭（今安徽石台）人。诗名早著而屡试不第，隐居九华山十五年。后登进士第，任知制诰、翰林学士等职。诗多反映现实之作，朴质自然，通俗浅近。有《杜荀鹤文集》。

春宫怨

早被婵娟误[1]，欲妆临镜慵。
承恩不在貌，教妾若为容[2]？
风暖鸟声碎，日高花影重。
年年越溪女[3]，相忆采芙蓉。

注释　1. 婵娟：形态美好貌。2. 若为容：怎么打扮。3. 越溪女：指西施浣纱时的女伴。

山中寡妇

夫因兵死守蓬茅[1]，
麻苎衣衫鬓发焦[2]。

注释　1. 蓬茅：蓬蒿和茅草做的屋。2. 麻苎（zhù）：可以制粗麻布的一种植物。

桑柘废来犹纳税[3]，
田园荒后尚征苗[4]。
时挑野菜和根煮，
旋斫生柴带叶烧[5]。
任是深山更深处，
也应无计避征徭[6]。

焦：枯黄。3. 柘（zhè）：树名，叶子可喂蚕。废：荒废，毁坏。4. 苗：此指田赋。5. 斫（zhuó）：砍。6. 征徭：赋税和劳役。

再经胡城县[1]

去岁曾经此县城，
县民无口不冤声。
今来县宰加朱绂[2]，
便是生灵血染成[3]。

注释　1. 胡城县：旧治在今安徽阜阳北。2. 朱绂（fú）：系官印的红色丝带。3. 生灵：百姓。

赠质上人[1]

枿坐云游出世尘[2]，
兼无瓶钵可随身[3]。
逢人不说人间事，
便是人间无事人。

注释　1. 上人：对得道高僧的尊称。2. 枿（niè）坐：枯坐。3. 瓶钵：云游和尚喝水吃饭的用具。

小　松

自小刺头深草里[1]，
而今渐觉出蓬蒿[2]。
时人不识凌云木[3]，
直待凌云始道高。

注释　1. 刺头：指长满松针的小松苗。2. 蓬蒿：泛指杂草。3. 凌云木：指长得高大的松树。

郑　谷

郑谷（851?—?），字守愚，袁州宜春（今江西宜春）人。历官右拾遗、左补阙、都官郎中。其诗多写景咏物、送别酬谢之作，清婉晓畅。有《云台编》。

席上贻歌者

花月楼台近九衢[1]，
清歌一曲倒金壶。
座中亦有江南客，
莫向春风唱鹧鸪[2]。

注释　1. 九衢（qú）：指都市中四通八达的街道。2. 鹧鸪：即《鹧鸪曲》。据说鹧鸪有南飞的特性，其鸣声似“行不得也哥哥”。《鹧鸪曲》效鹧鸪之声，曲调哀婉清怨。

淮上与友人别[1]

扬子江头杨柳春[2]，
杨花愁杀渡江人。

注释　1. 淮上：此指瓜洲渡（运河入长江处）。2. 扬子江：长江流经扬州与镇江的部分。

数声风笛离亭晚[3]，
君向潇湘我向秦[4]。

3. 离亭：古人常于驿亭送别，故称。4. 潇湘：今湖南一带。秦：今陕西一带。

鹧　鸪[1]

暖戏烟芜锦翼齐[2]，
品流应得近山鸡。
雨昏青草湖边过[3]，
花落黄陵庙里啼[4]。
游子乍闻征袖湿，
佳人才唱翠眉低。
相呼相应湘江阔，
苦竹丛深春日西。

注释　1. 鹧鸪：产于我国南部，形似雌雉，体大如鸠。2. 暖：鹧鸪习性畏霜露。烟芜：烟雾迷蒙的草地。锦翼：斑斓醒目的羽色。3. 青草湖：在洞庭湖东南。4. 黄陵庙：在湘阴北洞庭湖畔。传说帝舜二妃溺于湘江，后人遂立祠于水侧。

罗　虬

罗虬，生卒年不详，台州（今属浙江）人。累举不第。广明乱后，为鄜州李孝恭从事。辞藻富赡，与隐、邺齐名，世号“三罗”。有《比红儿诗》百首，盛传于世。

比红儿诗[1]（选一）

薄罗轻剪越溪纹[2]，
鸦翅低垂两鬓分[3]。
料得相如偷见面，
不应琴里挑文君[4]。

注释　1. 红儿：雕阴（今陕西富县北）官妓杜红儿，传为罗虬所杀。2. 越溪纹：喻花纹像越女浣纱的溪水一样美丽。3. 鸦翅：指少女鬓发。4. 挑：挑逗。文君：卓文君。相传文君新寡，相如以琴曲挑之，二人遂私奔。

崔　涂

崔涂（854—?），字礼山，江南人。僖宗光启四年（888）进士。长期羁旅各地。诗多以漂泊生活为题材，情调苍凉。

孤　雁

几行归塞尽，片影独何之。
暮雨相呼失[1]，寒塘欲下迟[2]。
渚云低暗度，关月冷相随。
未必逢矰缴[3]，孤飞自可疑。

注释　1. 相呼失：指失群的孤雁在暮雨中独飞悲鸣。2. 欲下迟：指孤雁想落下寒塘栖息而又迟疑不决。3. 矰缴（zēng zhuó）：一种在绳上系箭射鸟的工具。矰，短箭。缴，系箭的丝绳。

春　夕

水流花谢两无情，
送尽东风过楚城[1]。
蝴蝶梦中家万里[2]，
子规枝上月三更[3]。
故园书动经年绝[4]，
华发春唯满镜生[5]。
自是不归归便得，
五湖烟景有谁争[6]？

注释　1. 楚城：泛指旅途经过的楚地。2. 蝴蝶梦：在梦中变成蝴蝶。《庄子》中说庄周梦中变成蝴蝶，醒后感到迷茫。3. 子规：杜鹃鸟，啼声凄切。4. 书：家书。动：动辄，经常。经年绝：长年断绝。5. 华发：白发。6. 五湖：相传春秋时越国大夫范蠡功成身退，泛舟五湖。这里指诗人的家乡在浙江桐庐一带。

秦韬玉

秦韬玉，生卒年不详，京兆（今陕西西安）人。屡应进士举不第，后经大宦官田令孜推荐，中和二年（882）特赐进士及第，官工部侍郎。《全唐诗》存其诗一卷。

贫　女

蓬门未识绮罗香[1]，
拟托良媒益自伤。
谁爱风流高格调，
共怜时世俭梳妆[2]。
敢将十指夸针巧[3]，

注释　1. 蓬门：蓬草做的门，此指贫苦人家。绮罗：华丽的丝绸。2. 怜：爱。时世：当世，当今。俭梳妆：即“俭妆”，晚唐盛行的一种妆饰。3. 针巧：指刺绣技艺高超。

不把双眉斗画长[4]。
苦恨年年压金线[5]，
为他人作嫁衣裳。

4. 斗：比，争。5. 压金线：用金线绣成华贵的衣饰，此泛指刺绣。压，一种刺绣的手法。

唐彦谦

唐彦谦，生卒年不详。字茂业，号鹿门先生，并州晋阳（今山西太原）人。咸通进士。曾任兴元节度副使、阆州刺史等职。擅长五言古诗，风格颇清浅显豁。有《鹿门集》。

采桑女

春风吹蚕细如蚁，
桑芽才努青鸦嘴[1]。
侵晨探采谁家女，
手挽长条泪如雨。
去岁初眠当此时[2]，
今岁春寒叶放迟。
愁听门外催里胥[3]，
官家二月收新丝。

注释　1. 努：突出，冒出。2. 初眠：蚕蜕皮期间不食不动称“眠”，蚕要吐丝须经过四眠，第一次称为初眠。3. 里胥：一里之长，又称里正。

垂　柳

绊惹春风别有情，
世间谁敢斗轻盈。

楚王江畔无端种，
饿损纤腰学不成[1]。

注释 1. 饿损纤腰：暗用楚王好细腰，宫中多饿死的典故。

王 驾

王驾，生卒年不详。字大用，自号守素先生，河中（今山西永济）人。大顺进士，官至礼部员外郎。有诗名，今存诗六首。

社 日[1]

鹅湖山下稻粱肥[2]，
豚栅鸡栖半掩扉[3]。
桑柘影斜春社散[4]，
家家扶得醉人归。

注释 1. 社日：古代祭祀土地神的节日，分春社与秋社。2. 鹅湖山：在今江西铅山境内。3. 豚栅：猪栏。鸡栖：鸡窝。扉：门。4. 桑柘：桑树和柘树。

雨 晴

雨前初见花间蕊[1]，
雨后兼无叶里花。
蛱蝶飞来过墙去，
却疑春色在邻家。

注释 1. 花间蕊：指刚开的花朵。

古　意

夫戍萧关妾在吴[1]，
西风吹妾妾忧夫[2]。
一行书信千行泪，
寒到君边衣到无？

注释　1. 戍：守。萧关：古关名，故址在今宁夏固原东南。吴：今江苏南部一带，春秋时属吴国。2. 西风：秋风。

齐　己

齐己（860—约937），自号衡岳沙门，益阳（今属湖南）人。唐末五代诗僧。出家后长期居于道林寺，后栖庐山东林寺。诗多登临题咏，有《白莲集》。

早　梅

万木冻欲折，孤根暖独回[1]。
前村深雪里，昨夜一枝开。
风递幽香去[2]，禽窥素艳来[3]。
明年如应律[4]，先发映春台[5]。

注释　1. 孤根：指梅树。回：回复生机。2. 递：传送。3. 素艳：从素朴淡雅中显出的美丽。4. 应律：与岁时节令相符。《吕氏春秋》将音律对应十二个月。5. 映春台：此处泛指南面向阳的小山坡。

张 泌

张泌，生卒年不详，字子澄，唐末时登进士第。唐亡前后，主要活动在武安军节度使马殷统治的湖湘桂一带。工诗词，用字工炼，描绘细腻。

寄 人

别梦依依到谢家[1]，
小廊回合曲阑斜。
多情只有春庭月，
犹为离人照落花。

注释　1. 谢家：指所思慕的女子家。

翁 宏

翁宏，生卒年不详。字大举，桂州（今广西桂林）人。《全唐诗》存其诗三首。

春 残

又是春残也，如何出翠帏[1]。
落花人独立，微雨燕双飞。
寓目魂将断[2]，经年梦亦非。
那堪向愁夕，萧飒暮蝉辉。

注释　1. 翠帏：翠色的帷帐，此指女子居处。2. 寓目：触目。

花蕊夫人

花蕊夫人（约883—926），青城（今四川都江堰西）人。前蜀主王建淑妃徐氏，又称小徐妃。其姊大徐妃生后主王衍，后二妃与后主均为后唐庄宗所杀。

述国亡诗

君王城上竖降旗，
妾在深宫那得知？
十四万人齐解甲[1]，
宁无一个是男儿[2]！

注释 1. 解甲：脱下铠甲，即投降。2. 宁无：难道没有。男儿：指有丈夫气概。

无名氏

金缕衣

劝君莫惜金缕衣[1]，
劝君须惜少年时。
有花堪折直须折[2]，
莫待无花空折枝。

注释 1. 金缕衣：用金线织成的华美衣服。代指一切华贵的东西。一说金缕衣为古曲调名。2. 堪：可以。

杂 诗

旧山虽在不关身[1]，
且向长安过暮春。
一树梨花一溪月，
不知今夜属何人？

注释 1. 旧山：指故乡。不关身：与自己无关，意谓不能回去。

杂 诗

无定河边暮角声[1]，
赫连台畔旅人情[2]。
函关归路千余里[3]，
一夕秋风白发生。

注释 1. 无定河：在今陕西北部。2. 赫连台：十六国时夏国赫连勃勃为纪念战争胜利所筑的台。3. 函关：即函谷关。此指主人公家乡所在地。